山西笔记

李琳之 著

北京日报出版社

图书在版编目(CIP)数据

山西笔记/李琳之著. —北京：北京日报出版社，2018.6

ISBN 978-7-5477-2876-5

Ⅰ.①山… Ⅱ.①李… Ⅲ.①散文集—中国—当代 Ⅳ.①I267

中国版本图书馆 CIP 数据核字(2018)第 118858 号

山西笔记

出版发行		北京日报出版社
地 址		北京市东城区东单三条 8-16 号东方广场东配楼四层
邮 编		100005
电 话		发行部　(010) 65255876
		总编室　(010) 65252135
印 刷		北京飞达印刷有限责任公司
经 销		各地新华书店
版 次		2018 年 6 月第 1 版
		2019 年 3 月第 2 次印刷
开 本		170 毫米×240 毫米　1/16
印 张		19.5
字 数		300 千字
印 数		5001—10000 册
定 价		58.00 元

版权所有，侵权必究，未经许可，不得转载

我们要对得起自己的先人

(代序一)

李镇西

这两年我已经"退出江湖"了,像这种研讨会、座谈会都不参加了,快八十的人了,已经没有了年轻人的激情与浪漫。前两天我还跟相书记(原山西大学党委书记相从智)说,看见我那些一起玩大的发小都走得差不多了,我也该准备准备自己的人生归宿了。但是,今天这个会议我是主动来参加的,为什么?

一是我和李琳之是老乡,我们都是襄汾人,这里有乡情和亲情的因素。李琳之在《家国往事》里面写到的"太平县四大家族"中的南赵杨家,是我的姨夫家。南赵村是李琳之家,也是他姥姥家。他在书里说,当时的"解州薛家"看上南赵杨家,就把闺女嫁给了杨家大公子杨德铨,这个闺女就是我母亲的亲姐姐。

二是我们有师生情。我在山大(当校长)的时候,他正在读本科,相书记在的时候,他在读研究生,我们为有李琳之这样优秀的学生而感到欣慰与自豪。

三是今天会议的主办方之一是山西省国际文化交流协会。这个协会原来的会长是李修仁,我是常务副会长。现在的会长是崔晋宏,他把山西省国际文化交流协会搞得有声有色,我来表示祝贺。

当然，还有一个最主要的原因，就是我读了李琳之的《家国往事》这本书后，书中的内容与我的思想感情产生了强烈的共鸣。

我曾经主编过两本书，一本叫作《魂系山西》，是我和山大几位朋友共同写的；还有一本是在日本出版的，叫《山西，黄土地的世界》。我同李琳之一样，乡土情是我们写书的直接动因。因为我们非常热爱这块生我们、养我们的土地和生活在这块土地上的人民。我在书的序言里引用了艾青的一句诗："为什么我的眼里常含泪水？因为我对这土地爱得深沉。"

但是，爱得越深就越感觉到历史的真实与沉重。我活到这个年龄，才真正体味到历史和现实中有多少难言的辛酸与无奈啊！李琳之曾经写过几篇很有影响力的文章，我看后也非常感慨。最近纪念抗日战争胜利70周年，很多影视剧的题材都表现的是山西人民在抗日战争中所做出的杰出贡献。就连我老伴也问我，南方有那么多先进的地方不打，为什么山西打得这么激烈？我说，这是山西的战略地位决定的。历史上的很多朝代，山西都是主战场，我们在《魂系山西》一书中，专门写了"天下大势，必有取于山西"这么一章。所以山西也是民族融合的前哨阵地，边塞文化非常发达。雁门关在一些朝代打仗和对峙的时间比和平时间还要长。不能忘记山西人的牺牲精神。

今天张根虎（山西省文联主席，曾任山西省煤炭运销集团有限公司董事长、总经理）也在座，他过去是搞煤炭的。众所周知，没有山西煤炭工业的发展，就没有中国30多年超常规的经济增长；没有山西焦炭的充足供给，就没有中国钢铁工业的大发展，也不会有"中国制造"的世界奇迹。可是现在有些人都遗忘了，你看网上传播的那些东西，不仅遗忘了山西所做的贡献，还骂山西人干的是"挖祖坟的勾当"，多么难听的话都有，这是不公平的。

前年我参加了省社科院组织的一次会议，参会人员中有一位年轻作家，他写了一本关于晋商的书，里面全都是晋商的负面形象，把晋商骂得体无完肤……骂我行，骂我的老祖宗就不行了，而且骂得不对。你说晋商头顶九毛九，难道你就不知道晋商的第一桶金是怎么挖到的吗？他上不坑卖家，下不欺买家，每一分钱都是血汗钱，都要付出生命的代价！走西口、开拓"万里茶路"，你知道死了多少人吗？问题还不在于人家骂我们，而在于我们不应战，为什么集体噤声啊？

为什么要说话？就是要把"山西故事"讲得更加真实，把它还原得更具有本质意义，这是我们这些人义不容辞的责任！知识分子应该是良知的代表，我们有责任把问题讲清楚！写东西不能自娱自乐，写作就是要唤起人们的集体记忆，确立山西人的自信心与自豪感，促使大家自觉地反思，在反思中觉醒，在觉醒中奋起，这才是山西实现文化复兴、经济崛起的根本动力。舍此，别无他法。

那天，李琳之说了一句话让我感到很吃惊，他说这本书（《家国往事》）的读者基本上都是50岁以上的人，50岁以下的人很少。这让我心里很纠结，其实50岁以上的人不读没关系，他们还有记忆，但是50岁以下的人不能不读！否则就会出现记忆断层。不过，要让年轻人自觉地阅读，就要做出符合时代要求、为他们所认同的解读，这是在座的诸位专家、学者和作家的责任！

李琳之还给我说了一句话，他说他的写作计划是从村里写到县里，从县里写到市里，再写到晋南，写到整个山西，然后延伸到全国。我说别延伸了，就写咱山西好了，写全国的人多着呢，但是写山西的不多。山西需要一支文化晋军，为山西人说话，为山西正名！

我是学数学和力学的，没有文学功底，想写点东西，语言太贫乏，根本表达不出来。你们的作品我都读过，非常希望你们能再为山西的重新崛起书上重重的一笔！

我知道，你们都为山西做出过很大的贡献，这绝对应该肯定！可是山西的现状也让人心酸啊！据说山西的负面报道已经超过河南，是全国负面报道最多的省份。但是我并没有因为作为一个山西人而感到耻辱，我反而觉得非常光荣！因为我们付出得太多。

在每一个潮头涌来的时候，都会涌现出一批时代的佼佼者，成为新时代的弄潮儿。记得在（20世纪）80年代初，美国人把比尔·盖茨等一批科技企业家称为新时代的"圣贤"。我想，谁承担起山西的责任，谁就是山西人的"圣贤"。你们应该把这个担子挑起来，我们要对得起自己的先人！这是我，也是我们这代老人最后一点殷切的期望。

不说了，谢谢大家。

注：此文是李镇西先生在2015年9月22日李琳之作品研讨会上的发言记录。

（李镇西，1938年生，山西襄汾人。曾任山西大学校长、党委书记和山西省科委主任等职。撰有《山西省建设规划数字模型》《山西总体发展专家系统设计的新构思》等著作。）

文人功业，赤子情怀

(代序二)

张石山

大约在 2012 年，我和李琳之先生认识的时候，他的身份还是一位货真价实的书商。从那时开始，李先生潜心写作，著书立说，连连出版大部头的文化专著，不期然间变成了一位实至名归的学者型作家。短短数年，仿佛脱胎换骨，好似化蛹成蝶，完成了从书商到学者的华丽转身。他的此一转身，在熟人朋友圈子里外引发了热切关注，对文坛学界固有领地形成了强烈冲击。凡此种种，甚或称其为"李琳之现象"亦不为过。

李琳之先生做书商有年，在业界名头响亮，堪称个中成功人士。提及书商，沾了一个"商"字，人们往往会有一点怪怪的感觉。细作推究，这样的心理难称健康，宜于深自反省。或则是囿于重农抑商的传统观念不能自拔，或则便是对成功者不无晦涩的酸葡萄情结无法消除。质言之，拜改革开放所赐，勇敢分子捷足先登，抓住机遇下海经商，希望改变生存境况，这点诉求原本天经地义。一部分人竟然果真就率先富起来，这不仅是个人能力的证明、个人价值的实现，甚或本身就是改革开放的具体成果。我们歌赞改革开放，却对其具体成果推拒贬抑，不啻叶公好龙，岂非咄咄怪事。

我与李琳之先生结识之初，对这位事业有成的书商印象颇为不恶。其人谦逊诚朴，英华内敛。他是商人，但他不是奸商，也不是官商。他是书商，他做的是与文学、文化、文明有关的书籍出版事业。就其小处而言，既可实现自我、改善个人生存境况，又能光耀门庭、告慰先人；若从大处评价，其所作所为，堪可利国利民。彼经商而我从文，曰写书曰出书，虽殊途而同归。席间言谈甚欢，有相见恨晚之感。

当时，只觉得李先生的书商事业干得风生水起，或能继续做大做强，也未可知。殊不知其人另有大志、别存图谋，竟然开始策划一场中年变法，冀望华丽转身。方才目送一位书商的背影化入天际，转瞬间一位学者横空出世。正是士别无须三日，便不能不刮目相看。

如李琳之先生自己所言，要成为一名文人学者，是他自青年时代起就蓄于心的一个梦想。一个人，有梦想，便一定能实现吗？却又不然。首先，其人要有这方面的天赋；其次，要有周详的准备，要付出超乎常人的努力。李先生起手做的是书商，出版与文学、文化、文明有关的书籍，应该说是这一梦想的另一种呈现方式。这样的经历，开阔了眼界胸襟，对世态人心、对国族文明有了更深切全面的认知；由之为动笔写作做好了准备，奠定了坚实的基础。蛰伏隐忍，何妨三年不鸣；卧薪尝胆，终得九转丹成。

李琳之先生发硎新试，出手不凡。他的几本大著，如《家国往事》《中华祖脉》《祖先，祖先》等，一经出版，即刻引发好评如潮。应称起点高拔，格局宏大；是为调研过细，立论严谨；读来明白晓畅，雅俗共赏。

通观他的著述，究其学术指向，我以为至少有两大关键值得称道。

其一，关于华夏文明的真伪。众所周知，20世纪上半叶曾有疑古学派的种种谬说横行。李琳之先生的著述旗帜鲜明、说理透辟，针对疑古学派，给予迎头痛击。

西风东渐，日本国脱亚入欧谋求自新，概无不可，甚或乃是一种明智的抉择。但日人背叛文字文化恩主之余，转而"盗憎主人"，恶意矮化我华夏文明，用心实为阴暗歹毒。中国所谓疑古学派，其学说之旨归，不妨说正是日本险恶祸心之滥觞。某些人一朝穿起和服洋装，转回头亟欲彻底扫荡华夏文明，"要改造国民性""要彻底消灭汉字"等种种狂吠，所来有自。如今，到了对种种谬说进行清算的时候。厘清华夏文明史实，以提升国人文明自信，李先生的著作出版发行，正当其宜。

其二，关于华夏文明的起源，近年来有"繁星满天"之说。此说固然不差，却忽视了"多源"之外另有"一体"。"多源"或先后灭绝，或先后汇入中华文明，亦即汇入源于黄河中下游流域的黄色文明主体，此乃学界公认的"多元一体"说。"繁星满天说"只谈"多源"，不谈"一体"，毫无学术真诚可言，伤害的是学术之严谨客观。对于这样的说法，确实也有加以澄清的必要。李琳之先生在细致周详地考察调研的基础上据理力争，勇气可嘉，值得称道。

凡爱国者必爱家乡，必爱本土文明。李琳之先生身为山西土著，热爱故土文明，源自一种淳朴美好的情愫。但李先生并未陷于狭隘，表面看似为山西一地争说法，实乃为我华夏文明正源流。对于我们生长于其中的本土文明，李先生已然从情感的归依升华为理性的认知；已然从诚朴的服膺提升到自觉的护卫。光明磊落，大气堂堂。

至于他的个别具体观点，当然也有可以商榷之处。比如说到"女娲补天"，作为上古时代瑰丽的神话传说，后人而复后人，谁能断然予以定解？李先生提出"补天就是补男人"，作为一家之言，我觉得最多只能算一种假说，而不宜作为断然的结论。

从游牧文明过渡到农耕文明，以女性为主的"采集养殖"也许曾经起到过关键作用。"女娲补天"或许是基于农耕需要，发明了太阳历回归年修正补充了太阴历，也未可知。再者，如果伏羲"一画开天"，是黄河上游的易经八卦文明，那么女娲"炼五色石补天"或许是黄河中游的五行文明与八卦文明的碰撞融合，也未可知。我在此随口所言两点，也仅是突发奇想的假说而已。愿就此话题与李琳之先生做进一步的磋商探讨。正是瑕不掩瑜，李先生的著述里或有些许言说尚待进一步推敲，但也毫不影响其大作的整体学术导向和精神品格。

李琳之先生，开初是一位成功的书商，而后中年变法，华丽转身，成为一名当之无愧的学者。统而观之,其所作所为,皆是文人功业。两项具体功业,皆有所成,值得称道。而尤为值得称道的是,无论做书商,还是当学者,其间皆有褒爱我华夏文明的一以贯之的赤子情怀。

李先生曾是书商,所出诸多好书名目俱在,此为立功是也。

李先生现为学者,几本大著白纸黑字,此为立言是也。

人能弘道,非道弘人;出书写书,李先生吾道一以贯之,此为立德是也。

李琳之先生本次结集出版《山西笔记》一书,不仅全面整理总结了他近年的诸多著述与演讲,抑且进一步提炼出了若干经过考验的学术观点。通读书稿,可谓先睹为快。我看这本书,以其严格严谨,固能引发诸多专家重视;以其通俗晓畅,则无疑能传播广大读者。

同为文字中人,同样对我华夏文明保有真诚的温情与敬意,愿与李先生并肩携手,修己安人,弘扬大道,为护卫国族文明奉献绵薄。

书不尽言,仅此为序。

2018年仲春

(张石山,1947年生,山西盂县人。著名作家。曾任《山西文学》主编、山西省作家协会副主席。出版有长篇小说《兄弟如手足》,中短篇小说集《镢柄韩宝山》,诗集《永远的三月》,散文集《爱河之源》,随笔集《叙述的乐趣》,自传体长篇《商海炼狱》等。另创作过电视剧多部(集)。曾两次获得全国优秀短篇小说奖。)

目 录

何为中国？ / 1
中国何来？ / 5
陶寺遗址和最初中国 / 11
二里头王国是最早中国吗？ / 15
"逐鹿中原"背后的玄机 / 20
怎样证明陶寺遗址就是尧都 / 25
"中华""华夏"概念的起源及演变 / 33

我的学术观
　　——在山西大学71期教师岗前培训课程班上的演说 / 40
大学的意义从来就不是传道授业解惑这么简单
　　——在中北大学图书馆演说之一 / 47
用心做事，用情包容，用责任担当
　　——在中北大学图书馆演说之二 / 52
我们可以卑微如尘，不可扭曲如蛆
　　——在中北大学图书馆演说之三 / 56

山西文旅的灵魂
  ——在 FM904 山西综合广播的演说之一　/61
《祖先，祖先》颠覆了人们对中国上古史的传统认知
  ——在 FM904 山西综合广播的演说之二　/66
践行青少年时期的一个梦想
  ——在 FM904 山西综合广播的演说之三　/71
山西是中华早期文明的孵化场
  ——在山西省企业家前沿大讲堂上的演说之一　/74
山西是中国历史上众多王朝的孵化场
  ——在山西省企业家前沿大讲堂上的演说之二　/82
山西是中华北方民族融合的孵化场
  ——在山西省企业家前沿大讲堂上的演说之三　/87
举起"祖先"旗帜，让全世界为山西文旅摇旗呐喊
  ——在山西省第三届文博会上的演说　/92
山西的良心
  ——在"张敬民新书《行者说》《行者践》研讨会"上的演说　/104
读者认可，才是对我们最大的褒奖
  ——在"山西五作家散文新作研讨会"上的演说　/107

涸辙之鲋：山西的人才困境　/111
山西需要一场迪拜式的思维革命　/117
文化大省不能总干没文化的事儿　/125
山西人　/127

同气相求　/132
刮掉文坛上的虚伪和冷漠　/137
为故乡传承文化，舍我其谁欤？　/140

故乡文化的魂　/ 145
"另眼"看到了什么？　/ 150
为什么要关注这样一个特殊的群体？　/ 152
唤醒另一个层面上的家国记忆　/ 155

中国历史因这9个山西女人而改变　/ 161
"华夏之源"纪行　/ 189
晋商大鳄杨世堂墓志铭　/ 227

岳母　/ 233
文化的感动　/ 238
大音希声　/ 244
大家的风范　/ 247
中国文坛上的"陈为人现象"　/ 257

我的2017　/ 268
我的2016　/ 273
我的2015　/ 277
我的2014　/ 283
2013：我的身份和称谓的转换　/ 288

后记　/ 295

何为中国？

"中国"一词在历史上虽被广泛使用，但历代的中原王朝从未有用"中国"作为国号或朝代号的。只有地处西南僻野的大理国才正式叫过大中国。这是宋代以白族为主建立的一个王国，就是今天的云南、贵州、四川南部、缅甸北部和越南的一部分地区。1095 年，高升泰改国号为"大中国"。仅一年时间后，段正淳当政，就废除了"大中国"国号，恢复了大理国。这个只存在了一年的"大中国"，其实制度、文字等都继承的是汉文化。

"中国"作为国家名称，是在 1912 年。辛亥革命推翻清王朝，孙中山等人合汉、满、蒙、回、藏五个大族为一家，定名为中华，全称为"中华民国"，简称"中国"，国际上通称 Republic of China，简称 China。至此，"中国"一名才成为具有近代国家概念的正式名称。1949 年成立了中华人民共和国，又将"中国"概念完善、充实到今天的含义。

"中国"在不同的历史文献资料里，涵义都有所不同。主要有以下几种：

一、指京师，即君王所居之都城。如，最早使用"中国"一词的《诗经·大雅·民劳》云：

民亦劳止，汔可小康，惠此中国，以绥四方……民亦劳止，

> 汔可小息，惠此京师，经绥四国。

传说这几句诗是规劝暴君周厉王的，让他先从爱护京都的人民开始，然后再以此安定天下。汉代研究《诗经》的学者毛苌，特意为"惠此中国，以绥四方"作注："中国，京师也。"（《诗经·民劳》）《孟子》中齐王对臣下时子说的"我欲中国而授孟子室"，也是这个意思，译成白话文就是"我想在京师给孟夫子解决一套房子"。

二、指"中央之国"。如《周礼·司徒》：

> 地中，天地所合也，四时之所交，风雨之所会也，阴阳之所和也，然则百物阜安，乃建王国焉。

这里所说的"建王国"，实际是指建都城。相传3000年前，周公在阳城（今河南登封）用土圭测度日影，测得夏至这一天午时，八尺之表于周围景物均没有日影，便认为这是大地的中心，因此周朝谓之中国。（唐义净《南海寄归内法传》，转引自王邦维《"洛州无影"与"天下之中"》，见《四川大学学报》2005年第4期）

1963年，在陕西省宝鸡县贾村出土了青铜器何尊，其铭文云：

> 唯王初迁宅于成周……武王既克大邑商，则廷告于天曰：余其宅兹中或，自之乂民。

意思是：周成王初迁居于成周。先是周武王克商后，在庙廷祭告于天说：我将居此中或，自此治理民政。何尊铭文的"中或"就是"中國"。在6000～4000年前的"古国"时代，所谓"国"是以城圈为限的，城圈以内为国中，住在城圈里的人称"国人"，城圈以外为郊，郊已不属于国的范围。因此，成周被称为"中国"，是因为它乃"土中""中土""天下之中"

的城。所以，西汉扬雄在《法言》中说：

> 或曰："孰为中国？"曰："五政之所加，七赋之所养，中于天地者为中国。"

三、指中原王朝。如《孟子》：

> 当尧之时，天下犹未平，洪水横流，泛滥于天下，草木畅茂，禽兽繁殖，五谷不登，禽兽逼人，兽蹄鸟迹之道交于中国。尧独忧之，举舜而敷治焉。

再如《赤壁之战》中诸葛亮对孙权说："若能以吴越之众与中国抗衡，不如早与之绝"等；汉代开始，人们常把汉族建立的中原王朝称为"中国"，少数民族建立的中原王朝也自称为"中国"。南北朝时期，南朝自称为"中国"，把北朝叫作"魏虏"；北朝也自称为"中国"，把南朝叫作"岛夷"。辽与北宋，金与南宋，彼此都自称"中国"，都不承认对方为中国。

四、指天子直接统治的地区。如《史记·武帝本纪》：

> 天下名山八，而三在蛮夷，五在中国。

再如《史记·东越列传》"东瓯请举国徙中国"等。

五、指诸夏或华夏族居住的地区，或建立的国家。上古时，黄河流域一带的先民自称"华夏"，或简称"华""夏"。"华夏"一词最早见于《左传》襄公二十六年（公元前547年）：

> 楚失华夏。

唐孔颖达疏：

> 华夏为中国也。

《论语集解》有同样的说法：

> 诸夏，中国也。

此外，《史记》《汉书》等也经常出现这样的称谓。

总体来说，"中国"一词所指疆域范围，随着时代的推移而经历了一个由小到大的扩展过程。《尚书》中"皇天既付中国民越厥疆土于先王"的"中国"，仅仅是西周人对自己所居关中、河洛地区的称呼；到东周时，周的附属地区也可以称为"中国"了，"中国"的涵义扩展到包括各大小诸侯国在内的黄河中下游地区。而随着各诸侯国疆域的膨胀，"中国"成了列国全境的称号。秦汉以来，又把不属黄河流域但在中原王朝政权统辖范围之内的地区都称为"中国"，"中国"一名终于成为我国的通用名号。19世纪中叶以来，"中国"则成了专指我们国家全部领土的专用名词。

2017.9.5.

中国何来？

中国何来？追根溯源，中国是来源于上古时期我们祖先"天地之中"的观念。古文献中这样的说法不胜枚举，如《吕氏春秋·慎势篇》："古之王者，择天下之中而立国。"如汉代贾谊《新书·属远》："古者，天子地方千里中之而为都。"如此等等。

为什么要建都于"天下之中"呢？《周礼》说"处中"阴阳和中，百物阜安；班固《白虎通》说"处中以领四方"；谯周《法训》说"处中""顺天地之和而同四方之统"；左思《魏都赋》说是"宅中图大"；《五经要义》说是"总天地之和，据阴阳之正，均统四方，以制万国"……

远古时期，原始人不理解日月星辰、刮风下雨等自然现象，就认为这一切都是老天冥冥中的安排。老天一定有个无所不知、无所不能的天帝在统治。天帝居于天庭，天庭是老天的中心所在。他们观察到北极星始终如一地围绕着北天极在旋转，就想当然地把天看作是圆形如穹盖一样，而北天极就是天的中心，是天帝所居的天庭。孔子在《论语·为政》里就说：

为政以德，譬如北辰，居其所而众星拱之。

孔子是在告诉人们：（周君）以道德教化来治理政事，就会像北极星那样，自己居于中心的位置，而群星都会环绕在它的周围。《公羊传》解释说：

> "北辰为大辰。"注：天下所取正。北辰，北极，天之中也，故谓之大辰。

东汉桓谭所著《新论》也说：

> 斗极常在，知为天之中也。

这里的"斗极"是指北斗七星及其环绕的北天极，天文学上称为拱极圈。原始人尚处在人类社会的幼年时期，他们的一切知识都是日常经验的简单认知，当他们看见太阳每天从东边升起，在西边落下，就认为大地是方形的。天上有中心，大地也应该有中心。所谓"天地之中"的观念由此而产生。

原始人在此基础上，又进一步发挥想象，既然天帝统治天庭，进而统治整个天上天下，那么大地也一定有个帝王居于大地中心，代替天帝统治人间。一个人处在幼年懵懂状态时，都是物我难分，把自我当作一切的中心。原始人也同样如此，他们认为他们的氏族或部落所在地就是大地的中心，他们的首领就是人间帝王。他们栖居的大山就是撑开天地之间的一根中央支柱，这个柱子同时也是人间帝王上达于天、下传于地的天梯。古人把这样的山叫作昆仑，有的也叫昆仑虚或昆仑丘。如汉代纬书《河图括地志》：

> 昆仑，天中柱也。

《河图括地象》同样说道：

> 昆仑山为柱,其上通天。昆仑者,地之中也。

西晋张华所撰《博物志》也说:

> 昆仑,应与天最居中。

也许正因为如此,《山海经·海外南经》才说:

> 昆仑虚在其东,虚四方。

毕沅注:

> 是昆仑者,高山皆得名之。(《山海经校注》,巴蜀书社,1993年4月第1版)

刘毓庆先生认为,昆仑是以伏羲为代表的西方鱼兽类图腾部落对他们原初所居大山的称呼,而以太昊为代表的东方飞鸟图腾部落对他们所居之处则自称为"齐州",名其水曰"齐水",名其山曰"泰山"(《龙的文化解读》,刘毓庆、赵瑞锁著,人民出版社,2009年8月第1版)。所谓泰者,大也,泰山就是天下最大的山。泰山精就是日神,主太阳升落,主万物生发。所谓齐者,"中也"(《尔雅·释言》)。司马迁在《史记·封禅书》中说:

> 齐,所以为齐,以天齐也。

齐,就是脐。肚脐在人体的中央,天脐也就是天地的中央。

四方的大地中间矗立着一座巍峨的高山,从象形字本意上来说,正是"中"字。

以伏羲为代表的西方鱼兽类图腾部落在 8000 年前沿着渭河、黄河向东向南迁徙时,和沿途土著居民有冲突,有融合,还有不少人从中分流到东西南北各个地方(《祖先,祖先》,李琳之著,北岳文艺出版社,2017 年 6 月第 1 版)。这些分流者,同时也把"天中""地中""昆仑"等概念带到各地。所以后世在全国各地有很多被称为昆仑山的地方也就不稀奇了。

《山海经·海内西经》云:

> 昆仑之虚,上有木禾,长五寻,大五围。

这棵木禾不是一棵普通的大树,而是被后世众多的经史典籍视为生长于天地之中的"建木"。传说建木是沟通天地人神之间桥梁的圣树。伏羲、黄帝等众帝都是通过这一神圣的梯子上下往来于人间天庭的。《山海经·海内南经》说:

> 有木,其状如牛,引之有皮,若缨、黄蛇。其叶如罗,其实如栾。

《山海经·海内经》对建木做了进一步描述:

> 建木,百仞无枝,有九欘,下有九枸,其实如麻,其叶如芒,大暤爰过,黄帝所为。

想必是后来各部落所居,未必都能在昆仑之上,所以后来建木和昆仑被分离了出来。《吕氏春秋·有始》云:

> 白民之南,建木之下,日中无影,呼而无响,盖天地之中也。

到了汉代，《淮南子·墬形训》又给建木所在地做了一个定位：

建木在都广，众帝所自上下。

都广在什么地方？《淮南子》没有具体说明。显然，这里的都广就是指众帝所居之地，古时的帝就是指部落联盟首领。我们似乎可以由此得出一个结论，这是伏羲之后"众帝"为抛别昆仑、泰山等而寻找一个新的"天下之中"居所而编造的一个理由。

在上古时期，占有"天下之中"和建木，是一个部落联盟首领或"帝"所必须有的基本标配。所以，任何一个部落首领要称帝，即要登上联盟盟主的位置，必须占有"天下之中"的位置，并有建木生长在其中。但问题是，任何被称为"天下之中"的地方，找一个类似的建木并非什么难事。如此一来，"天下之中"就没有了唯一性和权威性。彼时，原始社会生产力已经有了极大发展，社会分工和阶级已经开始出现，整个原始社会正在趋向"一统"。社会一统就必然要求"天下之中"是唯一的。要让"天下之中""名副其实"，就只能从"建木"上做文章，让"建木"来证明"天下之中"的唯一性和权威性。

于是，建木就变成了帝表——实际就是矗立在地上用来测日光投影的一个木棍。帝表后来又被称为圭表。其主要功能就是观天测时，用来测定并向外宣告"天下之中"唯我所有，所以，这个帝表，从一开始出现，就是最高权力的标志，只有部落首领才有登台伏柱观天测时的资格。后来帝表被凤鸟风标装饰，有着"日中乌"的意喻。太阳光称华，帝表横木交柱壮若花，古代花华同义，所以帝表又被称华表。帝表的出现，意味着"天下之中"的唯一性有了确切的内涵。

中国社会科学院研究员、陶寺考古队队长何驽先生说："'中国'的最初含义，即在由圭表测定的地中所建之都、所立之国。中国的出现或形成的物化标志应当是陶寺的圭尺'中'的出现，因为它是在'独占地中以绍上帝'的意识形态指导下，通过圭表测影'立中'建都立国的最直接物证，既标志着控制农业社会命脉历法作为王权的一部分，又依据其大地测量功能成为国家控制领土的象征。这种国家意识形态及其特殊的圭表物化表征，是我国区别于世界其他各国的重要特征，足见没有比'中国'这个称谓更贴切的了！"（《"中国"来源于"王者逐中" 最早的"中国"在临汾》，见2015年3月31日《山西日报》）

2017.9.6.

陶寺遗址和最初中国

谈最初中国，当然首先得明白"中"和"国"这两个概念。如前文所述"中"就是地中的意思，这来源于前人"天地之中"概念；"国"，在考古学上一般指都城。宋裴骃在《史记集解》中说："帝王所都为中，故曰中国。"这可以看作是对最早中国的解释。

都城这一概念由以下几个要素构成，一是城墙，二是宫殿区（宫城），三是大型宗教礼制建筑，包含用来祭祀天地的天坛、观象台和地坛等，四是王陵区，五是工官管理手工作坊区，六是由政府掌控的大型仓储区（国库），七是普通居民区。如果这些要素全部具备，"那么这个都城所代表的文化控制的社会组织结构就是一个国家，从宏观角度来看，也能判断这个社会是否进入一个国家的统治"。（何驽语，见胡宇煊、杨炎之《许宏vs何驽：二里头与陶寺，到底谁"最中国"？》，原载2016年11月8日"社科院考古所中国考古网"）

陶寺遗址位于晋南地区，距襄汾县城东北7公里，遗址总面积达280万平方米。20世纪为了寻找夏以前的都城曾对它进行了发掘，当时发现了西部的平民居住区和东南部早期的王族墓地。

陶寺遗址的最早年代距今4400年左右，最晚的可能到3800年。陶寺遗址有早、中、晚三个城址。早期城址并不大，面积有160万平方米。遗址内有宫城、外城，有平民居住区和仓储区，还有祭地的礼制建筑。

陶寺王国发展到中期时，城址有了较大的变化。宫城继续使用，但南部的小城废弃掉了，外部出现了一个巨大的外郭城，还建立了观象祭祀台，城址也变成了双城址，且城中功能区设施完备，可以明显看出彼时的建城理念是以某种宇宙观作为指导思想的。此外还有一些驿站性质的基址，这体现了中央与地方的行政关系。

到晚期时，陶寺王国出现了极大的动荡，它被彻底摧毁，不再作为都城而存在。这表现在："城墙被扒毁，中期大墓和中型墓被捣毁，宫殿被破坏，观象台被平毁，灰坑中有残杀的人骨与建筑垃圾、手工业垃圾和生活垃圾共存，带有明显的政治报复色彩。"（何驽：《从陶寺遗址考古收获看中国早期特征》，见《中国古代文明与国家起源学术研讨会论文集》，科学出版社，2011年8月第1版）

"国之大事，在祀与戎。"（《左传·成公十三年》）所以祭祀天地是上古时期国家最重要的大事之一。陶寺祭天的遗址位于城址的东南部，最为重要的礼制建筑就是观测太阳历以授农时的观象台。中国考古学家与天文考古学家合作，通过实地观测，发现陶寺的观象台能观测到可以指导大豆、黍、粟等农作物播种和收获的20个节气。这体现了陶寺古国农业文明的本质。这个观象台旁边有沟和渠，还有祭地的遗址等。

2002年，陶寺城址中期王墓、考古标号为IIM22的头端墓室东南角出土了一件漆木杆，残长171.8厘米。上部残损长度为8.2厘米，复原长度为180厘米。漆杆被漆成黑绿相间的色段，加以粉红色带分隔。陶寺考古工作队长何驽研究推测，漆杆为圭表日影测量仪器系统中的圭尺，年代为陶寺文化中期（公元前2100~公元前2000年）。

陶寺圭尺所测当地夏至影长39.9厘米，约合1.6尺。这恰是《周髀算经》"夏至影长尺六寸""立中"判定"地中"的标准。陶寺城址选址定在"地中"，与考古资料所反映的陶寺城址都城性质恰相契合。

陶寺圭尺的作用不仅仅是用于立中、测日影配合观象台观测制定历法，而且还用于大地幅员测量。陶寺圭尺第 11 号色带为夏至影长标志，1—10 号色段作为刻度用于测量陶寺以南至北回归线一线的夏至影长，因为北半球夏至正午北回归线上的影长为"0"。"这意味着陶寺圭尺夏至测量可南及北回归线，表明尧舜的版图雄心或疆土认知已至今两广地区。"（何驽：《"中"与"中国"的由来》，见 2010 年 6 月 2 日《中国社会科学报》）

显然，陶寺圭尺就是古人用来标示"地中"观念的建木的变种。"不难看出，在所谓的尧舜禹时期甚至到西周时期，政权的交替甚或都城的变化都伴随着圭表'中'的交接或'地中'夏至影长标准的改变，确切说则应是'王者逐中'，此'中'既是圭表之'中'又是'地中'之'中'……王者独占地中，实质上就是绝他人与天地通的权利，垄断与上帝沟通的宗教特权，从而达到'独授天命''君权神授'合法化和正统化的政治目的。"（同上）

考古学家王振中先生把中国古代进入文明与国家社会以后的政治实体演进分为三个阶段和三种形态：邦国（苏秉奇先生称之为"古国"）——王国——帝国。中国古代最早的国家是小国寡民式的单一制邦国；邦国进一步发展是以王国为"天下共主"国的复合制国家结构的王朝国家；王国以后，通过专制主义的中央集权走向了以郡县制为统治结构的帝国。邦国反映的是简单的早期国家的概念，既有夏代之前相互独立的邦国，也有夏商周三代与王国并存的邦国。与王国相比，邦国可以没有王权或仅有萌芽状态的王权。而王国则有凌驾于全社会之上的强制性权力系统的出现，也就是所谓的"国上之国"。（《重建中国上古史的探索》第 183~184 页，王振中著，云南人民出版社，2015 年 8 月第 1 版）

陶寺遗址出土的城址及文物性质表明，陶寺古国已经进入国家的早期形态，尽管她作为一个国家很多功能还不完备，尽管她的实际控制范围仅限于晋南一带（何驽：《陶寺文化：中华文明之"中正"观缘起》，见 2014 年 11 月 5 日《中国社会科学报》），但她是 5000 多年前至 4000 年前"万国"时代实力最为雄厚、影响力最大的一个国家。她上接炎黄文明，下启二里头文明，成为 5000 年中华文明链条上一个不可或缺的关键点。

陶寺古国发现的重大意义在于，她使中国尧舜禹时代的传说变成了信史。

2017.9.7.

二里头王国是最早中国吗?

许宏是中国社会科学院考古研究所研究员、二里头遗址考古队队长,是二里头遗址"最早中国说"的倡导者。2016年11月6日,在"北大文研论坛"上,许宏对话何驽,发表了《最早的中国——二里头的历史位置》的演讲。他从多个方面阐述了二里头能被称为最早中国的理由。

首先从宏观性观察,许宏博士认为二里头是现在考古学家普遍认可的把中国古代史分为邦国时代、王国时代和帝国时代的两个最重要的关节点之一。邦国时代,也叫古国时代,用其最初提出者苏秉琦先生的话来说就是"满天星斗说",是一种无中心的多源论;王国时代就是从满天星斗到月明星稀,这就进入了有中心的多源,二里头就是其中最重要的节点;从王国时代发展到帝国时代,是从秦朝开始的,秦王朝因此成为这个阶段的关节点。

许宏认为夏商周断代工程是一个文献学本位的研究,但从考古学上看,二里头姓夏还是姓商暂时不得而知。但是基本上可以肯定二里头文化已经进入广域王权国家的范畴,再往前看不到这样的迹象。所以这种叙述是在一个大的时空框架中进行的:中国文明不能做无限制的上溯。考古人用的是由已知推未知的研究方法,如果西周是广域王权国家的话,那么广域王权国家的实体,可以上溯到殷墟、二里岗、二里头,可再往上,找不到独一无二的国上之国,最早的只是中央之城和中央之邦,但缺乏核心文化。(胡宇煊、杨炎之《许宏 vs 何驽:二里头与陶寺,到底谁"最中国"?》,见2016年11月8日"社科院考古所中国考古网")

质疑一:二里头遗址的年代在公元前1750年~前1500年,陶寺遗址的年代在公元前2300~前1900年,两者之间是否还有类似于二里头这种规模的大都邑未被发现呢?事实上,按照考古人普遍认可的时间框架,公元前2070年~前1600年是夏代,那么二里头遗址顶多是夏晚期或商早期的都邑。夏早期的都邑尚未发掘出来,其性质尚未得到确认,二里头又怎么可以成为其中的关节点呢?又怎么能断言"广域王权国家的实体,可以上溯到殷墟、二里岗、二里头,可再往上,找不到独一无二的国上之国"呢?

许宏博士曾在《那年月,有国家吗?》一文中说:"大家可能已经注意到,笔者在第一部分'陶寺的兴衰'中把陶寺称为'国',倾向于它已是东亚大陆众多最早国家之一。而其后的二里头国家,则较其又上了一个台阶,我们称之为'广域王权国家',中国最早的王朝也只是到了那时候才出现。"(《何以中国》,许宏著,生活·读书·新知三联书店,2016年5月第1版)

质疑二:该文题目是"那年月,有国家吗?"作者显然是对"那年月""有国家"持否定态度,但在文内又说:"笔者在第一部分'陶寺的兴衰'中把陶寺称为'国',倾向于它已是东亚大陆众多最早国家之一。"以自家之矛攻自家之盾,逻辑上好像讲不通。许宏博士承认"陶寺古国"是"国","是东亚大陆众多最早国家之一",但不承认"陶寺古国"是"中国最早的王朝"或曰"最早中国",原因无他,"陶寺古国"不是"广域王权国家"。然而问题在于:一,"广域王权国家"是"最早中国"才应该有的内涵和特征吗?如果说是,那么什么是"广域王权"?它的参照物是什么?作为之后出现的商王朝、周王朝、秦帝国等是不是要比夏王朝的"王权"更为"广域"?王权有一个从小到大的发展过程,因而"广域王权"本身就是一个模糊的动态概念,而用一个模糊的动态概念去定义一个静态概念,结果带来的可能就是语义上的混乱;二,"最早中国"无非是指最早在中国大地上诞生的国家，或者说是最早诞生在中国大地上的具有"中国"文化内涵的国家。这里的"中国"文化内涵是指传统意义上的"中央之国"或"帝王所都为中"这个意思。显然，不论从哪一方面考量，二里头王国都没有资格称为"最早中国"，因为还有比它早300—500年的陶寺古国存在。

许宏博士说："我们可以把整个上古史分为两个阶段：以二里头为界，往上是前中国时代；往下是以中原为中心的时代。二里头开启了东亚大陆的青铜时代，以二里头为分界的标志，二里头之前是无中心的满天星斗；二里头开始则是月明星稀，即有中心的多元王国时代。二里头之前，像良渚那样在满天星斗中是最亮的一颗星，即前中国时代最大的政治实体之一，它为后代文明给养，后代文明又扬弃了它的一些东西。"((胡宇煊 杨炎之《许宏vs何驽：二里头与陶寺，到底谁"最中国"？》，见2016年11月8日"社科院考古所中国考古网")

质疑三：在尚未找到夏早期都邑的情况下，"以二里头为界""把整个上古史分为两个阶段"是否合理？再因而把二里头之前的邦国或古国时代称为"无中心的满天星斗"是否恰当？

从时间概念上来说，"二里头之前"现在已经明确的大型史前遗址首先应该是陶寺。陶寺古国是在良渚政治实体灭亡之后才迈上历史舞台的，她比良渚文明更先进，更具备现代国家的特征，也更发挥着"万邦时代"文化交流的枢纽作用，许宏博士为什么在这里说"二里头之前，像良渚那样在满天星斗中是最亮的一颗星"，而对陶寺古国只字不提呢？

"文献史学和考古学是当下存在着的两大话语系统，只有文字印证的东西，如像甲骨卜辞一样的古文字才能使两大系统结合，此外，任何企图将文献史学中的王朝、族属和考古遗存进行对应的研究都是不可知的。考古学的特点是宜粗不宜细的对历史文化发展进程进行的长程观察，考古学最不擅长的是对历史人物、历史事件和绝对年代进行把握。而我个人则是持考古学本位的。"（同上）

质疑四：许宏博士反对"将文献史学中的王朝、族属和考古遗存进行对应的研究"，那么首先引来第一个问题：20世纪50年代末至80年代初期，为了解决与夏文化相关的诸学术课题，徐旭生先生首先全面梳理了文献中有关夏代的史料，认为豫西的洛阳平原及其附近和晋西南的汾水下游"两个区域应特别注意"。正是在此思想指导下，1959年夏，徐旭生先生率队在传说中夏人活动的中心地区豫西开始了对"夏墟"的考古调查。调查中所勘察的遗址，即包括今天的偃师二里头。这是首次明确以探索夏文化为学术目标所进行的田野考古工作。以此为标志，中国考古学界开始进入了以大规模的田野调查与发掘为基本手段，有目的、有计划地探索夏文化的时期。如果当年的徐旭生先生像许宏博士这样，反对"将文献史学中的王朝、族属和考古遗存进行对应的研究"，那么还会有今天的二里头遗址的发掘吗？还会有后来的一系列考古成果发现吗？再譬如发掘王城岗遗址这件事，当年，安金槐先生相信史书上记载的"禹都阳城"不是空穴来风，后来果然依此找到并发掘出了时间大约相当的城址。许宏博士认为将文献史学中的王朝、族属和考古遗存进行对应的研究是错误的，这好像有点绝对了，对应研究本身并没有错，只是不应该过度对应而已。

　　第二个问题，许宏博士说："文献史学和考古学是当下存在着的两大话语系统，只有文字印证的东西，如像甲骨卜辞一样的古文字才能使两大系统结合。"如果从考古学本位思想出发，此说自然无可非议，但如果单从考古学本位出发，而忽视文献学、历史学、神话学、民俗学、天文学等众多学科的研究成果，只是单打独斗，试问考古学能考出名堂吗？二里头遗址到目前为止，也没有发掘出相应的文字来，你们不也在那套400万字的发掘报告中说"二里头是探索夏商及其分界的关键性遗址"吗？（同上）哪怕其中只提了这么一句。反过来说，即便考古考出了文字，你能确认那就是文字吗？你又能确切地解读那些文字吗？你能保证每个考古学家的认可或解读都没有主观性吗？譬如，陶寺出土的"朱书文字"，在大多数考古学家和文字学家都认可为文字的情况下，许宏博士不也发出了"是字吗？什么字？"这样的疑问？考古学不能只从本位出发，而对其他学科置之不理，否则就很容易走向不可知论。譬如陶寺遗址，如果单从考古学角度看，陶寺遗址最多也就是4300多年前的一个未知其人文状况的邦国遗址所在，但如果我们把视野放宽，运用"四重考证"法，在把考古成果作为历史事实根基的前提下，再辅之数不胜数的关于帝尧及尧都的文献记载，当地方圆百十公里以内关于帝尧的密集的民俗传说和周边随处可见的遗迹遗址，那我们还有理由否认陶寺遗址就是曾经的尧都吗？

关于"最中国"的问题，不仅仅是一个考古学的问题，正如邓小南教授所说：这个问题"可以从两个角度来看，一个是考古学角度，包括天下之中、地中，然后是邦国、王国……考古学的发现支持这些认识；另外一个就是以往的认识或共识都包含'中国'这样的一个概念，它不纯粹是一个考古学问题，处于王朝阶段的那么一个规模形态算是中国吗？还是当年在地中这个位置上有了邦国的初级形态就可以算得上是中国？所以……它还涉及历史学、政治学、人类学的概念分殊的问题，从这个角度上我们也可以提供不同的认识和共识"。（同上）

这一点，孙庆伟教授在这次论坛上的发言或许更值得我们每个人思考："考古学应不忘初心……我们要知道考古学科的任务和使命，只有当它对社会有益、只有这个学科能被其他学科吸收的时候，考古学科的价值才会被凸显出来。"（同上）

2017.9.11.

"逐鹿中原"背后的玄机

"逐鹿中原"语出《史记·淮阴侯列传》:

> 秦失其鹿,天下共逐之。

说的是秦朝覆亡,群雄并起,争夺天下。后来就逐渐演变成了争夺天下的代名词。以后又有"得中原者得天下"一语,更凸显了中原在神州大地上的重要地位和作用。

中原又称中土、中州、华夏,原指古代以"三河"为中心的地域——古代的河内、河南和河东地区,亦即今黄河中游地区。古代以黄河为坐标参照,称今天山西西南部为河东,河南西部为河南,王屋、太行两山与黄河所夹的地区为河内,总称三河。司马迁在《史记·货殖列传》中说:

> 昔唐人都河东,殷人都河内,周人都河南。夫三河在天下之中,若鼎足,王者所更居也,建国各数百千岁。

中原,顾名思义,就是天下至中之原野,这正是"天下之中"概念演变的结果。陶寺古国覆亡之后,中华文明的中心才逐渐漫过黄河,向南推进

到"河内""河南"一带。新的政权定都黄河以南的中原地带,首先是看中了这里居中天下、八方辐辏的地理优势:

  河南闿域中夏,道里辐辏……中天而立,以经营四方,此其选也。(顾祖禹《读史方舆纪要》,卷四十七)

  这里居九州之腹心:东,芒砀之险峻可以凭靠;西,秦岭之连绵可以据守;南,大别之蜿蜒可以依仗;北,太行之巍峨可以掩护。巍巍嵩岳,屹踞中立,浩荡黄河,横贯期间。

  文献上说,禹都在安邑,夏都在阳城,但至今找不到考古学上的证据。但二里头遗址已被众多考古学家确定为夏晚期都城遗址,却是不争的事实。新朝的都城南移,新的"天下之中"的理论就得出笼,以尽快俘获人心,赢得天下人的认可。但由于文献资料和地下出土文物的匮乏,夏商两代关于新的"天下之中"理论阙如至今。周朝,一是部分古文献资料完整地保留了下来,二是有了相关的文物出土,我们才得以窥见这一时期"天下之中"理论演变的庐山真面。

  "圭"字出现在西周金文中,似乎可以印证早就有了圭表这一概念。何驽曾在《"中"与"中国"的由来》(见 2010 年 6 月 2 日《中国社会科学报》)一文中指出:圭尺,商代和史前陶寺文化时期则称为"中"。甲骨文"中"字其实就是圭尺的象形:丨为圭尺杆体,囗或〇描绘的是游标玉琮,囗像玉琮外廓,〇像玉琮内圆,而游标两"端"的似"飘带"者传统称为"斿"(旗帜的飘带),其实并非飘带的象形,而是圭尺上彩漆色段的指示。卜辞中屡见"立中",可以理解为建国建都之始"立中"为确定"王者居中"的地中,即确定中心位置。日后定期的"立中",则是观测日影在圭尺"中"上的"位置",两种行为都离不开核心仪器部件游标圭尺"中"。

  陶寺圭尺测定的陶寺当地夏至影长 39.9 厘米,约合 1.6 尺。这是《周髀算经》"夏至影长尺六寸""立中"判定"地中"的标准。但到了夏朝时,情况有了变化。《周礼·大司徒》记载：

> 以土圭之法测土深、正日景。以求地中……日至之景，尺有五寸，谓之地中……乃建王国焉。

《周礼·大司徒》所载"夏至影长尺五寸"的数据是河南登封告成的观测数据，考古发现的告成王城岗城址则被许多学者视为"禹都阳城"。

从尧都陶寺的1.6尺变到禹都阳城的1.5尺，说明"地中"概念的具体内涵是在变动的，是在随着王权地理方位的变动而变动。

到了西周，统治者继续沿袭了古人"以土圭之法，测土深，正日景，以求地中"的思想，但具体方法又有了创新，从更"精准"的"日中无影，呼而无响，盖天地之中"（《吕氏春秋·有始》）方面有了突破，至少在表面上更加增强了"地中"的权威性。

洛阳古称"洛州"，在西周时称洛邑。文献记载，洛邑城最初由周公所营建，周公曾经在洛邑附近测日影，以确定"地中"，地点在今天登封的观星台。唐义净和尚《南海寄归内法传》在讨论到古代怎样测定时辰，其中提到"洛州无影"，认为在夏至之时，与南海、印度和中国的其他地区有日影长短变化不同，唯独中国的洛州日中无影，因此称为"洛州无影"。王邦维先生发表《"洛州无影"与"天下之中"》（《四川大学学报》2005年第4期）一文说，在一次去河南登封古观星台研究"周公测景台"的过程中，他觉得自己找到了答案。首先，古代登封在洛阳境内，在地理位置上符合；其次，这个测影台被当地人称为"无影台"，因为在夏至的正午，也就是13点零8分，不仅在石台正北的地面上见不到石表的日影，石台自身的日影也完全消失。石台旁边的树阴，此时也全部退开。以当地的天文位置为准，应该说此时就是太阳运行一年中的最高点，也就是夏至点。这是古人的一种巧妙的发明，而不是真的"无影"。

与此同时，西周统治者还发明了两种"五服"和"九服"理论模式，加强他们的"天下之中"统治思想。《尚书·禹贡》和《周礼·职方》是我国两种最古老的地理文献,它们都记载了这种理想的国土规划模式,前者为"五服",后者为"九服",二者名称和区域大小虽然有所不同,但都是根据距离都城的远近不同来推行相应的的政治、经济、军事、文化等政策,以实现统治者"居天下中以均统四方"的治国方略。

西周即成周既然位居天下之中,那理所当然就是"中央之国""中国"了。《逸周书·作雒》云:

> 周公敬念于后曰,予畏周室不延,俾中天下。及将致政,乃作大邑成周于土中。

《史记·周本纪》云:

> 成王在丰,使召公复营洛邑,如武王之意。周公复卜申视,卒营筑,居九鼎焉。曰:此天下之中,四方入贡道里均。

《汉书·地理志》云:

> 昔周公营雒邑,以为在于土中,诸侯蕃屏四方,故立京师。

《说苑·至公》云:

> 南宫边子曰:昔周成王之卜居成周也,其命龟曰:予一人兼有天下,辟就百姓,敢无中土乎?使予有罪,则四方伐之,无难得也。

历经夏、商,又经西周统治者别出心裁的营造,并大力宣扬,"天下之中"在洛邑在中原的思想便逐渐深入人心,问鼎天下必据中原便沦肌浃髓,成为国人的思维模式和文化常识。

与此相联系,象征江山永固、接天通地因而为历代帝王常祭的"五岳"之"中岳"昆仑,变成了嵩山;原来代表中华大地的《尚书·禹贡》所谓"九州"中心"冀州",被豫州替代,称为"中州"……自此,金戈铁马是为了"逐鹿中原",刀光剑影是为了"问鼎中州",割据一方是为了"宅中图大",奠基王朝是为了"居中御远"。

种瓜得瓜,种豆得豆。同一种思维模式牢牢奠定了洛阳"天下之中"稳固的帝都地位。从东周到五代,定都洛阳者就有东周、东汉、曹魏、西晋、北魏、隋、唐、武周、后梁、后唐、后晋十一朝,时间长达880多年。

作为正统的象征,洛阳长久左右了中国古代的政治军事形势,影响了中华民族各方面的发展态势——逐鹿中原,其背后的玄机,除过其得天独厚的八方辐辏特殊地理位置外,就是几千年以来国人沦肌浃髓的"天下之中"思想在"作祟"。

2017.9.12.

怎样证明陶寺遗址就是尧都

陶寺是不是曾经的尧都？这个看来不是问题实际是个大问题的问题，长久以来困扰着诸多考古学家和历史学家。

考古学是一门实证的科学，任何东西得不到实证之前，考古学是不予承认的。譬如在陶寺遗址的问题上，尽管其发掘出的城址和诸多文物已经和文献上的记载达到了高度契合，但由于没有发掘出相关文字的说明，或者说发掘出来的那两个朱书文字还没有得到考古学家的一致认可，陶寺是不是曾经的尧都也就还是一个问题。

从理论上说，这种做法无可非议。但问题在于，对远古时代诸多问题的考证认定不是单凭一门考古学就能办到的。换言之，考古学是有局限性的。众所周知，我国目前出土的最早文字是殷商时期的甲骨文，在殷商之前再有没有成熟的文字系统一直就是个疑问。而且，远古时代的文字或契刻符号只有刻画在岩石或龟甲上才可能保存下来。这也就是说，在诸多新石器时代遗址中，要发现相应的文字或契刻符号，很难。即便发现了，由于诸多主客观因素的制约，人们要清楚正确地解读其原始的涵义，更难。这样，考古学所要求的实证性就很难，或者说根本就不可能达到。

事实上，研究中华文明的源头历史，绝不单单是一门考古学就能解决得了的问题，它需要历史学、文献学、古文字学、民俗学、神话学、天文学、地理学等众多学科的共同参与、共同努力,才有可能达到最终的目的。

20世纪初,王国维针对当时上古史被虚无化和被片面美化神化的两个极端倾向,在历史研究的方法问题上,提出了"二重证据法":

> 吾辈生于今日,幸于纸上之材料外,更得地下之新材料。由此种材料,我辈固得据以补正纸上之材料,亦得证明古书之某部分全为实录,即百家不雅训之言亦不无表示一面之事实。此二重证据法惟在今日始得为之。(《古史新证》,王国维著,清华大学出版社,1994年12月第1版)

其意是运用"地下之新材料"与古文献记载互相印证,以考古代历史文化。这种方法后来成了一种公认的科学学术正流。然而,从今天的学术角度看来,此种方法仍不免失之偏颇:一是它排除了各地千百年来口口相传的民俗和民间传说;二是它忽视了各地与研究对象相关的鸿爪雪泥般的遗址和遗迹的考察。而这二者,恰恰是在以一种夸大或歪曲的形式反映着历史迷离背后的真相,其中不乏真理的颗粒。

沿用王国维提出"二重证据法",再把民俗、民间传说的考订和相关遗址遗迹的考察补充进来,这就是我在《中华祖脉》《祖先祖先》等著作中研究上古史时所运用的"四重证据法"。国家科学技术哲学首席科学家郭贵春先生曾撰文给予这一方法中肯的评价:"这里有孑然屹立、默对天空的废墟遗址,这里有页面发黄、字迹漫漶的历史记载,这里有纷纷扰扰、历千年而弥新的民间习俗和传说,这里还有渗透着始祖文明因子、锈迹斑斑的出土文物。'把这四方面联系起来考证行文,尽量做到全面、公正、客观',这就使得这本书有了厚实的根基,有了一定意义上的史学价值。"(《晋山晋水 中华祖脉的绵延之地——评李琳之〈中华祖脉〉》,见2014年5月7日《山西日报》)

"四重证据法"实质上是建立在对其中任何一种的证据都可能是假的这

个大前提之下的。它的科学性在于，它可以纠正其中某一方面的不足或偏差，用相关联证的方式确保其研究成果的客观性和公正性。只要这四重证据在某些个点或面上能够达到高度契合和一致，我们就可以从逻辑上推导出其正确的结论。

我们现在就用这个方法对陶寺是否为尧都做个鉴定，看其最后的结论是否科学。

从文献看历史记载。

《竹书纪年》载：

> 帝尧陶唐氏……元年，帝即位，居冀。

《左传·哀公六年》载：

> 唯彼陶唐，率彼天常，有此冀方。

冀、冀方，均指冀州。冀州指晋国（《国语·晋语四》），即今晋南地域。晋南之所以称冀州，是因为该地域有个一个叫冀的小国（《左传·僖公二年》）。《禹贡》中所言冀州之范围包括今山西和河北大部，但从其原始涵义而言，仅指晋南一带。

《纲鉴易知录》载：

> 甲辰，唐帝尧元载，帝自唐侯践天子位于平阳。

《历代帝王年表》载：

> 帝尧陶唐氏，帝喾子，挚弟，姓伊耆。初封唐，以火德王，都平阳。

《通鉴外纪》载：

帝尧，帝喾之子，年十五，长十尺，佐兄挚受封唐侯，姓伊祁，号陶唐，都平阳。

《帝王世纪》载：

帝尧，陶唐氏，祁姓也，母曰庆都，孕十四月而生尧于丹陵，名曰放勋，或从母姓伊祁氏。年十五而佐帝挚，授封于唐为诸侯。身长十尺，常梦攀天而上之，故年二十而登帝位，以火承木，都平阳。

《汉书·帝王本纪》载：

尧都平阳，舜都蒲坂，禹都安邑。

《左传·哀公六年疏》载：

尧治平阳，舜治蒲坂，禹治安邑。三都相去各二百余里，俱在冀州，统天下四方。

平阳系今临汾市古称。西周时期，周成王封弟叔虞于唐——因是尧之古唐国所在地，故名，指今临汾翼城一带，因唐境内有晋水，叔虞之子燮父"易唐为晋"。战国初期，韩、赵、魏"三家分晋"，韩建都平阳。秦改分封制为郡县制，全国划为36郡，属河东郡。西汉划全国为103郡国，属河东郡司隶部辖。247年即三国魏正始八年置平阳郡。309年即西晋永嘉三年，刘渊建汉，都平阳。1116年即北宋政和六年，置平阳府。明清再置平阳府，直至民国三年，废平阳府设河东道。

另外，关于尧所处时代，《尚书》《史记》《竹书纪年》《帝王世纪》等都有记载，尧接帝挚，传位于虞舜，虞舜传位大禹，大禹传位子启，启建夏。

夏商周断代工程年表显示，夏的建国年代在公元前2070年。

从地下考古成果看陶寺的都邑性质。

陶寺遗址在晋南地区，位于临汾城东北30公里处，面积达280万平方米，20世纪70年代为了寻找夏以前的都城对它进行了发掘，当时发掘了两片工作区，一片在西部，有大量的平民居住区，在东南部则发现了早期的王族墓地。

早期的考古收获是建立了三期的文化分期，现在通过一些新的手段将最早年代更新到距今4400年左右，最晚的可能是到3800年，但还需要很多数据进行支撑。1999年，考古学者并没有定义它为夏都还是尧都，但将它定义为都城，现在基本上确定了陶寺城址的发展阶段。陶寺早期城址并不大，考古学者认为是一个宫城，后来发现的所有大型夯土台基都在这个区域里，只有13万平方米，最初在南部的下层贵族居住区建起了城墙，所以将宫城和外城围起来了。宫城和外城构成了早期的城址，面积只有20多万平方米，但是有祭地的礼制建筑，这个区域外有大量的平民居住区和仓储区，都加起来有160万平方米。

到中期有大的变化，宫城虽然继续使用，但南部的小城废弃掉了，在外部建立一个巨大的外郭城，出现了观象祭祀台。已发掘的地方有280万平米，如果加上未发掘区域的话，就超过300万平方米，这个时候城址已经变成了双城址，且城中功能区完备，明显看出是以某种宇宙观为指导思想的。此外还有驿站性质的基址，体现了中央与地方的行政关系。

陶寺中晚期时出现了极大的动荡，它被彻底征服，不再作为都城而存在。仅在某一个时刻，陶寺搞过一段复辟，体现在北、南墙的修筑，礼制建筑也重修了一下，在宫城中还出现了夯土台基。

祭天和祭地是当时重要的国家祭祀。陶寺祭天的遗址位于城址的东南部，最为重要的礼制建筑是观测太阳历的观象台，考古学家与天文考古学家进行合作，通过实地的观测，发现陶寺的观象台能得到20个节气的历法，可以拟定关于大豆、黍、粟等农作物播种和收获的历法。更能体现陶寺农业社会的本质，天文历法也是国家软实力的一部分。观象台旁边有沟和渠，也有祭地的遗址。

碳十四测年数据，陶寺文化时代范围如下：

陶寺文化早期：距今4300（最新一说是距今4400年）～4100年；

陶寺文化中期：距今4100～4000年；

陶寺文化晚期：距今4000～3900年（最新一说是距今3800年）。（何驽：《从陶寺遗址考古收获看中国早期特征》，见《中国古代文明与国家起源学术研讨会论文集》，科学出版社，2011年8月，第1版）

从民俗、民间传说和相关遗迹遗址看。

陶寺西面的姑射山传说是尧夫人鹿仙女即散宜氏女射杀野兽保民安境之处，尧在这里和鹿仙女见面、恋爱，最后成就了"洞房花烛夜"的千古美谈。这里的"仙洞沟景区"就有一处"洞房花烛夜"的景点供游客赏玩。散宜氏女为帝尧生了九子二女；传说帝尧访贤的故事也发生在这里。帝尧寻访的四个贤人分别是方回、善卷、披衣和许由，披衣即蒲衣，亦写作蒲伊，今临汾蒲县有蒲伊村，据说是披衣隐居之处。蒲伊村附近有帝尧与披衣论道的地方，后人称之为讲道台。而浦县正是后人为纪念蒲伊所设的地名证据。

许由，传说是洪洞人，隐居在陶寺遗址边上的箕山。尧访许由著名的"洗耳"故事，就发生在此处。箕山脚下的那条颍河，被后人称为"洗耳河"。

陶寺边上有个席村，传说是尧所拜老师壤父即席老师的故里，壤父在这里吟出了中国历史上第一首诗歌《击壤歌》，后人因此称这个村庄为席村。今临汾城北有个叫康庄的城中村，据说是另一首民谣《康衢谣》的诞生地，"康庄大道"这个成语即来源于此。席村和康庄现在都保存有相关碑刻。

临汾城南现有建筑规模最大、历史最为悠久的尧庙,早在6世纪北魏时,郦道元《水经注》就记载了它早已存在。尧驾崩后,据说葬在现临汾市东北30公里处的郭村里隅涝河北岸山坡上。尧陵祠宇始建年代史无记载,据金代碑文,唐太宗李世民征战曾屯兵于此。

涝河一带流传着尧、尧母、尧妻带领百姓治理洪灾,并和女妖大战的壮美故事,这里因此留下了马刨泉、黑风洞、清风洞、尧姑庙、上马台、马台村等遗址遗迹。

洪洞县甘亭镇士师村位于临汾市北10公里处,史籍记载这里是尧舜时代第一名臣皋陶的故乡。人们为纪念这位先贤,把村名叫作皋陶。清代中叶,当地文人嫌直呼圣人的名讳不敬,就改皋陶的官职士师为村名。村东南有皋陶墓,村中旧驿道旁有皋陶庙。2012年,有关部门在洪洞县甘亭镇士师村,建立了以皋陶为主要宣传内容的我国首家司法博物馆——华夏司法博物馆。

相传皋陶有一只可以明辨是非善恶的羊獬,又称直辨兽。当人们发生冲突或纠纷的时候,独角兽能用角指向无理的一方,甚至会将罪该万死的人用角抵死,令犯法者不寒而栗。獬豸也叫"法",文献记载这就是后世"法"这一概念的出处。

西距士师村5公里处是羊獬的"故乡"——羊獬村。羊獬村流传着关于羊獬的离奇传说和闻名遐迩的"接姑姑"故事。传说散宜氏女在这里生下娥皇、女英。后来尧把他这两个女儿从羊獬村嫁给35公里之外的历山的舜,羊獬便成了她们的娘家,历山自然就成为她们的婆家。几千年来人伦礼制的上古遗风一直延续到现在。每年舜帝农历五月初五生日这一天,娥皇六月十八生日这一天,女英九月初九生日这一天,羊獬人都会拿上礼物,成群结队地到35公里之外的历山祝寿纪念。除过这些千年不变的习俗外,还有一个"三月三"羊獬人接"姑姑"回娘家和"四月廿八"帝尧寿诞历山六村接"娘娘"回婆家的两个隆重节日。这两个节日规模宏大,气氛热烈,届时两地都要集会,唱大戏10天。洪洞和临汾尧都区5个乡镇、22个村总共有五六万人共同参与。数千年来两个地方你迎我接、你来我往，从未间断。

　　临汾周边县市，几乎走到任何一个地方，都能看到尧的影子。在相传为"帝尧故里"伊村南两公里处，是尧长子丹朱的演马场；在浮山县古县村，三面险绝，唯东面平垣，据传为"丹朱邑"，是丹朱的始封地；再往南20余公里，有朱村饮马泉，《平阳府志》记载说是丹朱饮马处；今浮山县城东南10公里处，有浮山天坛山，又名"南尧山"，与"北尧山"隔空相望，传为昔日帝尧最早的祭天圣地；在浮山县境内，特别是毗邻崇山（乡人又称为塔儿山）一带，有很多村名都与尧有着千丝万缕的联系，如槐埝的圣王山，响水河镇的尧上、尧头、尧村，东张乡的（丹）朱村以及与翼城县毗邻的丹子山等；洪洞县城东北20公里处的圣王村，传说为舜诞生之地，城西15公里处有历山，建有神立庙，并有舜井、舜田（亦名象耕鸟耘区）、象窝沟、神象岭、百鸟峰等遗迹；霍州市东20公里处的陶唐峪，据说是帝尧的避暑行宫；襄汾县新城镇南有一个伯玉村，古时这里叫伯益村，是尧舜时代良臣伯益故里，附近有伯益墓；翼城县有唐尧城遗址，世传尧筑城于此。古代许多文献，包括《平阳府志》、历代《翼城县志》及国内大型权威辞书也大多记载尧的初封地古唐国的地望就在今翼城一带。另外，在襄汾，在曲沃，在安泽，在古县，在吉县等，尧迹比比皆是。（《尧迹昭昭》，见《祖先，祖先》，李琳之著，北岳文艺出版社，2017年6月）

　　如此密集分布的遗迹和传说，从尧的出生、成长、建国到逊位、死亡，一个不落，这其中反映的绝不仅仅是普通百姓美好的愿望，更多的是在折射着一个已经被岁月冲淡的恍惚朦胧的历史真相：尧的一生和这片土地一定有着千丝万缕的联系。

　　文献记载、考古文物、相关遗迹遗址和民俗传说，"四重证据"合一，时间、地点、人物三个要素无缝对接，高度契合，还不能证明陶寺遗址是曾经的尧都吗？

2017.9.18

"中华""华夏"概念的起源及演变

先说"中华"。

根据《尚书》《竹书纪年》和《河图》等众多古籍记载的"伏羲造书契以代结绳之政","中"和"华"作为两个单独的字而言,应该是诞生于8000年前伏羲的王都昆仑虚(《中华文明的原点和析城山》,见拙作《祖先,祖先》)。但"中华"作为一个词来说,最早出现在《三国志·诸葛亮传》中:

> 若使游步中华,骋其龙文,必不出曹操诸谋士之下。

这里的"中华"是指曹魏统治下的黄河流域中下游一带。

"中",是指"天下之中",前文已有论述,此不赘。

"华",最初的涵义是指孕育了伏羲的华胥氏部落,亦即后人所说的华族。华胥不是一个人,而是一个以女性为尊荣、为中心的母系氏族社会的部落或氏族部落首领的名称,可能延续了几代,十几代,甚或几十代。"胥"是个虚词,相当于现代汉语里的啊、呀等赞叹的意思。"华胥"作为人名最早出现在战国时代的文献中,如《列子·黄帝》:

> 黄帝梦游华胥国,华胥之人其国无帅长,自然而已;其民

无嗜好……

再如，《山海经·内东经·郭注》：

华胥履大迹生伏羲。

"华"和"花"同源、同音、同义，在古代是通假字。繁体字华的写法是"華"，这是一个象形字，就是一树鲜花赫赫光华活生生的写照。西周青铜器《毛公鼎》《命毁》等铭文的"华"字，就正如同草木开花的样子。这个"华"体现的意思有三：其一，赞叹女人像鲜花一样美丽，寓含着母系氏族社会的女性崇拜；其二，赞叹女人的生育像"花落蒂存，蒂落成果"一样，具有欣欣向荣、生生不息的旺盛的生殖繁衍力量，寓含着生殖崇拜；其三，有祭祀神祖的意思，寓含着祖先崇拜和天地崇拜。"华"和"垂"也是同源、同音、同义，在甲骨文中，"华"的写法像一朵下垂的花，所以，《中国字例》说："按字原象形，甲骨文'华'用为祭名。"究其本源就是说，花的生命、人的生命都来自于祖先和天地的恩赐，所以人们用华丽下垂的花朵来祭祀祖先和上天，以示感恩之情。这个做法一直延续到今天：我们现在祭祀先祖的时候，仍是送花圈、佩戴白花，并垂首直立。另外，伏羲所在的昆仑虚，鲜花满地，芳香四溢，后世的屈原在《天问》中就美名之曰"昆仑悬圃"，意为悬在空中的花园。所以，用来指代乱琼碎玉般的锦簇花团的"华"也就成为昆仑虚的另一种意象表征。（本说参考了华润葵等《中华民族开天史》手稿）

陕西的华山、山西的华水、华谷、中华山等，都是华胥氏、华族的遗存反映。

文献上的这些说法，在考古学也找到了相应的理论根据："分布在陕西华山附近的仰韶文化庙底沟类型彩陶，大量出现在陶器上的是一种美丽的多方连续的图案。制作时先在器坯上安排好装饰花纹带的部位，然后以圆点排列定位，再用线或是弧形三角纹将圆点联结起来，组成既均衡对称，又活跃生动的连续图案，富于节奏感和韵律感。至于这些美丽的图案的含义，还只能猜测。经过反复观察，有人认为那是用阴阳纹结合的技法，表现出植物的覆瓦状花冠以及花蕾、叶子和茎蔓，以连续交错的构图，将蔷薇科植物中玫瑰花那香艳诱人的花朵，化为美丽的彩陶装饰图案。"（《美源》，杨泓、李力著，生活·读书·新知三联书店，2008年1月第1版）我国考古学泰斗苏秉琦先生认为这种"香艳诱人"的花朵是枝、叶、蕾、花瓣俱全的玫瑰花图案，这种玫瑰花图案正是仰韶文化庙底沟类型彩陶的主要特征。（苏秉琦《文化与文明——在辽宁"兴城座谈会"上的讲话》，见《辽海文物学刊》1990年1期）而仰韶文化庙底沟类型在考古界被公认为是上古华夏集团的特有文化。

《三国志·诸葛亮传》把"中"和"华"连起来使用，从时间上说，等于连起了这个民族8000年文明的历史；从空间上来说，等于连起了整个神州大地上所有中国人的心；从内涵上来说，"中华"一词全面继承了民族始祖伏羲大帝超越各民族偏见的大道和谐思想。所以，从那时起，一个政权是否正统，也就成为它是否能在社会舆论面前取得合法存在资格的潜在标准。这在两晋南北朝时期表现得尤为突出。当时，匈奴、鲜卑、羯、氐、羌等族纷纷向中原汇聚，建立政权。他们为了在中原站稳脚跟，就千方百计地从血统、地缘及文化制度方面去寻找自己是中华正统的根据。譬如《魏书·纪序》就记载，鲜卑拓跋氏就自称为黄帝之裔；《周书·帝纪》则记载，鲜卑宇文氏自称为炎帝之裔；《史记·匈奴列传》记载，铁弗匈奴刘（赫连）勃勃自称自己是夏王室血统，所以把所建政权称为夏。

"中华"一词首次出现在法律条文中，是在唐朝时期，《唐律疏议》给"中华"下了一个权威的定义：

  中华者，中国也。亲被王教，自属中国。衣冠威仪，习俗孝悌，居身礼仪，故谓之中华。

19世纪初,在"民族"这个概念传入中国后,梁启超首次将"中华"和"民族"结合起来,提出了"中华民族"的新概念。他在《论中国学术思想变迁之大势》一文中说:"齐,海国也。上古时代,我中华民族之有海权思想者,厥惟齐。故于其间产出两种观念焉,一曰国家观;二曰世界观"。

1905年,梁启超又写了《历史上中国民族之观察》一文,从历史演变的角度重点分析了中国民族的多元性和混合性,断然指出:"中华民族自始本非一族,实由多民族混合而成。"由此,梁启超真正完成了"中华民族"一词从形式到内容的革命性创造。

孙中山的同盟会本来是以"驱逐鞑虏,恢复中华"为基本纲领的,后来受到梁启超关于"中华民族"论述的影响,断然放弃了旧的同盟会纲领,提出了"五族共和"的理论,将现代民族主义付诸实践,最后推翻了清政府,建立了中国历史上第一个用"中华"命名的"中华民国"。

自此后,"中华民族"的概念开始成为国人的共识。

再说"华夏"。

"华夏"同"中华"一样,地理上是指中国幅员辽阔的大地,民族上是指以汉族为主体的多民族国家。但"华夏""中华""中国"等词语的原始内涵和外延却很狭窄,其地域范围仅指晋南等黄河中游地区,其族群也仅是指以炎黄和尧舜禹部族为核心的华夏诸部落联盟群体。

"华夏"一词最早见于周《尚书·周书·武成》:

华夏蛮貊,罔不率俾。

意思是说无论是中原地区的民族,还是边远地区的民族,都对周武王表示顺从。这里的"华夏"指中原地区的民族,即后来的汉族。

在古代文献里,大多数情况下,"华""夏"和"华夏"表述的是同一个意思,大都是指位居"天下之中"的中原之国,如《左传·定公十年》:

裔不谋夏，夷不乱华。

同书《襄公廿六年》记楚析公助秦败楚师，声子说：

楚失华夏，则析公之为也。

《汉书·安帝纪》干脆就说：

夏，华夏也。

孔颖达为《春秋左传正义》作疏说：

中国有礼仪之大，故称夏；有服章之美，谓之华。

《书经》《尚书正义》等也表达了同样的意思：

冕服华章曰华，大国曰夏。

可见，古人是以服饰华采之美为华；以疆界广阔与文化繁荣、文明道德兴盛为夏。这也说明了不论是"中华"，还是"华夏"，其实也都是某种"尊己卑人"观念的产物。

"夏"，《说文》解释为"中国之人也"，《汉书·地理志》颜师古和《战国策·秦策》鲍彪则注释为"夏，中国也"。前者是指民族概念，后者是指地理概念。

以"夏"为族名应该始于尧舜禹时代。《尚书》里有一句舜对皋陶说的话：

> 蛮夷滑夏，寇贼奸宄。

意思就是说，蛮夷侵扰我们中国，抢劫杀人，造成外患内乱。这里的夏显然是指以晋南陶寺遗址为核心的尧部落联盟所控制的地区。这说明早在尧舜时期就已经有了华夏与夷狄的区分。华夏族的祖先是先后生活在黄河中下游一带的伏羲、女娲、神农等"三皇五帝"族群，后来这个族群在距今5500～4000年前"满天星斗"的万邦时代以陶寺王国面目出现，异军突起，先后打败周边诸多小国，在黄河中游流域建立了中国历史上最早的、具有"广域王权"的统治——夏朝，简称"夏"。

历史学家刘起釪先生经过检索古代文献，发现被称为"夏虚"的地方至少有6处，都在晋南地域。这6处分别在晋国初都，今翼城一带；虞城，今平陆县一带；平阳，今临汾西一带；安邑，今夏县和解州一带；古晋阳，今永济市虞乡西一带；鄂，今乡宁一带。（刘起釪：《由夏族原居地纵论夏文华始于晋南》，见郑杰祥编，《夏文化论集》（上），（北京）文物出版社，2002年12月第1版）

晋南夏县的东下冯遗址以其丰富多彩的夏早期文化遗存坐实了这种文献的记载。另外，在河南的伊洛地区，王城岗遗址、二里头遗址和二里岗遗址等则发现了大量的，比东下冯遗址更为丰富多彩的夏朝中晚期各种文化遗存。"夏"在时间和地域的轮廓上和文献记载基本吻合。

《方言》云：

> 夏，大也。自关而西秦晋之间凡物之壮大而爱伟之，谓之夏。

"自关而西"是《牧誓》中周武王所称的西土。从先夏时期就在这个西土即主要在晋南地区发展起来的夏族，在自身发展壮大后，才越过黄河，把都城营建在咫尺之遥的王城岗、二里头等地，开启了夏朝时代。

"夏和虞自其族的始兴,到后来退回故里,都是长期住在西土(晋南)的。至于王国维先生谓夏族一部西迁至西域大夏,又月氏即禹氏,先迁且末、于阗间,后迁大夏,徐中舒先生谓夏族之西迁考为大夏,北迁者为匈奴,南迁者为越,而月氏、禹氏即有虞氏,其大月氏西迁西域大夏,小月氏留于安定郡,则又说明夏和虞两族都有一部分跑到中亚去了。"(刘起釪:《由夏族原居地纵论夏文华始于晋南》,见郑杰祥编《夏文化论集·上》,文物出版社,2002年12月第1版)

夏、商、周系"邦国、王国、帝国"时代中的王国时代。在"万邦时代"过渡到西周的王国时代时,还有800多个诸侯小国,这些小国就被统称为"诸夏"。如《左传》:

戎狄豺狼,不可厌也;诸夏亲昵,不可弃也。

周王东迁洛邑(洛阳)后,王室的权威日渐下降,诸侯国之间互相倾轧,争霸争雄,兼并频繁。这个时期的"夏"就只指包括晋国在内的中原地区,如《荀子》:

居楚则楚,居越则越,居夏则夏。

在战国以前,能够涵盖我们国家地理、民族和文化全范围的词并不固定,除过"华夏""诸夏"外,类似的还有"冀州""天下""四海""九州""神州"等,但这些词的具体含义都有些模棱两可,不够明确具体。

2016.9.13.一稿
2017.10.13.终稿

我的学术观

——在山西大学71期教师岗前培训课程班上的演说

2018年3月16日,应山西大学邀请,我给刚从全国各地大学博士毕业,前来山西大学任教的年轻教师们,做了一堂长达3个多小时的命题讲座——《我的学术道路》。本文是其中最后一部分内容。

我在前边谈到过我对学术研究的三点看法:一,学术研究不应该是纯概念的玄学式研究;二,所有的学术权威和经典理论都有它缺陷的一面,我们都应当以怀疑的态度面对;三,理论归根结底来源于实践,所以书本知识和社会实践需要互为依托。离开了社会实践、社会调查的研究,是无源之水、无本之木。

除过上边提到的我在起步阶段悟到的这三点外,在这几年的学术研究实践中,我还有以下几点体会:

第一,做好学术研究的前提是热爱,是发自肺腑的喜欢。

王国维在《人间词话》里谈到了他的治学经验,他说:"古今之成大事业、大学问者,必经过三种之境界",第一种境界是"昨夜西风凋碧树。独上高楼,望尽天涯路"。这句话出自北宋晏殊的《蝶恋花》,原意是:昨夜西风惨烈，凋零了绿树，我独自登上高楼，望尽了天涯路，想给我的心上人寄封信，可是高山连绵，碧水无尽，又不知道我的心上人在何处。王国维在此巧妙借用其意，是说做学问成大事业者，首先要有执着的追求，登高望远，勘察路径，明确目标与方向，了解事物的概貌。

第二种境界是"衣带渐宽终不悔，为伊消得人憔悴"。这句诗来自柳永的《凤栖梧》，原词表现的是作者对爱的执着、艰辛和无悔。王国维则别具匠心，以此比喻做大事业、大学问，必须坚定不移，经过辛勤劳动，刻苦努力，即便"衣带渐宽""人憔悴"也不后悔。有这样的精神，方能有所成就。

第三种境界是"众里寻他千百度，蓦然回首，那人却在，灯火阑珊处"。这句词出自南宋辛弃疾《青玉案》，原意是说我千百次寻找，等待的那一个人还没有出现。我的心充满疲惫和失落，不经意间一回首，却发现她在那灯火寥落的地方静静地站着。王国维借用它比喻做学问的最高一重境界，意思是说在刻苦钻研、反复研究、下足功夫后，自然会豁然贯通，柳暗花明，从必然王国进入自由王国。

王国维所说做学问的这三重境界说的是做成大学问所要经历的三个阶段。我说的喜欢则是做好学问的前提，是从心态和心境上说的。这也有三个阶段：第一阶段，苦就是苦，不喜欢，但勉强去做，做前是痛苦，做的过程也痛苦；第二阶段是苦中作乐，做前和做的过程都痛苦，但从中可以找到一丝乐趣；第三阶段是以苦为乐，苦不再是苦，苦变成了一种乐趣，一种享受。做学问做到这种心态，那就是一种极致境界了，这也就是所谓的发自肺腑的喜欢。如果不喜欢自己所从事的研究工作，只是为了饭碗和职称勉强去做，那注定是成不了什么大气候的。

第二，做好学术研究必须有一种责任感，还要有一种"舍我其谁"的霸气。

这个世界上没有一种理论是十全十美的，也没有一种学说是绝对的真理。每一种学说的诞生都有它特殊的历史背景，都要受到时代、社会、个人等各种主客观条件的制约，因而都有其局限性，所以，我们只有在心底树立起突破、发展前人理论学说的责任感，才有可能把学问做得比较扎实。亚里士多德说："吾爱吾师，吾更爱真理。"面对前人，面对权威，我们从情感上要给予足够的尊重和理解，但在理智上，应该大胆怀疑，大胆假设，然后小心求证。权威是用来打倒的，前人的理论是用来推翻的。你只有站在权威的肩膀上，你才能成为权威；你只有推翻了前人的理论，你才能架构起属于你自己的理论体系。

第三，做好学术研究必须站在一个公正客观的立场上进行独立的研究，任何夹杂着个人或集团利益的研究都是对学术研究真实性、公正性的损害。

学术研究是为了求真，客观性和真实性是它存在的最根本基石。但由于每个人所处的环境不同、地位不同、阶级或阶层属性不同，由于他本人所站位置的高度和观察问题的角度不同，等等，他对事情的看法就不可避免地或多或少地带有局限性。这是由人的社会属性决定的，任何人都不可能例外。区别在于，你是不是努力做到了客观、公正，譬如你所占有的资料全不全、你所站的高度够不够、你所观察问题的角度有没有偏差等。学术研究最忌讳的是为了某种个人或集团利益而有预定结果或框架的所谓研究，那其实不是研究，那是对真实性、公正性和客观性的歪曲，有悖于学术研究的宗旨和目的。

第四，做好学术研究，至少是历史学的研究，不能仅从文本走向文本。

在中国，乃至在世界各国，所有所谓正统的历史文本都是不同时期统治集团的利益反映。历史研究必须注重民俗、民间传说，以及地方志和家谱的研究。我在对中国上古史的研究中就发现，我们以"三皇五帝"为框架的古史体系实际上就是孔子、司马迁等为维护统治阶级的统治，为维护"华夏"正统地位所虚构的一种历史体系。黄帝、颛顼、帝喾、尧和舜等所谓"五帝"之间并没有血缘上的承继关系，他们都是上古时期几个不同的部落集团而已。中华文明的起源也不是我们以前所谓的黄河文明"一元"，而是如满天星斗的"多源"。孔子为大人隐，为圣人隐，其结果就是抹杀了中国文明"多元"起源的历史真相。譬如，在杭州余杭地区发现的4500年前的良渚古城遗址，在陕西神木发现的4000年前的石峁古城遗址，前者面积达到了290万平方米，后者面积达到了400万平方米，而同时代被视为正统文明象征的尧都陶寺古城遗址总面积也才280万平方米，但尧都在历史文献上被频频提及，而良渚古城和石峁古城则只字不提。造成这种现象的原因可能很复杂，但其根本的原因恐怕还是华夏族后来的继承者们为了维护华夏文明正统地位的神圣而把那些所谓不光彩的负面因素剔除掉了。搞历史研究的人应该明白，历史是胜利者书写的，其中充满了歪曲篡改、涂脂抹粉等诸多不干净的因素，所以研究历史，就应该走出从文本到文本的怪圈，那些不被正统史采纳的民间传说、民间习俗等，虽然看起来虚幻缥缈，但可能正是历史真实的一种歪曲反映。王国维提出的历史研究"二重证据法"，即把地上的文献和地下的考古结合起来的研究方法，是比前人进了一大步，但现在看来也还是有局限性，那就是他没有把民间习俗传说和地面的人文遗迹纳入他的视野。为此，我在写《中华祖脉》一书时，就采取了把文献记载、民俗传说、遗迹遗址和考古文物四方面结合起来进行研究的方法，并取得了不错的实际效果，我称之为历史研究"四重证据法"，我们山大的老校长郭贵春教授在《光明日报》发文评荐《中华祖脉》时还特意提到了这个方法，并给予中肯的评价。

第五，做好学术研究要始终牢记学术研究的宗旨。

研究历史，说到底，是为现实服务的。所谓为现实服务，不是说把历史歪曲成现实中利益集团所需要的虚假面具，给他们涂脂抹粉，而是要挖掘出历史真实的一面，为现实中的决策者提供一个可资借鉴的理论依据，让后人从中汲取经验、教训。

学术研究的最高层面不是仅仅解决几个学术问题，成为某一方面的权威，而是研究者能把自己的研究成果升华成一种学说或一套科学的理论体系，然后再用这种学说去指导实践，在实践中产生效应。这一方面最好的例子就是马克思主义。马克思和恩格斯把他们的学说当作一种革命理论，影响了20世纪整个世界体系的重构，可谓前无古人，后无来者。我们虽然不能和马克思、恩格斯相比,但我们也不能妄自菲薄,应该在心目中树立一个远大的目标,即上面我提到的,要有一种舍我其谁的霸气,或许有一天,我们的研究成果真就可能被应用于国家某个领域的实践中去了。

我在研究、书写历史的过程中,从来没有忘记关注现实、干预现实,为现实服务的这个原则。这几年,我在学术研究之余,也写了不少评论时弊的学术随笔,引起了社会的广泛关注。

我的研究领域主要是中国上古史和山西上古史,这些年,我几乎跑遍了所有从10000年前到4000年前这段历史在山西的考古遗址、人文遗迹及相关地方,并做了大量的社会调查,收集了大量的民间资料。结合文献记载和考古成果,我进一步从细节和大逻辑概念上确定了山西古河东地区被称为华夏文明源头这个论断,是有着充分的历史依据的。我在这方面的研究成果集中表现在我的《中华祖脉》、《家国往事》和《祖先,祖先》三本书中。尤其是《祖先,祖先》,全面而系统地梳理了这段历史在山西的发展脉络,对陶寺在中华早期文明中的核心地位做了多方面的论证。陶寺遗址的发掘表明,它已经拥有了国家的形态,并且是"中国"这个概念最初诞生的地方,只有它才最有资格被称为"最初中国"或"最早中国"。河南二里头虽然已经是成熟的国家形态,但它比陶寺古国要晚近500年。这几年,在浙江杭州南面的余杭区发现的良渚古城成为全世界关注的焦点,它以其庞大的古城建筑面积、等级分明的墓葬制度和高度发达的稻作农业技术,以及玉石、陶器等高超的雕刻制作技艺而被称为中华文明5000年的实证。尽管如此,它既不能被称为"最早中国",也不能被称为"华夏"文明的源头,因为它在上古时代是游离于华夏文明之外的"异域"文明,而且在公元前2300年左右,良渚古城被彻底毁弃后,良渚文明也像世界上其他几大文明一样消失了。虽然在后来的太湖流域的一些遗址,甚至在陶寺遗址中都有良渚晚期文化的孑遗反映,但已经是微末细流了,真正流传下来的中华文明是以陶寺古国文明为核心的华夏黄河文明。在那个时代,陶寺古国就是当时中华大地上"汇聚"各种文明的核心,同时它也以其强劲的经济文化实力"辐射"影响着周边蛮、狄、夷、戎等各支文化。

2017年8月,我首次在山西文博会上提出,以《祖先,祖先》揭示的山西是华夏之源、中国之源的史实,在山西古河东地区打造世界级的"最初中国"文化旅游区。这一倡议在全省引起高度关注,《发展导报》《临汾日报》《山西商报》《山西综合广播》等媒体先后就此问题对我进行了专访。同年9月在临汾举办的"华夏之美"黄河文化研讨会上,我又应邀给大会提交了题为《从黄河祖脉看山西文旅如何破局》的论文,从理论依据、现实意义、历史意义和大致构想等几方面对这个倡议做了进一步的完善和提升。

2017年12月,在上海召开的第三届世界考古论坛大会上,由考古学家何驽、高江涛和王晓毅共同主持的"陶寺遗址是'中国'或'中原'肇端"的科研项目获得世界"重要考古研究成果"大奖。这说明,"中国"概念最早诞生在陶寺古国,已经得到世界考古界的承认。这等于为我在山西古河东地区打造世界级的"最初中国"文化旅游区的倡议提供了更为坚实的考古学理论依据和难得的国际舆论环境。

今年2月,在山西省国际文化交流协会迎春座谈会上,我在发言中再次重点谈了这个问题,引起刚离退的山西省政协主席薛延忠和全体与会人员的高度重视。薛延忠主席当场就说,山西省国际文化交流协会可就我提的这个提议,组织专家进行研讨、论证,然后形成一个方案,上交省委、省政府和省政协。此外,我还先后在不同场合同原山西省委副书记纪馨芳、山西省企业家协会会长崔晋宏、山西省委宣传部副部长杨茂林等人,以及山西省社科院旅游文化研究中心主任李永宠、太原师范学院历史系主任王杰瑜、《发展导报》总编胡向泽等专家学者,就这个问题交换过意见,他们也都对我这个倡议持肯定和支持的态度。

我的目的很纯粹,也很简单,就是希望把我关于中国和山西上古史的研究成果应用于实践,为山西经济转型提供一个历史文化依据,为山西文化旅游事业提供一颗跳动的博大灵魂;就是希望山西人能够以胸怀天下、拥抱世界的姿态，重铸山西的辉煌。

虽然这个倡议的采纳不会一帆风顺，但我没有丝毫退步的想法，"子规夜半犹啼血，不信东风唤不回！"我相信，人间沧桑是正道，在山西古河东地区打造世界级的"最初中国"文化旅游区，不仅是山西旅游文化的需要，也是中华文明走向复兴，中国人提高文化自信的需要。

谢谢大家。

大学的意义
从来就不是传道授业解惑这么简单

——在中北大学图书馆演说之一

作者注：2018年3月27日下午，我应邀到中北大学图书馆为近300名本科生、硕士生作了题为《新时代青年应具有的人文情怀和担当精神》的讲座，本文为其中第一部分。

我先从高晓松怒斥清华学霸这件事谈起吧。

两年前，清华大学的一个博士生参加了一档选秀节目。一亮相，他就介绍自己是清华大学在读博士。他说他明年毕业后将拥有清华大学三个不同专业的学历证书：本科是法律，硕士是金融，博士是新闻传播，但他不知道自己未来该找一份什么样的工作，可以让这些年学到的技能同时得到发挥，希望在场三位导师可以给出建议。他的话音刚落，具有作家、主持人等多重身份的蔡康永就毫不犹豫地按下了淘汰铃，直截了当地对他说："我可以回答你，但是这个话题不适合我们这个场合，这不是你人生的讨论会。"接着，作为清华校友的高晓松又劈头盖脸地给了他一番训责："我知道，你是目前清华最优秀的在校生之一，涉猎了很多比赛项目，很多人都认识你。但对于一个名校生，对国家和社会没有一点儿自己的想法，反而纠结于找工作，如此小的格局，实在有失清华高材生的身份。一个名校生走到这里来，一没有胸怀天下的格局，二没有改造社会的欲望，在这里问我们你该找什么样的工作，你觉得愧不愧对清华对你十多年的教育？"此言一出，全场哗然。另外两名导师屡屡想插嘴，都被高晓松激动的情绪止住了："清华现在的校风，跟技校，那个蓝什么红，什么技校没有什么区别！就是教你个技能，去找个工作。我们的大学成了一个职业培训所，几乎已经没有什么人生理想了。那要名校干吗？"

事情的结果当然是这个博士生的落选。很多人都对高晓松等人高高在上、盛气凌人的指责愤愤不平——这个问题我们放到后面再讲，我只是想在这里说，假如我是在场导师，我也可能会生气。堂堂一个名校博士生，却在这种场合问出一个连技校生都不如的问题，这说明什么？说明他缺乏一种人文情怀，缺乏一种大的格局，更缺乏一种责任和担当精神。大学是什么？大学是给国家、给社会培养栋梁之才的地方。大学对一个人，或对一个国家的意义，从来就不仅是传道授业解惑这么简单，而是有更深刻的精神上的指引，那就是要培养学生的人文情怀和担当精神。

所谓人文，就是人类文化中最先进的部分和最精华的部分，即能反映代表时代潮流的人类先进观念的价值观及其规范。其集中体现是：重视人，尊重人，关心人，爱护人。简而言之，人文就是重视人的文化。而人文情怀呢，就是具有超越于个体之上的人类群体关怀和感恩意识。相应的，担当这个概念就是指具有一种自愿并敢于对亲人、对朋友、对同事、对社会等负责任的精神。

谈到这里，我给大家讲一个故事。

6年前，我偶然得知我早年认识的一个农民的孩子考上了国内一所重点大学。这本来是件令人高兴的事情，但这家却高兴不起来。原因是，这个家庭很穷困，孩子的母亲还是疾病缠身。这个孩子要上学，全部要靠借贷。我得知这个情况后，就想要帮帮他。

怎么样让这件事做得更有意义而又不伤害被资助者的自尊心？我首先

召开了家庭会议,让每个家庭成员举手表决,看大家同意不同意我做这个决定。当时我的儿子在上小学,女儿在读大学。我是想通过这件事培养他们的关爱情怀和责任意识。还好,孩子们很懂事,他们宁愿少花一些零花钱,少吃一点好吃的,也心甘情愿地去资助这个孩子。当然,我爱人也很通情达理,全家一致通过。接下来,我找我的另一个农民朋友——他们是一个村的,让他替我把资助孩子上学的决定告诉这家,并托他把孩子第一学年的5000元学费转给孩子。我之所以不想直接面对他们,是不想让他们感觉难堪。

但是,后来有一次和一个老同学偶然谈起这件事,他却直截了当地批评我,说我这样做不对,这样可能会养成他等、靠、要的懒惰思想,对于他的成长来说大为不利。最好的办法是给他找一些勤工俭学的机会,让他去挣这个钱。后来,经过反复考虑,我觉得这个老同学的话不无道理。这个时候,已经过了两年,那个孩子也已经通过电话和微信跟我联系上了。但我从侧面听到,这个孩子在待人处事方面多多少少存在一些问题,譬如,他回到村里基本上不和人打招呼,就连我委托给他钱的那个朋友,他看见了都躲着走,更不要说过去串串门之类的事情。更糟糕的是,他还经常在他父母面前唠叨,怪他们没本事,嫌家里贫穷。

那时候,我正主编一套"名家散文中学生读本丛书"。因为这个孩子所读大学也在北京,我就给他发短信说:"你现在已经是大三的学生了,我正编一套书,给你一个勤工俭学的机会。你到我办公室来一趟,我请你吃饭,咱爷俩儿聊聊。"我让他做什么呢?就是让他在网上搜集一下郁达夫和林徽因的相关散文及其"赏析"部分,整理出来,我们编辑再细加工,最后成稿出版。这是一件很简单的事情,也费不了多大功夫,所以孩子也愉快地答应下来,我还把我手头收集到的郁达夫和林徽因的相关书籍也拿给他做参考。正好那天我的一个作家朋友也来到我的办公室做客,我就请他们一起到饭店吃了饭,还开车送他们到了地铁站。

我以为他会利用课余时间很认真地做好这件事情,但是过了两个多月了，也就是谈定交稿的时间到了，对方却没有给我。我发短信去问，没有回音；我打电话，他也不接。我们出版图书都是有严格计划的，找不到他，就等于说这两本书就无法再进行下去了，还得重新安排别人来做。这样一来，我们的整个出版计划就要受到极大影响。但这个时候，我更担心的是，这孩子是不是出了什么问题？于是，我就给我那个朋友打电话，让他去孩子家里问问。孩子父母也说联系不上他。这样又过了一段时间，那个朋友给我打来电话，说孩子联系上了，什么问题也没有。我问他为什么不回我短信，不接我电话，他说他也不知道，他爸妈也问不出个所以然。

一年多以后，我有一次到乡下见到了孩子的母亲。孩子母亲不住地给我道歉，说了一大堆孩子对不起我之类的话。那天，我们谈了很长时间。孩子母亲伤心地说，这孩子心理严重扭曲，根本不知道心疼家里人，每次打电话回来就是要钱和埋怨。她说她也不知道该怎么办。

我听了真是无语。

从那次我们一起吃过饭后，到现在都三年多的时间了，想必他现在都已经毕业参加工作了，但他自始至终没有回过我一个字，更不用说给我打电话解释一声了。

我现在给你们讲这件事，其实心里非常难受。高晓松怒斥清华学霸，说的还是上升到民族和国家高度的人文情怀，而我资助的这个大学生呢，不要说家国情怀，就连最起码的人际关系意识和感恩情怀都没有，我真不知道，如果他意识不到这一点，他以后如何在社会上走下去！

这其实不是一个孤立的事件。据报道，南方一个拾破烂的老人，一生之中舍不得吃，舍不得穿，用卖破烂的钱先后资助了100多个大学生，但在他奄奄一息的时候，竟然没有一个他资助过的大学生能过去探望他一下。他就这样带着无尽的遗憾，不甘地走向了另一个世界。

无独有偶，前两年，上海有家报纸报道说，几十个资助贫困孩子上学的志愿者联合登报声明，他们要终止自己的资助行为，原因是那些被资助者从来没有主动问候过他们一声，甚至连过年都收不到一个字的拜年祝福。

他们说他们并不是高高在上,让被资助者感恩戴德,而是希望被资助者能从他们的爱心行动中感受到暖暖的爱意,能把这份爱的火炬传递下去。但现在他们连这点感恩情怀都没有,如果再继续资助下去,他们就有可能是帮着培养了一批白眼狼,那就是助纣为虐了。

用心做事，用情包容，用责任担当

——在中北大学图书馆演说之二

上周四，我应邀去山西省射击射箭运动管理中心就射箭运动所蕴含的传统文化内容和射箭运动如何和山西文化旅游结合的问题去和那里的教练员、运动员们座谈、交流。大家知道，山西现在是全方位的落后，从经济、文化、教育、体育等领域看，都是如此，但山西的射箭运动这几年在全国突然崛起了，他们先后夺得了全运会、亚运会和射箭世界杯的多枚金牌，为山西万马齐喑的局面带来一抹难得的亮色。

我刚到了那儿，程中平主任就迎上来握着我的手说："早就仰慕您的大名，看过您写的好多为山西呼吁的文章，您是我的偶像。"

我很不好意思，就说："您是世界杯的冠军教练，我和您比，那是小巫见大巫了，惭愧得很。"

他说："不是这样的。您干的是大事，现在像您这样敢于为民疾呼、有担当精神的人实在是太少了！"

我既惶恐，又感动。我这几年写了几本书，诸如《中华祖脉》《家国往事》《祖先，祖先》，等等。我确实是怀着一颗赤子之心，在用我手中的笔，重新挖掘、整理山西和中国一些不为人所知的历史文化。仅从这几个书名，估计大家也能感受到其中所蕴含的炙热的家国情怀。说实话，如果没有对故土发自肺腑的热爱，如果对社会没有一种庄严的责任感，我想我是写不出来的。记得去年年底，我接受山西综合广播"品味书香"栏目主持人雨馨女士的采访时，雨馨问我："您为写这几本书，要花费大量的时间和钱财去寻访，去考察，去查资料，这么个耗时、耗钱、耗力的活儿，没人愿意干，可您为什么要去做呢？"我说，我想做这件事就是因为热爱！我是在追逐青少年时期有关人文情怀的一个梦想。还有一个原因就是，我生在这个地方。这个地方的东西，你不去挖掘谁去挖掘啊？关于上古这个历史阶段的研究，整个山西省，包括山西大学、山西省社会科学研究院，都没有这么一个专门的机构设置。但山西旅游发展需要啊！我们5000年文明的文化认知、文化自信需要啊！所以这就是一种热爱，进而言之，是一种责任。所谓热爱就是不计成本，不计利害，我就是喜欢！我就是要去做！就是发自肺腑地想去做好这件事。

当然，程中平主任可能没看到过我的这些作品，他说的应该是我写的那几篇为山西人呼吁，替山西人说话而在朋友圈里广为传播的微文。这几篇文章的写作也有它特殊的背景。2013至2014年是山西塌方式腐败最严重的时候，山西有8名省部级官员落马，其中竟有5人是原任和在任的山西省委常委。另外，还有连续两任的省委秘书长遭遇了"调查"，连续两任的省交通厅的厅长在等着接受审判，连续两任的太原市委书记被抓走了，连续三任的太原市公安局局长被双规了，连续两任的运城市委书记锒铛入狱了。而在吕梁市，腐败窝案更是触目惊心，多名曾任或时任吕梁市委书记、副书记，市长、副市长等都被连窝端掉。后来，新任山西省委书记在面对国内外媒体，形容山西官场腐败情形时，用的词都是"一坨，一坨"这样的词，可见山西腐败之严重。山西那时的经济发展水平也已经在全国最低水平线上徘徊多年，山西自然而然地沦为全国31个省市自治区（不包含港澳台）中负面形象的典型。网上到处充斥着谩骂山西人的言论。可山西贪官污吏的腐败不能归罪到山西人民的头上啊！他们才是最大的受害者。稍微懂点山西历史的人都知道，山西为国家忍辱负重做了多少贡献啊！抗日战争时期，没有山西三大抗日根据地的建设，没有从这里走出的100多万解放军战士，哪里有解放战争三大战役的辉煌胜利啊！要知道，红军当时被改编成国民革命第八路军进驻山西时，满打满算才三四万人！另外，建国60多年来，山西仅煤炭一项，累计外运量就超过了100亿吨！如果这些煤炭用满载的火车一列接着一列排下去，可绕地球三圈！可山西煤的售价要接受国家限定价格的统一调配，其价格实际上已经远远背离了它应有的价值。山西人除过得到仅能维持温饱生活的基本费用外，剩下的就是无数被毁的撂荒田地、无边无际的乌烟瘴气和泛着黑浪浊涛的河流湖泊。

山西落后，贪官污吏盛行和当官不为民做主固然是主要因素之一，这些贪官当然该杀，但也不能由此否认山西人苦了自己奉献给国家的历史事实啊！中国文化讲究一滴之水当以涌泉相报，我们不期望人家知恩报德，最起码你们别恩将仇报，把什么样的屎盆子都往山西人的头上扣啊！

趋利避害是所有人的本能意识，谁愿意招惹一些不必要的麻烦呢？但是，当你看到不断被迫奉献的山西人，落到今天如此不堪的境地，还要遭受他们恶意的嘲讽、挖苦和打击，任何一个有情怀的正义之士恐怕都坐不住了。

奉献是我们的情怀，但捍卫是我们的责任。这几篇文章为什么能在省内外，在连续三年多的时间里，被人反复的转载转发，被人一次又一次地提起？那是因为我说出了山西3700万父老乡亲的心声啊！这些文章发表后，有很多山西的老干部，包括至少十位以上的厅局级干部，乃至省级老领导，都给我来电，或当面予以支持和鼓励。我想，我并没有多么高尚的品德，也当不起什么正义之士啊，什么山西良心啊，诸如此类的称号，但最起码的人文情怀和必须的社会担当，我想我还是有的，也必须有！

我写这些文章，包括写《文化大省不能总干没文化的事儿》，尽管因此可能招致一些既得利益者的嫉恨，甚至打击报复，但我行得端，走得正，又何惧之有？我只不过是做了一个文化人应该做的事情而已，但在很多人眼里，我就成了为民呼吁的英雄，就成了为正义发声的勇士，说实在的，我听到这些话的第一个反应是感觉可悲。在 21 世纪文明昌盛的今天，说实话都成了一种稀缺的宝贵资源，这令人何其痛心啊！但是，这至少也证明了，只要你具备应有的人文情怀，为社会，为百姓有所担当，你总会被人记得的。

……

那天临走时，作为世界冠军教练的程中平主任一再叮嘱我，欢迎我随时光临他们那里。其实，在此之前，我和程中平主任并不认识。一直到那个时候，我才明白山西射击射箭运动管理中心为什么能够在山西万马齐喑的落后局面中，连续斩获国内外顶级赛事中的多枚奖牌，那是因为他们有一个有大爱情怀的领导，还有像"感动山西十大人物"之一王智伟这样有担当青年的存在。王智伟何许人也？亚运会、世界杯金牌得主，奥运会铜牌得主。

心有多大，天地就有多大！

用心做事，用情包容，用责任担当，这是一个人走向成功最基本的前提！

我们可以卑微如尘，不可扭曲如蛆

——在中北大学图书馆演说之三

同学们如果关心时事的话，就会注意到，这两天，由于中美贸易战的爆发，网上又开始热闹了。昨天，我就在朋友圈里看到有人发了一则这样的帖子：

> 拒绝美国［拳头］从我做起！北京时间23日凌晨，川普宣布，将对中国启动301条款，并针对中国货物征收600亿美元的关税。贸易战正式开打了。
>
> 既然美国人选择了贸易战，那我们就应该让美国佬尝尝14亿有骨气的中国人的厉害［拳头］
>
> 一切有良知的、有志气的中国人从现在起：不买美国车、不喝百威啤酒、不用苹果手机、不吃肯德基、麦当劳，如果国家相关部门再能够出手，美国人就得跟中国服软。为中美贸易战助力，从你我做起！中国必胜！

不知道大家是怎么想的，我看后的第一感觉是，可笑又可悲。几十年前，我们抵制苏修，抵制美帝，抵制万恶的资本主义；这几年，我们又谴责越南，谴责新加坡，谴责菲律宾，谴责印度尼西亚，抵制韩货，抵制日货，愤怒声讨朝鲜……我感觉我们中国人活得好累！每天都活在仇恨之中，活在斗争之中。其实，国与国之间和人与人之间相处，大同小异，有点磕碰，有点摩擦，很正常。我们大可不必动不动就上纲上线，把对方当作仇敌，恨不得一下就要把对方从地球上抹掉。更何况这些国家大事也不是我们所能透彻了解的。在国家没有明确号召的情况下，我们不能听风就是雨，盲目地跟着瞎起哄，瞎闹腾。更不能把自己放在永远正确的位置上，以居高临下的目光来审视对方。现在全球一体化，地球就是一个村，你中有我，我中有你，任何的敌对、战争都是对对方的伤害，都是对百姓财产，乃至生命的摧残和作践。

我上面说过，人文，就是人类文化中最先进部分和最精华部分，即反映了代表时代潮流的人类先进观念的价值观及其规范。其集中体现是：重视人，尊重人，关心人，爱护人。人文情怀呢，就是具有超越于个体之上的人类群体关怀和感恩意识。

这是人文情怀的最高境界。

……

我们现在再回头审视一下高晓松怒斥清华学霸这件事情。客观地说，如果从另一个角度看，高晓松的怒斥也的确有点不近情理的味道。在现在这个和平年代，毕业生去争取一个比较有利于自己发展的道路，也是人之常情。毕竟一个人的工作环境和他未来能否成才，能否最大限度地发挥自己所长，有着太重要的关系。譬如说，你把一个博士生分配到国家机关和分配到乡镇一级的单位，那就有着天壤之别。高晓松没有换位思考，也就是说，没有从当代大学生自身的角度去考虑，这有点道德绑架的味道。高晓松、蔡康永、马东这三人的人文情怀和社会担当的精神自不必说，他们的思想境界可能要比清华那个学霸高出很多，但同样的道理是，高晓松他们的物质生活和工作环境也要高出对方很多呵。他们至少不用为基本的衣食保障而发愁，但面临毕业的学生们就不一样了，他们未来的一切都还是个未知数，焦虑、彷徨是所有毕业生普遍的一个生存状态。情怀和担当都是要建立在吃饭的基础上的。住在茅屋里的人和住在皇宫里的人想法怎么会一样呢？凡事都要一分为二地去看，才能有个客观公正的结果。但不管怎么说，无论你处在什么样的环境中，也无论你处在什么样的位置上，拥有最底限的人文情怀和担当精神，是做人的起码底线，也是你走向社会所必须的人格资本。

说到高晓松，我不妨再多说两句，因为高晓松的出身和山西有一定的渊源。这需要追溯到100多年前。

1911年10月10日，辛亥革命在武昌爆发，同月，驻扎于太原狄村一带的新军85标首先举义响应。他们一路攻到当时的巡抚衙门，就是今天山西省政府刚搬出去的那个督军府。当时，山西巡抚陆钟琦在慌乱之中来到被义军占领的大厅，刚说了一句："我刚来一月，有何坏处，尔等竟出此举？"就被群情激昂的义军开枪打死，同时被打死的还有陪他一起出来的三儿子陆光熙。随后，杀红眼的义军又搜索到内室，接连杀死了陆钟琦的夫人唐氏和一名仆役。其余家眷乘混乱之际，连夜从侧门逃走，这才免过一劫。陆家幸存的人有陆钟琦的长媳和她的三个子女、三媳（陆光熙的妻子）施氏，还有她8个月大的女儿陆士嘉。

陆士嘉后来成为中国著名的流体力学家，曾参与创办了北京航空学院。陆士嘉的丈夫张维为中国两院院士，历任清华大学副校长和深圳大学首任校长。高晓松就是他们的外孙。高晓松的父母也很厉害，父亲高立人是清华大学的教授，母亲张克群是著名的建筑师、作家。

想一想，100多年前山西省巡抚陆钟琦家族遭到的那场屠杀，如果其他人不是跑得快，早全都成了义军的刀下之鬼了！哪还会有陆士嘉、张克群、高晓松这样为国家做出贡献的栋梁之才！冲动是魔鬼，爱国要理智。有爱国情怀，用不到正经地方，于国于家于个人，都可能会是一场悲剧。从高晓松辉煌的家族背景，我们可以得出一个结论，他斥责清华大学那个学霸，不是在唱高调，不是在作秀，而是渗透到他血液骨髓里的人文情怀和社会担当精神使然。

　　家庭的影响对一个人未来的世界观、人生观，对一个人将来是否有情怀、格局和担当精神，能有怎样的情怀、格局和担当，会产生非常大的作用。所谓言传身教，就是这个道理。

　　人文情怀和社会担当精神的培养不是一蹴而就的，而是一个有意识的、漫长的过程。当我们没有能力改造社会的时候，我们不妨"独善其身"，努力做到"老吾老以及人之老，幼吾幼以及人之幼"，切"勿因善小而不为，因恶小而为之"。譬如，在公共汽车上，我们可以主动给老人让让座；同学、老师有困难的时候，我们可以伸出手帮助一下，送上一声温暖的问候；节假日来临的时候，我们可以给父母和帮助过自己的师友们送个节日的祝福，等等。但当我们有一天能够影响他人、影响社会的时候，那我们就要有"兼济天下"的胸怀和气魄，努力做到"为天地立心，为生民立命，为往圣继绝学，为万世开太平"，切勿只顾个人享受，贪赃枉法，最后落得个银铛入狱、铁窗悔罪的下场。譬如，像那些贪官污吏，阳一套阴一套，当面一套，背后一套。他们把人民赋予他们的权利，当做了吃喝玩乐和向上爬的资本。面对领导，他们鞍前马后，奴颜婢膝，而面对百姓却是盛气凌人，油盐不进，整个一副狗奴才的样子，让人看着都想吐。

　　修身、齐家就是古代士人的人文情怀，治国、平天下则是古代圣人的社会担当。对我们现代青年而言，爱人爱小家，爱社会爱国家，就是我们应该拥有的人文情怀；主持公道正义，遇有不平拔刀相助，则是我们应该拥有的责任和担当。

　　当然，一个人的能力有大小，认识问题的角度也不一样，但最起码的人文情怀却是应该具备的。正如曾经坐过38监牢的南非总统曼德拉所说：

　　　如果天空是黑暗的
　　　那就摸黑生存
　　　如果发出声音是危险的

那就保持沉默

如果自觉无力发光

那就蜷伏于墙角

但不要习惯了黑暗就为黑暗辩护

不要为自己的苟且而得意

不要嘲讽那些比自己更勇敢热情的人们

我们可以卑微如尘土

不可扭曲如蛆虫。

谢谢大家。

山西文旅的灵魂

——在FM904山西综合广播的演说之一

作者注：2018年2月2日，应主持人雨馨的邀请，我做客FM904山西综合广播品味书香频道，畅谈了我写作《祖先，祖先》背后的一些故事，与听众共同分享了我的写作心得。原来的语音表述个别地方有些不太准确，这次以文本形式发表时，统一做了修正。本文是其中第一部分。

（主持人：李老师，这本《祖先、祖先》是您2017年出版的一本书，为什么想到要写这样一本书呢？）

《祖先，祖先》是2017年6月出版的，但是说起这本书的写作由来，就话长了。我重新开始写作是在2012年。可以说，这是我践行童年梦想的一个回归。当时我想的第一个问题就是要写写故乡的一些事情。我的老家是晋南襄汾县，众所周知，襄汾在中华民族的历史发展过程中有着非常重要的地位和作用。比如说，现在全国重点文物保护单位在襄汾就有两个非常知名的地方，一个是丁村遗址，一个是陶寺遗址。后来，在写作过程中，我发现，不仅仅是襄汾，包括临汾，包括运城，甚至包括晋东南，整个上古时期，就是我们所说的伏羲、女娲、炎帝、黄帝、蚩尤，一直到尧、舜、禹，在这个地区，他们的遗迹遗址到处都是。所以从那个时候起，我就想着要做一个全方位的调查，要一步一步地去走遍这些遗址遗迹所在地，并对当地的一些民间学者和文人进行寻访。也就是从那个时候起，我就开始践行心中这个梦想，一直在调查，一直在写，到2014年的时候，我出版了《中华祖脉》。《中华祖脉》就是这部分内容的实践结果。这本书出版以后产生了一定的反响，在临汾市，在晋城市，在民间，都得到了文化界人士的称赞。后来，我们山西大学的老校长郭贵春先生在《光明日报》发表文章，给予这本书很高的评价。《临汾晚报》还做了一整年的连载。从那时候开始，中华祖脉就在我心中扎下了根。但是我在书中所揭示的那个祖脉还是不完整的，还有很多缺憾。后来在不断的寻访考察过程中，我发现要把它写完整需要付出很大的精力，需要付出很多的财力和物力，而且需要社会学、历史学、文献学、考古学、神话学等综合学科的运用，所以这几年我一直在努力践行着这个梦想。2016年一整年，我可以说都在做这件事。

《中华祖脉》出版以后的这几年，邀请我参加的各种会议和论坛逐渐多了起来。在和众多专家学者的磋商中，我有了更宽广的思路，也就有了更多的心得和体会。当时，我一边调查，还一边琢磨的一个问题就是这本书怎么样才能写得更通俗一些。因为上古时期的东西，它的神话和传说大多是一些虚幻缥缈的东西，根本就不可能放到我们的历史当中。如果把那些神话传说当作历史，那是会误导人的。所以，这就需要结合大量的考古学成果去做，这样，我就认识了一批考古学家。

还有一个问题是，在写作过程中，我发现很多东西需要实证。麻烦的一点是，你用文学的语言去表达非常困难。有些东西用文学语言根本没法表达，必须用非常严格的论文形式去做，但是以严格的论文形式去做的话，这个数据和论证过程就会显得很枯燥、很呆板，不适合大众阅读。我在（20世纪）90年代初读研究生做学问是受过严格训练的。但是要写这么一本书，我首先想的是，它不应该仅仅是一本学术书，更重要的应该是普及我们历史文化的一个读本。写通俗一些，就得用文学的形式，但文学是想象思维，而学术是逻辑思维。理性思维、逻辑思维和这个文学思维是两个概念，完全不能相容。在这种情况下，我选择运用历史大散文这种文体。历史大散文的好处是可以实地去观察、去感想，它的包容性是比较强的。但是遇到实证性的东西，遇到必须运用文献论证的东西，它就显得力不从心了。再三考量后，我选择了另一种形式，就是利用大学、研究机构和一些论坛请我去做报告的这种机会，把它变成了学术演讲稿这种形式。学术演讲稿的好处是通俗易懂，老少咸宜。

《祖先，祖先》这本书整体来说就是反映中国10000年前到4000年前从伏羲女娲的传说一直到尧舜禹的传说这么一段历史过程。我综合运用了考古学、文献学和历史学等学科，想把它完整地再现出来。

这段历史为什么说很重要呢？为什么我非要把它写下来呢？原因在于这段历史在我们国家，到目前为止，还没有一个完整的，没有一个系统的，也没有一个清晰的历史概念。长期以来，我们受从儒家孔子开始一直到汉武帝时期司马迁的《史记》的影响，形成了一整套鬼鬼神神的"三皇五帝"历史观。这样的历史观是虚无的、缥缈的、经不起实际检验的，所以考古学引入中国之后，我们祖先这段历史就以另一种面目逐渐模模糊糊地展现在众人的面前。之所以说模模糊糊，是因为它只能是个大致的轮廓，要是去细细考证，很多文献记载中的东西还是对不上的，所以，《祖先，祖先》只是我一个初步的尝试。

但这里有一个值得注意的问题是，这本书所描述的这段历史不仅仅是中国的上古史，它更关键的是山西和"中国"在这个阶段是"合二为一"的，也就是说，远在10000年前到4000年前，我们山西和中国这段"三皇五帝"的主体历史大致上是"同一"的，时间、地点和人物大致吻合。所谓的同一，可以从两方面来解释。一方面，"中国"这个词最早诞生于陶寺，陶寺就是我们现在的陶寺遗址。前几年，考古工作人员在陶寺遗址发掘出一个标尺，就是历史文献上所说的圭表，它是当时的统治者用来测量当地夏至时太阳直射的长度的，以标榜自己统治的国度处在大地的中心，昭威天下。前些年，我国天文学家和考古学家一起在这里做了实验，用它测到的夏至影长是1.6尺。而这个1.6尺正是古代文献中记载的"地中"夏至影长的标准尺寸，也就是说，古人概念中的"地中"的位置就在陶寺一带。"中国"一词是怎么来的？显然，"中国"之"中"就是指天下居中的地方。关于"国"，我们在历史课本上都学过。就是说，有了阶级、都城、文字，等等，这些加起来才形成"国"，所以"中国"最早就诞生在这儿。另一方面，我们说"华夏"，"华"是什么意思？"华"来源于文献里记载的伏羲和女娲的母亲华胥氏。但这个伏羲氏呢，其实是一个部落。伏羲和女娲是两个不同的部落，是两个部落的姻亲形式，而不是像我们所传说的那样是两个人。"华夏"的"夏"是什么意思呢？大家说"夏"就是夏朝，这个不完全对，"夏"这个字其实在尧舜时代就已经存在了。"夏"指的就是尧统治的"中原"区域。"华夏"其实就是远古时期华族和夏族融合后，后人对他们的统一称呼。他们在远古时期从事日常活动、政治活动，留下了很多遗址、遗迹。比如陕西的华山，晋东南的中华山，在晋南还有一个地方叫华水，这些都是华族和夏族活动过的地方，也就是我们的中华祖脉所在。

我们说华夏也罢，说中国也罢，其最早的产生地都在晋南。而"中国"这个词的第一次亮相就在陶寺。2017年12月，陶寺传来两个喜讯，一是陶寺遗址纳入了国家遗址公园立项名单；二是在第三届世界考古论坛上，陶寺考古工作队队长何驽等人的研究成果——《陶寺遗址："中国"与"中原"的肇端》荣获本届世界考古论坛"重要考古研究成果奖"。本届论坛总共有九大考古成果获奖，这是中国唯一一项获奖项目。这意味着陶寺遗址作为"中国"产生之地不仅仅得到了我们中国考古学家的承认，也已经得到了世界考古界的承认。

我这本书就是要把这段历史通过实地调研、寻访的形式，用文字把它表述出来，给我们中华民族，给我们山西人找到这么一个历史的依据。我们说中华文明5000年，那么，它的原点在什么地方，我们的祖先黄帝是不是真的是传说，是一个人，还是一个部落？我在书里都做了详细的解答。

所以，这本书的出版，我觉得对山西也好，对整个中华民族也好，它的意义还是比较重大的。尤其在我们现在提出要实现民族文化的复兴，提出文化自信，在我们现在谈到山西的经济发展战略转移到旅游文化建设这一点上，都有很强的理论意义和现实意义。我们山西省现在提出的"新三板"战略，如果说要给她赋予一个主题的话，那么，我认为这个主题就是山西乃当之无愧的华夏之源；如果说要赋予她一颗灵魂的话，那么这颗灵魂就是我们山西是中华文明的源头。它的重大意义还在于，整个世界5000年以来留下来的唯一文明就是中华文明，这个文明的主体就是我们的黄色文明——这里不否定中华文明的"多元"性，黄色文明的发源地就在我们的山西，就在我们的晋南，就在我们的晋东南，所以这个意义是非常非常大的。

这本书出版之后，也得到了大家的一致褒扬，比如说《光明日报》《北京日报》《山西日报》《文艺报》等都发表了书评文章。一大批专家，比如说中央党校教授王杰、太原理工大学教授李永福、天津师范大学博导教授温锁林等都给予了很高的评价。而且这本书也得到了读者的认可，短短的半年时间内就已经二次印刷，超过10000册了。最高兴的就是前几天在北岳文艺出版社进行的"2017年最受读者欢迎的十种书"投票评选活动中，这本书获得了1183票。30本候选书总共不到6000票，《祖先，祖先》就独占20%，比第二名多出了300多票，比第十名多出1000多票。这说明了大家对它的认可度还是比较高的！

《祖先,祖先》
颠覆了人们对中国上古史的传统认知

——在 FM904 山西综合广播的演说之二

（主持人：有评论家说，您这本书会颠覆我们对上古历史知识的传统认知，您是不是可以给我们举两个例子，怎么就颠覆了我们对上古历史知识的一些认知呢？）

我们首先从伏羲和女娲这两个名字说起吧。我在前面也谈到了伏羲和女娲，大家在常识中都以为她们是兄妹俩，这对兄妹在人类遭到几乎灭绝的灾难时，被迫无奈成婚，然后繁衍了中华人类，他们顺理成章地成为了中国的人祖。其实不是那么回事。女娲和伏羲是两个部落，但又不仅仅是指女娲部落和伏羲部落，它其实是当时社会众多部落的两个代表。不能把他们当作两个具体的个体生命。因为如果从具体的人的角度去考虑，与中国的历史文献对不上，那些文献对女娲、伏羲的描述，完全超出了一个具体的人的标准。比如说伏羲有时候活了 800 岁，有时候活了 100 多岁，还有说他活了 1000 多岁。女娲的情况更是不可思议。女娲在文献里最早出现在前伏羲时代，比伏羲早存在一两千年。后伏羲时代，女娲也出现过，又比伏羲晚了上百年，乃至上千年。就是说，从一个人的角度来讲，是匪夷所思的。所以后人就给他们插上了翅膀，说他们是神。这些显然和我们人类的常识是不符合的。揭开覆盖在他们身上那层面纱和云雾之后，我们会发现，他们其实就是两个部落，或者说是两个时代的表征语。女娲造人这个神话故事到目前为止还没有一个非常合理的解释。女娲的两大功绩，一个是造人，一个是补天。神话里说，女娲抟黄土造人，因为这些人是女娲亲手抟出来的，所以它是高贵的人。女娲干这个活干得太累，太慢，就想了一个简单的办法。她拿了一根绳子在黄河里一蘸，然后一扬，扬出来的这些泥点溅落在地上，就变成了小人。因为这些人不是女娲用手抟出来的，所以他们就成了贫贱的、低档次的人。这些，显然都是后人的杜撰和臆想，说不通。

我在长期的研究过程中发现，中国人一般把男人叫天，女人叫地。天地相交，阴阳互补，人类万物都因此而产生。女娲补天造人是什么意思呢？就是说在远古时代，人类遭受了巨大的自然灾害后，人们长期处于恐慌之中。尤其是男人，由于受惊，他们的生育能力急剧下降，也就是精子的成活率降到了极点。这个不仅仅在古代，就是现代也不例外，在经历诸如汶川大地震这样的天灾人祸之后，人们在长期的惊恐之中缓不过神来，生育率就会急剧下降。在远古时代，生产力水平极低，不像我们现在有电脑，有汽车，一切都得靠人力。他们要生存，就得和天斗，和地斗，而且还要和凶狠的野兽去斗。在这种情况下，人类要生存下去，人手就成了第一要素，人手就是生产力。所以，人类必须通过自身的繁衍达到一定的数量，才能保证人类的生存。女娲时代，因为受到地震、大洪水等巨大的恐吓，男人的生育力下降，为了保证他们的精子成活率，为了保证人类能够继续繁衍下去，女娲，也就是女人们，就开始对男人进行滋补，让他们身体复原。所以这个补天造人其实是补男造人。

伏羲和女娲是统称，他们几代人甚至几十代人的智慧被后人搁到了一个人的身上。这种状况也类似于作家写小说，把众多英雄人物的特质和故事捏合到一个主人公的身上。我们从远古传说里听到和看到的那些伟大的祖先们，似乎都是无所不能，无所不知，确实是匪夷所思的。但要是从这个角度去理解，那么我们的疑问就会迎刃而解，就不存在那么多问题了，也基本上符合我们现在的常识。

（主持人：有评论说，您用行走和全息思维的方式带领读者走进一个真实宏大的祖先世界，怎么理解这个全息思维的方式？）

全息思维其实就是全方位的思维，就是说我在调研和写作过程中，采用了把考古学、历史学、神话学、民俗学等综合起来的这样一种思维方式，这是第一层意思。还有一层意思是说我不仅仅是站在山西，也不仅仅是站在中国这个本土上来观察，而是把自己的视角放到了全世界的范围去认知，去思考。把山西，把中国这段上古史文明放到全世界，放到地球的一个方位上。把她作为人类文明的一部分去理解，你看问题就可能看得更清楚一些，更客观一些。

我们中国这段上古史记载主要存在于两个方面，一个存在于我们的历史文献中，一个存在于我们的民俗和民间文化传承中。在100多年以前，整个中国人的历史观、历史常识就完全是以司马迁那个"三皇五帝"为框架构建起来的古史体系为标准的。中华文明的发源、发展就是一元论。这个一元论就是黄河文明。这个黄河文明祖先的顺序就是从伏羲到女娲，然后到炎帝，到黄帝，再到尧舜禹。"五帝"就是黄帝、帝喾、颛顼、尧和舜。"三皇"是伏羲、女娲、神农。这个古史认知体系在100多年以前的几千年中，是没有人敢公然否认的。但是在100年前左右的时候，由于民国代替了清政府，人们有了独立的思想，当时产生了以顾颉刚为代表的疑古派。他们发现中国的历史文献对以伏羲为始祖的"三皇五帝"，包括我们说的蚩尤、祝融等人的记载全然不同，可以说有100种文献就有100种不同的说法。他们从一个文献推到另一个文献，到最后就推没了，所以他们就认为"三皇五帝"都是后人造出来的，是假的，是不存在的。恰恰这个时候出现了一个新的情况，就是关于中国的考古学在20世纪20年代开始了。我们发现了殷墟。在此之前，西方人根本就不承认中国有那段历史，他们只承认中国的历史从西周开始。顾颉刚他们在研究这段历史的过程中，显然多多少少地受到了西方人的影响。所以，他们在用文献考据学的方法，用一个文献推倒另一个文献后，就认为中国这段历史是虚无的。

我在研究这段历史的过程中，发现考古学家、历史学家和一些文化学者的说法也都不一样。这也难怪，因为每一门学科的研究范围都是特定的，如果没有一个全息思维的方式来做基本铺垫，就不可能窥探到另一面。比如考古学，他看到一块骨头，他就说这块骨头，超过这块骨头之外的推测就成了臆测。考古学是实证科学，一切只能以证据来说话。考古学分几派，其中有一派认为考古学不能轻易跟文献挂钩，另一派却认为如果考古学不跟文献挂钩，考古就失去意义了。我觉得我们不能随随便便地用考古的文物去和历史的记载相比附、相对照，但是这并不意味着我们所有的文献记载、民间传说和神话都是虚无缥缈的。实际上，我们在某一项考古发掘过程中发掘出了城址、宫城、玉器和青铜器，等等，这些东西恰恰能够和我们的历史传说相吻合。比如尧舜禹时代，及其以前的那几千年，我们山西就处在这个中心的位置。在全国10000年前到4000年前这段历史中，它所有的传说、遗址、遗迹和文献的记载，在大体轮廓上都能对得上。这一段历史的传说、遗址分布是有逻辑性秩序的——以晋南为中心逐渐地向外围扩展。

我在《祖先，祖先》里写有一篇文章，就是《尧迹昭昭》，这篇文章大约30000字。临汾地区关于尧迹的地方很多。我很认真地走了一遍。通过民俗，通过遗迹、遗址的寻访考察，我发现这个地方关于尧迹遗址的分布，逻辑性非常严密。这里，尧陵在，尧都在，尧庙也在，而且尧生活过的、生女儿娥皇女英的地方也在，尧避暑的地方在，尧最初结婚的那个所谓"洞房花烛夜"的洞房也在。在那一方热土上，尧从出生到成长，到登帝位，到治理天下，最后到访贤、任贤、禅让，是一个非常有秩序的存在。最关键的还有一个在洪洞的民俗，到目前为止已经流行了近4000年。洪洞羊獬村据说是尧夫人生娥皇女英的地方，娥皇女英长大后嫁给了历山的舜。

历山在全国有21处，在山西就有三处，除了我们知道的最有名的垣曲历山之外，还有永济的历山。我说的这个历山是洪洞的历山，离娥皇女英的所在地羊獬村也就只有70里的距离。舜在历山耕种，这是大家都知道的历史传说。舜娶了尧的两个女儿后，两地成了亲家关系。这个结亲习俗是每年的几个节日，男到女家，女到男家，都敲锣打鼓，非常隆重。中央电视台、山西电视台，包括很多作家都写过或拍摄过这个风俗场景。

民间传说可能是虚假的，但是民间习俗的稳定性成分是非常高的。一个习俗能传扬三四千年，这说明了什么问题？事实上，这个习俗和相关传说就都和包括陶寺遗址在内的考古完全结合起来了。所以如果单从考古学这个角度去看待问题，不去了解民间传说，不去了解民间风俗，完全不理会文献的记载，那么考古学实际上就是一个孤证，对我们的历史研究和认识没有太大的帮助。所以研究历史必须要站在一个高度上，用全方位的视角和全息的思维方式去面对我们所遇到的问题。只有这样，这段历史才能真实地再现在我们面前，我们才能真实地感受到一个伟大的祖先的存在！

践行青少年时期的一个梦想

——在FM904山西综合广播的演说之三

（主持人：您除了《祖先、祖先》这部作品之外，还写过《中华祖脉》《家国往事》等，我发现您对一些宏大的历史题材的素材比较感兴趣。）

我是学哲学的。我在大学学的是哲学，读研究生时读的也是哲学。但是我对历史比较感兴趣。

我出生在晋南襄汾县赵康镇，这个地方是晋国的古晋都所在地。晋都古城遗址就是现在的赵康古城，离我家也就七八里地。从小生活在这么一个地方，众所周知的赵氏孤儿的故事就是在我们那里发生的，所以我从小就对英雄人物对历史情有独钟。还有一个原因是，写当代题材的东西，分寸尺度不好把握。但是写历史，语境相对还是宽松一些，而且我的很多同学、朋友都是搞历史的，这些对我都有一定的影响。

从襄汾到临汾，包括山西，乃至整个中国，我发现经过真正的实地考察后写出来的历史书很少。我们的历史大多都是官方的文本语言，比如说《春秋》《史记》《资治通鉴》等，作为独立的个体的对历史的调查和了解，作为民间传说的历史，民俗中的历史，几乎是空白。这个非常可怕。另外，还有一个问题是，有深度和独特视角，又通俗有趣的历史书很少。尤其10000年前至4000年前上古这段历史，还没有一本能够成体系的，有清晰的历史图景的图书出现。我觉得导致这种现象发生的原因主要有两个：一是因为现在学术研究的成果还不足以揭示这段历史发展的逻辑进程；另一个原因是研究上古这段历史是一个很奢侈的活儿，需要耗费大量的人力物力去做。我在全国范围内看到的同行，除了北大、清华、社科院和个别院校的一些专职研究人员外，在民间，我还没有发现一个专门来从事这段历史研究的学者。

我之所以愿意做这件事，通俗一点说，就好像有人打麻将一样，输了他想赢，赢了他还想再赢。这个瘾是戒不掉的。我想做这件事就是因为喜欢！还有一个原因就是我生在这个地方！这个地方的东西，你不去挖掘谁去挖掘啊？关于上古这个历史阶段的研究，整个山西省都没有这么一个专门的机构设置。但山西旅游发展需要啊！我们5000年文明的文化认知、文化自信需要啊！所以这就是一种热爱，进而言之，是一种责任。所谓热爱就是不计成本，不计利害，我就是喜欢！我就是要去做！就是发自肺腑地想去做好这件事。

（主持人：那么您在写作这本书的过程当中，支付出去的那些调查研究的费用，版税补回来了吗？）

这个不能一概而论，笼统来说肯定是补不回来的。比如说我这次去中东考察，来来回回就花费了三万四五千元之多。研究5000年中华文明，免不了要和其他古老文明做个比较。有比较，有鉴别，才能真正认识到中华文明发生、发源的一些特点，也才能真正揭示出中华文明5000年长青不衰的秘密，这个远远不是坐在书斋里面能解决的问题。另外，还有时间和精力的无穷尽的付出，这又怎么算？有个朋友说，出版社给这本书的定价有点高了。我说，49.8元的定价不算高，现在的印刷成本多高啊！我个人不过只能得到其中百分之七八的版税罢了。所以说这不是一个成本的问题，不能那么谈。前几年我总是感觉很委屈，比如去乡下调查，我总觉得是挖掘这个地方的文化资源，是为了宣传这个地方，但是又不想去惊动官方，进一个景点都得买票。现在想开了，又没有人强迫你去写，你是自觉自愿的嘛！你要做下去，只能如此。后来这两年稍微有了一点名气，在圈子里边得到一定程度的认可之后，请我的人比较多了，这样一来就省去了好多费用。所以说，做文化这类事情，不能以成本论，只要是喜欢就去做。

我之所以能够做下来，还有最重要的一个原因：20多年前我研究生刚毕业不久的时候，我就和大学同学赵跃飞合作写了一本书，叫《黄土魂》，那年，我27岁。研究生毕业时，我选择了下海经商。因为当时已经结了婚，但我家里穷，一无所有，我得对爱人、孩子负责，养活了他们才能去说我的理想。毕业后的20多年，我一直在做书的生意，就是开书店、和出版社合作出书。这20多年，生意做得差不多了，至少家人走在人前，不那么寒酸了，所以才再返回来去追逐自己的梦想，大概就是我们平常所说的初心吧。

做这件事，我是用我公司的盈利来补贴的，谈不上成本，也谈不上得失，就是高兴，完成自己青少年时期的一个梦想，为生我养我的地方做点事，仅此而已！

山西是中华早期文明的孵化场

——在山西省企业家前沿大讲堂上的演说之一

作者注：2017年5月28日上午，我应山西省企业家协会和山西省企业家联合会的邀请，给山西省200多位企业家作了一堂题为"山西历史就是一部中国孵化史"的讲座。该讲座文稿后被2017年8月8日的《发展导报》以近4个版的特大篇幅全文发表。由于原稿中个别地方的表述稍欠周详，这次发表做了一些修改。本文是这个讲座的第一部分。

很高兴今天能有这个机会和我们山西的企业家们做一次交流。大家知道，今天的山西不论是经济发展，还是文化教育，在全国都处在一个比较尴尬的位置上。但历史上的山西不是这样的，至少在民国时期，山西在各方面的发展都还是名列前茅的。清末的诗人龚自珍就曾经感叹："山西号称海内最富，土著者不愿徙，毋庸议。"阎锡山治下的山西更是闻名全国的"模范省"，那时一个普普通通的太谷县就被美国传记作家罗比·尤恩森称为了"中国的华尔街"。那时的山西教育也很发达，山西大学堂是堂堂的国立第三大学，山西基础教育更是名列全国各省之首。1925年，陶行知在实地考察山西之后，曾发出如下感慨："我们不能不佩服山西人民对于义务教育之忠实努力，自从民国七年开始试办，到了现在，山西省100学龄儿童中已有70多人在国民小学里做学生了。山西之下的第二个省份（江苏）只有20%多。可见，真正实行义务教育的，算来只有山西一省。"

明清至民国时期的山西很耀眼，但是比之于更早时期，那还要暗淡很多。我觉得，如果要用一句话来概括山西在中国历史上的地位和作用，这句话就是我今天这个讲座的题目：山西历史就是一部中国的孵化史——她是中华早期文明的孵化场，是最初华夏、最初中国的孵化场，是中国历史上多个朝代和帝王的孵化场，还是中华北方民族融合的孵化场。

我首先讲第一个问题，山西是中华早期文明的孵化场，也是原初中国的孵化场。

10000年前左右正是文献记载中的女娲时代。女娲和伏羲是两个不同的部落，也分别指代母系氏族社会和父系氏族社会这两个不同的原始社会发展阶段。传说中的伏羲、女娲"兄妹成婚"实际上是指这两个部落互相通婚，以繁衍人类。（参看《女娲的前生今世和大宁芝麻滩》，见拙作《祖先，祖先》）

女娲的巨大功绩是"补天造人"。这里的补天可理解为补男，就是说那时候的人们在遭受了地震、暴雨和洪水泛滥的巨大灾害后，男人的生育功能急剧下降。为了挽救濒于灭绝的人类，"女娲们"就发起了滋补男人，繁衍人类的"运动"。女娲是那个时代所有氏族部落首领的统称，她们活动的遗迹遍及全国各地，但在山西地域更为集中。据宋艳花所著《山西旧石器时代考古》（山西人民出版社，2013年6月第1版）一书统计，山西省10000多年前的旧石器时代遗存达到了460多处，名列全国之首。众所周知的丁村遗址、沁水下川遗址、大宁芝麻滩遗址、吉县柿子滩遗址等就是其中的典型代表。女娲拯救了人类，"中华人种"由此初步形成。

8000年前至4000年前，是文献记载中的伏羲至尧舜禹时期。这个时期的山西就是原始的中国所在地，正是山西这块富饶的土地孕育了灿烂的中华文明。我们现在所谓的"中华""华夏""诸夏"，以及"中国"等名称，最早都是诞生在这片热土上的，而且其最初的含义主要就是指古河东，也就是今天的晋南和晋东南这个地域。

8000年前，伏羲部落从甘肃天水成纪一带，沿着黄河辗转迁徙，经过永和乾坤湾、吉县人祖山等，最后落脚到了今天阳城县境内的析城山上。析城山是王屋山众多山系中最为崇高巍峨的一座山脉。中国科学院东北地理研究所的华润葵研究员、台湾中国文化大学的金荣华教授等众多专家学者在实地考察后都认为，伏羲部落所在的析城山就是我们历史文献里记载的昆仑丘或昆仑虚，也就是后世不少神话里提到的众神仙生活的地方——昆仑山。众所周知，王屋山是世所公认的中国创世神话原产地。但为什么中国创世神话会产生在这里而不是别处呢？这需要从神话的原始含义讲起。我们称伏羲为大帝，这里所谓的帝其实就是原始社会里部落联盟首领的称谓。王是各部落首领的称谓。具体而言，参通天地人三者谓之王，王可告白天者谓之帝（皇），帝王曰圣，圣逝为神。所以，神话实际上是人类演化初期发生在"帝王"身上或者和其相关故事的夸大反映。

根据文献记载，伏羲的母亲叫华胥氏。其实，这里的华胥氏指的是一个母系氏族部落，不是指代某一个女人。伏羲也是孕育在华胥氏部落中的一个子部落。"中华"的"华"字就来源于华胥氏这个名称。所谓"华"者，一是意涵着原始人对女人的赞美，是说女人像鲜花一样美丽，在古代，华和花是通假字；二是蕴含着原始人对生殖的崇拜，是说女人生孩子就像花儿孕育果实一样，生生不息。最初的伏羲部落其实也就是华胥氏部落，诞生在甘肃成纪一带，那里便是所谓的"伏羲故里"。他们在沿黄河向东迁徙时，沿途留下了很多的遗迹和传说。现在陕西境内的华山、华胥陵，山西境内的中华山、华水等，就是这个部落生活过的遗存反映。

伏羲和女娲虽然在上古社会几千年的历史中在沿黄河流域各省市留下了不少的遗迹，但其活动中心还是在山西古河东一带。除了以上提到的析城山，还有闻名遐迩的吉县人祖山、永和乾坤湾、乡宁云丘山等地。数千年以来，人祖山不但流传着伏羲、女娲众多的神话传说和故事，其山脚下的柿子滩、造化坪和水懒坪出土的细石器以及人祖山周边的众多细石器文化遗址都可以证明，距今一两万年以前，人祖山一带就有古人类活动。史料记载，女娲、伏羲为风姓，而人祖山因有"众风之门"——风洞（见郦道元《水经注》），称为风山，所以在人祖山一带活动的古人和女娲、伏羲部落有着千丝万缕的联系。

与此相联系的是柿子滩的万年岩画，专家学者确认其为中国最早的岩画作品之一。靳之林先生认为该岩画表现的内容与女娲有关，而包括山西大学国学研究院院长刘毓庆先生在内的诸多专家都认为这幅岩画就是关于女娲造人补天的内容反映。岩画突出了女人的丰乳肥臀，并十分夸张地放大了女性生殖器。刘毓庆先生说，岩画上的女人，乳房硕大下垂，可能意指正值生育期的女性；女人头部上方曲曲折折的7个点当代表的是北斗七星，表示浩渺天宇；女人右手高举一圆形物，上接苍天，寓意为"举石补天"；女人中腹部一圆孔，当是肚脐——在原始人的观念中，肚脐是有生育意义的；女人下部几个排列纷乱的点，当代表婴儿，是指生育人类的意思。所以整幅岩画表现的无非是女娲神话的核心内容，即"补天""造人"。（参看《祖脉的标识》，见拙作《家国往事》）

柿子滩处于清水河流汇入黄河处的一块台地边的山崖上。这里沟深峰险，依山傍水，不仅渔猎方便，而且有大量的野果可供采摘，应该是原始人比较理想的栖居地。在柿子滩开阔的台地上，随处散落着有数千年乃至上万年历史的"绳纺陶片"。考古工作者考察后确认："柿子滩遗址"是一处"中石器时期"原始人类栖息、生存的遗址。在这里生活居住的可能是一个过着采集、渔猎生活且有着自己精神生活的原始氏族集团。

至于永和乾坤湾、乡宁云丘山，还有洪洞卦地村等地，关于伏羲、女娲的民俗传说，以及相关遗迹遗址，随处可见，比比皆是，由于时间关系，我在这里就不多讲了。

伏羲时代延续了两千年之久，大约在距今6000年左右的时候，伏羲部落开始没落，炎帝部落就走上了历史的舞台。炎帝部落之所以能够站到历史的前台是因为他们掌握了当时最先进的农耕技术。古文献中提到"炎帝神农氏其初国伊",这个"伊"经查证就是指现在的安泽县。这一点在刘纬毅主编的《山西历史地名录》有记载:山西的安泽县在战国时期为伊氏县。炎帝神农氏的活动范围就在包括安泽、高平等在内的晋东南一带,这里除发现有中国目前最早的明代的炎帝陵碑刻外,还有民间传说炎帝耕种过的羊头山、五谷山、神头岭,还有文献记载中的炎帝女儿精卫填海的故事发生地发鸠山,等等。

炎帝神农氏是一个延续了十几代甚至几十代的部落联盟,但他们控制的范围并不大。它最盛时的疆域,西南到今运城盐池一带,南边至河南郑州地区,北边到河北徐水地区。

炎帝神农氏最后一世的名字是参卢,即帝榆罔,禅位黄帝后被封到潞,就是今天潞城市一带。帝榆罔之后,其国为榆州,春秋时期为晋国所灭。因为其祭祀土地神的社还保留着,所以原榆州国社神所在地遂被称为榆社,而"地次相接者"就是榆次。

炎帝神农氏时代后期,也就是距今5000年左右的时候,炎帝部落呈现出了没落的态势。炎帝的权威受到了另一支新兴势力蚩尤族的挑战。当时的蚩尤族已经占领了河东盐池一带,当他们迈着扩张的步伐向东发展的时候,和炎帝一族发生了冲突。蚩尤族那时掌握了最先进的冶铜技术,所以后人描述蚩尤的样子就是铜头铁额。蚩尤族用的兵器都是铜制造的,而炎帝族用的兵器则是石头或木头打造的,蚩尤不费吹灰之力就打败了炎帝。炎帝咽不下这口气,就和从青甘一带迁徙过来的黄帝部族联手对付蚩尤。这场战争持续了数年之久,其战场从河北、山东、山西,甚至到江淮一带,绵延数千里,但其中心却是运城盐池。这是因为双方的目的都是控制盐池。盐是人类生存所必需的营养元素,而运城盐池恰恰就是这样一个天然盐池,那里出产的盐粒无需加工,就可以为人类所食用。还有一个原因是,蚩尤的大本营就在运城盐池边上,现在那里还有一个蚩尤村,据当地史志记载和民间传说,那就是蚩尤的故里,当地百姓称之为蚩尤城。总之,这场有史记载以来的第一场战争打得天昏地暗，惊鬼泣神。战争的结果是，炎黄大胜，蚩尤被肢解。蚩尤被肢解的地方后来就被称作解州。蚩尤被肢解后，他的头被拿去葬在现山东省寿张县阚乡城的蚩尤冢中，他的肩脾部分又被埋在山东省巨野县蚩尤肩脾冢中，他的其余肢体则就地掩埋在紧挨着盐池的中条山北麓下蚩尤城（村）的旁边。黄帝之所以这样做，是害怕蚩尤死而复活，威胁到他的统治。因为这场战争打得实在是太艰苦了，他还差一点丢了性命。炎黄胜利后，又对拒不投降的那部分蚩尤部族进行了大规模的屠杀驱逐，这些战败的蚩尤部族就被迫逃亡到南方的深山老林里。今天散居在云南、贵州等地的苗族、布依等少数民族，至今还在用口口相传的故事和民谣，痛诉着5000年前这悲壮的一幕。

　　赶杀了蚩尤，黄帝和炎帝之间又为争夺老大的位置发生了战争。这场战争被后人称为阪泉之战。据文献记载，阪泉就在今山西省盐湖区南边，也有说在今河北省涿鹿县东南。黄帝率领的是剽悍的游牧部族，作为农耕部落的炎帝哪里是他们的对手？溃败后的炎帝部族一部分跑到今陕西宝鸡一带，一部分逃亡到青海一带，还有一部分举手投降，做了顺民百姓。现在的黎城在春秋以前是黎国所在地，据史籍记载，那里的居民就是炎帝部族的后裔。

　　黄帝通过这两场战争牢牢地控制了盐池。留下来的炎帝、蚩尤部族和黄帝部族融合在一起，华夏民族初具雏形。黄帝也因此成为后世中华5000年文明的缔造者。从正统史料看，黄帝在河东地域没有留下太多的痕迹，但是曲沃有一座黄帝陵，而且是被钱穆先生认定的黄帝真身陵，这似乎能说明很多问题。

　　司马迁在《史记》中记述的"五帝"，其实是黄帝部落联盟集团中五个实力比较强大的氏族部落。他们分别在不同的时期做了这个联盟集团的盟主。他们之间不存在直系的血缘关系。

　　尧登上历史舞台是在帝喾之后。尧也是土生土长的山西人。尧姓伊祁或伊耆，这正是炎帝的姓氏。所以，尧部落最有可能是炎帝部落的后裔，最初的尧部落就活动在安泽、临汾、襄汾、翼城这一带。

尧都在平阳，即今天的陶寺遗址，这已经为考古所证实。在陶寺遗址的5座大墓中都出土了数量不等的彩色"龙盘"，每个龙盘的底部都绘制有一条张牙舞爪的龙。这几条龙是截至目前发现的中国最早的彩龙。它的意义在于，龙在这里第一次成了代表国家意志的"图腾"。也是在这里，"中国"第一次亮出了她的身份和名号。考古人员在陶寺遗址的一个大墓中出土了一套圭尺和玉琮游标。陶寺考古队的负责人何驽认为，这套圭尺就是陶寺人用来测定夏至影长的工具。他们根据这套圭尺所测的夏至影长为1.6尺，而这恰恰是《周髀算经》所说的古人头脑中"地中概念"的标准尺寸。《尚书》记载，尧命大禹治水，划定九州，尧都平阳一带被划为冀州，是为天下四方朝拜的中心，而尧都平阳则是中心中的中心——"帝王所都为中，故曰中国"，"中国"这一闪烁着智慧和自傲光芒的词汇，自此成为了这片神州大地绵延4000多年的正统称谓。

尧之后是舜。舜的都城是今永济蒲坂遗址；舜之后是禹，禹的都城在夏县安邑，即今天的禹王台。这正是唐初孔颖达在《五经疏义》所说的："尧都平阳，舜都蒲坂，禹都安邑。"

今天的汉族在历史上被称为华夏族，这个"夏"正是来源于尧舜禹时代。《尚书》里有一句舜对皋陶说的话："蛮夷猾夏，寇贼奸宄。"意思就是说，蛮夷侵扰我们中国，抢劫杀人，造成外患内乱。这里的夏显然是指以平阳为核心的尧部落联盟所控制的地区。这说明早在尧舜时期就已经有了华夏与夷狄的区分。

在历史学领域，夏之故墟在晋南，基本上成为共识。历史学家张碧波先生在查阅众多的文献资料后指出，古文献中先后有五处提到大夏，都在晋南。这五处分别是唐即今翼城，平阳即今陶寺遗址，安邑即今夏县，晋阳即今永济市虞乡一带，鄂即今乡宁。

山西古河东地域作为中华早期文明的孵化场，不仅有众多遗址遗迹、文献记载和民间传说，还有遍地开花的考古出土文物可以作证。山西垣曲寨里村文化遗址发现的"世纪曙猿"化石，是4500万年以前的标本；山西芮城西侯度文化遗址出土的火烧骨是180万年前的遗骨，这两个发现都堪称世界之最。所以，运城人敢夸海口，说运城是世界人类的发源地！至于非洲，他们的曙猿一类的化石比我们晚了1000多万年。

另外，这里还发现有距今80万年的匼河遗址、距今23~1.3万年的丁村遗址、距今1.3万年左右的薛关遗址、柿子滩遗址……1.6万年前，中华农耕文明的第一朵花在这里徐徐绽放——山西沁水下川遗址出土的石磨盘、锛形器等原始农具向我们展示了河东先民最早的农作技术……

由此可知，说山西是中华早期文明的孵化场，是最初的华夏、中国，是名副其实的。中华文明8000年，竟有4000年几乎等同于山西文明！山西的第一次辉煌就几乎占据了中国历史的一半！

关于8000年前至4000前年这段中国历史，我们对她的解读在这两千多年以来一直处于误区之中。由于时间的关系，我在这里也只能大概点一下。诸位如果有兴趣的话，可以读读我刚刚出版的《祖先，祖先》一书。我在书中对这段历史有非常详细的考证和论述。

山西是中国历史上众多王朝的孵化场

——在山西省企业家前沿大讲堂上的演说之二

我们现在来谈第二个问题,即山西还是中国历史上众多王朝的孵化场,是名副其实的"龙兴之地"。

忽略"三皇五帝"不讲,仅从夏代算起,中国历史上的12个大一统朝代中,就有夏、两晋、唐三代确凿是由我们山西地域孵化出来的,商和宋两代最初的孵化地也疑似在我们山西。另外,还有晋国、赵国、魏国、韩国等至少十多个小朝代和国家孕育于山西。至于从山西走出来的天子嗣皇,那就更多了。

商朝在推翻夏桀之前,成汤王国具体活动在什么地方,在中国历史上一直就是个谜。但随着垣曲商城遗址的发掘,越来越多的历史学家和考古学家确认,这个在今垣曲县亳城村附近的商早期遗址就是成汤出兵讨伐夏桀之前的封国所在地。紧邻商城遗址之处,即是闻名遐迩的汤王坪,坪上立有一通元致和二年的石碑:"商烈祖成汤居亳故都"。与此相印证的则是成汤灭夏战争中留存在晋南故地的众多地名和传说,如"桀败于有娀之虚,桀奔于鸣条",以及汤所伐三朡、韦、顾、昆吾,等等。

周成王"桐叶封弟",唐叔虞成为晋国的始祖,后来唐叔虞的儿子燮父把都城迁到晋水旁边,改唐为晋,晋国由此开始了她600余年的基业。其间，晋文公称霸春秋诸侯达150余年。晋国的都城在此期间经过了多次迁移，分别都于今翼城、曲沃、襄汾、侯马的天马遗址、赵康古城遗址和新田遗址等。

春秋晚期，晋国国君的势力日渐衰弱，权力落在智、赵、韩、魏四大家族手中。智家势大，欺压赵、韩、魏三家，赵襄子不忿，遂联合韩魏两族联手灭掉智氏家族，平分了晋国土地，这就是历史上著名的"三家分晋"事件，此事件成为春秋与战国的分界线。三晋的都城初期都在山西，赵在晋阳，韩在平阳，魏在安邑。战国期间，各诸侯恃强凌弱，争城掠地，厮杀不已，但赵、韩、魏修德振兵，奋发砥砺，最后都跻身于著名的"战国七雄"之列。

西汉时，汉高祖刘邦第四子刘恒在8岁时被封于晋阳，号代王，与母薄太后在晋阳"龙潜"16年，期间娶妻窦氏，生子刘启，即后来的汉景帝。吕后专权，刘恒隐忍不发，吕后死，刘恒被众大臣迎入长安即位，由此开创了中国历史上第一个盛世——"文景之治"。

三国时期，司马昭、司马炎父子先后被封为晋王，在逐渐掌握了魏国军政大权，为自身登基做足准备后，仿效曹丕代汉的故事，逼魏帝曹奂让位，成功实现了以晋代魏的计谋，中国由此进入晋朝157年的大一统时代。

西晋末年，司马势衰，天下混乱，早在汉初就迁居山西境内的匈奴酋长刘渊乘机起兵造反。刘渊起兵今吕梁离石，立国号为汉，史称汉赵。刘渊兵强马壮，势如破竹，很快就攻占平阳城，即今临汾城西南金殿一带，并把都城迁到那里。不久，刘渊病死，其子刘聪即位。刘聪又挥军南下，攻克了西晋都城洛阳，俘虏了晋怀帝，西晋被迫把都城迁到长安。五年后，刘聪又打下了长安，西晋最后一个皇帝司马邺乘羊车，光着膀子，衔着玉璧，举手投降，西晋正式宣告灭亡。从刘渊起兵到西晋灭亡，刘氏父子仅仅用了12年时间。中国从此开始了100多年的所谓"五胡乱华"、五胡十六国割据的战乱局面。

结束这一混乱局面的还是起兵于山西地域的少数民族——鲜卑拓跋部。鲜卑族有好几支，原来居住在蒙古高原，其中拓跋鲜卑这一支逐渐南下扩张，占领了现在的大同、忻州地区。他们在云中（今定襄）建国，国号为代，但在30多年后为前秦所灭。386年，拓跋部复建代国，定都盛乐，并于当年改国号为魏。398年，他们把首都迁到平城，就是今天的山西大同。享誉中外的云冈石窟就主要是这个时代的杰作，史书称之为北魏——南北朝时期北朝的第一个朝代。后来又经过多年的南征北战，到孝文帝时才统一了黄河流域。孝文帝为更好地推行他的汉化政策，于398年把首都从平城搬到河南洛阳。

在北魏都城迁到洛阳30多年后，居住在晋阳的契胡人尔朱荣、尔朱兆父子乘洛阳宫廷政变，起兵杀死胡太后，实际控制了北魏政权。后来，仍是镇守晋阳的尔朱荣部将高欢又起兵讨灭尔朱氏，立孝武帝，自为大丞相。高欢返回晋阳居住，但他实际上已经成为北魏唯一的掌权者。高欢病死，其子高洋在晋阳被部将拥戴。550年，高洋篡魏，史称北齐。现在太原的天龙山石窟最早就是由北齐高欢、高洋父子开凿的，其中第一至第三窟就是那时的留存。

隋炀帝杨广在大家的心目中可能是一个荒淫无道的昏君，其实不然。杨广在中国历史上是个非常有为的开拓性帝王。在位期间，他开创科举制度，修隋朝大运河，迁都洛阳，改州为郡……对后世颇有影响。杨广在即位前是首先被封到晋阳的，那时他年轻有为，英气勃发，曾亲自率军南下消灭南陈，统一中国。正是晋阳的这方水土让他养精蓄锐，最后成功即位。杨广错就错在不顾天下百姓死活，穷兵黩武征伐高丽，并大兴土木，修宫殿，凿运河，修驰道，把社会经济推向绝境，致使民变迭起，造成天下大乱，最后葬送了他的大好江山。

推翻隋朝的不是别人，正是他的表哥、时为太原留守的李渊。李渊先被派到河东平叛，平叛的胜利使他既扩充了自己的实力，又得到了隋炀帝的赏识。李渊到太原任职时，全国的政治格局已是一片大乱，风起云涌的农民起义军基本摧毁了隋王朝的统治力量，各地的官僚土匪也都纷纷打起反隋的旗帜，割据一方。太原乃大隋主要战备物资囤积处，城中是"府库盈积"，粮饷可支十年之用。所以李渊被任命为太原留守，可以说是天借其手以灭隋。河东也好，太原也罢，在当时的李渊父子看来，都是当年唐尧的故国所在地，所以李渊建立新朝就以唐为国号，这既反映了李渊父子追求做一个像唐尧那样的圣明帝王的愿望，同时也体现了他们对山西念念不忘的故土之情。

在唐代，唐高宗李治也是在被封为晋王以后才被册封为太子的，而他的老婆、中国历史上唯一的女皇武则天则是地道的山西文水人。

唐朝灭亡后，进入了五代十国时期。这五代中，竟有三个朝代都是沙陀人在太原建立起来的，还有最后一个朝代——后周是孵化在太原的。另外，后蜀的建国者孟知祥也是从太原走出来的。第一个是李克用、李存勖父子建立的后唐，第二个是历史上臭名昭著的"儿皇帝"石敬瑭推翻后唐以后建立的后晋，第三个是刘知远在后晋被契丹灭亡后建立的后汉政权。这三个小王朝缔造者的经历十分相似，在称帝之前，他们都是前朝的重臣，都据守在山西，步步为营，逐渐蚕食了黄河流域的大部分地区，从而实现了他们改朝换代的帝王梦。

孟昶，就是那个因"花蕊夫人"费贵妃而死于非命的风流皇帝，其父孟知祥是晋王李克用的女婿，后成为后唐高祖李存勖手下大将，深受重用。他在任太原尹时生下孟昶。后来孟知祥调任西川节度使，遂占据东西两川，在成都自立为帝，国号蜀，史称后蜀。孟知祥享不了皇帝的福，在位仅7个月即恹恹病死，孟昶继位为帝。

郭威原是后汉高祖刘知远手下大将，3岁时全家从河北迁来山西，由潞州（今山西长治）一常姓人家抚养成人。郭威长期驻守太原。刘知远死后，郭威势力增大，引起汉隐帝的猜忌。因汉隐帝下令诛杀，郭威遂起兵反叛，定都开封，建立后周。

郭威膝下无子，驾崩后就把皇位传给了柴荣。柴荣原是河北人，幼时在太原其姑父郭威家中长大，"生性谨厚"，甚得郭威喜爱，遂收为义子。郭威称帝后，柴荣以皇子身份出任太原郡侯，后加封晋王。柴荣接皇位，是为周世宗。

周世宗手下有一员大将，文韬武略，样样精通；为人处世，大方得体，深得将士爱戴。此人就是赵匡胤。周世宗死后，赵匡胤效法郭威，实施了预谋已久的陈桥兵变，黄袍加身，废掉柴荣之子柴宗训，建立了一个新的王朝——大宋。

赵匡胤到底是从哪里起家的？正史上的说法和民间传说大相径庭。晋南一些方志记载，赵匡胤兄弟俩是山西赵城县（今洪洞县赵城镇罗云村）人，那里还有一些相关的遗址遗迹。在山西孝义的西辛庄镇，还发现了赵匡胤祖母"宣皇圣母陵"、外曾祖父"刘宣王陵"和以其父谥号命名的"宣皇原"，在永和县境内有赵匡胤避难遗迹。此外，临汾的仙洞沟、襄汾的双龙湖等多地都流传有关于赵氏兄弟及其家族的传说故事和遗迹。

大宋王朝建立之初，宋太祖赵匡胤曾经两次派兵攻打山西的北汉政权，但均是损兵折将后无功而返。宋太祖只好改变策略，决定先消灭南方的割据政权，再回身北上讨伐后汉。但遗憾的是，他突发急病，"壮志未酬身先死"了。继位的宋太宗赵光义继承了哥哥的遗志，亲自率军攻打晋阳城。不料，晋阳城内军民团结一致，拼死抵抗。双方浴血奋战三个月，晋阳城才被攻克。想到这个地方从古至今出了很多真龙天子，宋太宗和他的高参在潜意识中就都认为太原是座龙城。传说，宋太宗找高人算了一卦，高人说太原一地就是一条蟠龙，系舟山是"龙角"，龙山、天龙山为"龙尾"，太原处在蟠龙的中心，凝聚了王者之气，所以真龙天子常常出现在这里，成就霸王帝业。宋太宗又恐又怒，遂下令火烧晋阳城。烧完，还不放心，又下旨引汾河水淹没了晋阳城废墟。他要彻底烧掉晋阳城的龙身，淹掉晋阳城的王者之气。

原来的晋阳城被毁掉了，但这个地区又不能不设一个行政中心，于是就改太原府为并州，移治到阳曲县的唐明镇。

宋之后，太原虽然还是北方重要的政治、经济、文化中心，但再也没有新的王朝在这里孕育出现。不过，山西在战略位置上的作用却还是不容低估的。

山西是中华北方民族融合的孵化场

——在山西省企业家前沿大讲堂上的演说之三

山西在历史上一直就是中华民族融合的孵化场。

由于山西在历史上一直处于汉族和少数民族"杂交"地带,再加上山西在华夏文明中所处的核心地位,这里就成为中华北方民族融合的最佳也是最主要的活动区域之一。早在8000年前伏羲时代至4000年前的尧舜禹时代,这里就先后进行了三次大的"民族"融合。

第一次是伏羲部落从甘肃天水成纪一带沿黄河辗转迁徙,经陕西、山西、河南、山东等,最后选择昆仑虚(析城山)作为根据地,这一路就是一个和当地土著居民不断融合、冲突,又不断冲突、融合的过程。伏羲被后人称为太昊伏羲,就是指原本是西方的伏羲部落和东方太昊部落融合成为一个新部落的史实。定居在昆仑虚上的正是融合后的太昊伏羲部落——这是以后华夏族亦即汉族形成的胚胎。如果打一个比方,太昊和伏羲就分别是一对男、女的精子和卵子,而孕育他们的正是山西这个母体子宫。

第二次是炎黄和蚩尤三个集团之间发生的"涿鹿之战"和"阪泉之战",两大战役的结果是这三个部族全面而彻底地融合成一个整体——华夏族初具雏形。如上所述,这两次大战的主战场就在山西,焦点是围绕运城盐池展开的一场争夺战。

第三次是尧舜禹时代，"远者来，近者悦"，尧舜禹"协和万邦"，最后形成了最初的"华夏""中国"政治实体形态。

进入传统所谓的奴隶社会和封建社会以后，山西地域作为各民族融合的前沿阵地更是发挥了不可低估的重要作用，山西民众也为此付出了沉重的代价。由于山西北部一直处于华夏政权的边缘地带，整个忻州、雁北地区就一直饱受着历代民族战争的摧残和蹂躏，至少在明清两代以前，这两个地区实际受少数民族政权控制的时间比受中原政权控制的时间还要长久。有些时段，表面看他们处于中原政权的辖制范围，但在事实上，中原政权是有心无力、鞭长莫及的。比如在战国时代，赵国的防守实际就仅到雁门关一带。在西汉初期，自汉高祖刘邦被围困在平城（今大同）白登山差点丧命后，西汉政权对这个地区采取的策略基本上是听之任之、放任自流的。一直到汉武帝强势崛起后，才多多少少有了些改观。在南北朝五胡十六国时期，整个山西都在少数民族政权控制之下，在宋朝的绝大部分时期，山西地域实际上也分别属于辽金辖制，尤其在南宋时期，辽宋划江而治，山西就绝对属于辽国的土地了。后来辽金先后灭亡，辽金的主体民族契丹、女真，以及以前的匈奴等威风凛凛的少数民族都不见了踪影，其实都是被汉化了。这其中，处于边缘之地的山西起了非常重要的孵化场作用。

具体来说，夏商以后，山西历史上曾有过以下五次比较大的民族融合时期。

第一次是在春秋时代。那时的晋中、晋南地域分布着赤狄惑咎如、东山皋落氏、潞氏、留吁、铎辰、茅戎等部落，晋东南分布着骊戎、长狄鄋瞒等部落。晋国一开始是一个很小的国家，后来，他们在经济实力和军事实力上强大以后，就先后吞并了这些异族国家。晋国对这些异族的原始居民并没有采取威慑镇压的统治办法，而是实施了"启以夏政，疆以戎索"的柔和政策。晋国统治者明白，他们虽然从形式上征服了这些戎狄之国，但并没从心理上完全征服他们。当时的戎狄部族尚处于游牧时代，各种风俗习惯都不一样，所以对于原来"夏虚"的百姓施以夏当年的政策进行治理，对于被征服后的戎狄则按照戎狄的习俗去统治。正是这种因地制宜、"一国两制"的政策才促成了晋国国内各民族的大融合，从而使得晋国后来者居上，一跃成为春秋诸侯的霸主国。

第二次是在战国时代。民族融合的标志就是赵国"胡服骑射"政策的推行。赵武灵王在长期的戎马生涯中，看到胡人穿窄袖短袄，生活起居和狩猎作战都比较方便；他们作战时用的骑兵、弓箭，相对于中原的兵车、长矛而言，具有更大的灵活性和机动性。因此，为了富国强兵，赵武灵王提出"着胡服""习骑射"的主张，取胡人之长补中原"汉民"之短。"胡服骑射"让赵国迅速壮大起来，成为"战国七雄"之一，并在后期成为唯一敢跟秦国抗衡的国家。这个政策的实施还有一个重要意义：改变了赵国上下对胡人的看法，从心理精神层面上给了胡人一个安慰，从而有力地促进了赵国国内胡人和中原民族进一步融合的步伐。

第三次是在魏晋南北朝时期。北朝的第一个少数民族政权北魏，其都城在平城，就是今天的大同。当时山西全境都属于北魏领土，其中杂居着鲜卑、匈奴、柔然等少数民族。作为鲜卑族的孝文帝认识到汉族文化的博大精深，就在北魏大胆实施了一系列汉化政策，譬如改鲜卑姓氏为汉姓，借以改变鲜卑风俗、语言、服饰；鼓励鲜卑人和汉人通婚；评定士族门第，加强鲜卑贵族和汉人士族的联合统治；参照南朝典章制度，制定官制朝仪等，他还把都城从平城迁移到洛阳。这是中原历史上一次最彻底的汉化运动，把中华民族大融合推到了一个新的高度。

第四次是在五代十国至辽金时期。五代十国时期的山西境域基本上是受胡人控制的。上边我们已经讲过，五个朝代中，有三个朝代都是沙陀人以太原为根据地建立起来的。第一个是李克用、李存勖父子建立的后唐，第二个是历史上臭名昭著的"儿皇帝"石敬瑭推翻后唐以后建立的后晋，第三个是刘知远在后晋被契丹灭亡后建立的后汉政权。宋辽时期，两国的主战场就在忻州大同这一带，雁门关是两国争夺的最重要的一个战略要地。小说电视戏曲里的《杨家将》，反映的就是这一段史实。其中提到的金沙滩就处在雁门关外现怀仁县城南 30 公里处的黄花梁脚下。辽金时期，尤其在南宋以后，大同一直以来就分别是辽金两国的陪都，山西领域也一直就是契丹和女真人的天下。这个时期的山西就是一座大熔炉，契丹和女真用自己引燃的这把熊熊大火，熔掉了他们民族自身的信仰、风俗和习惯，自觉或不自觉地融入了当地的汉人文化中。

第五次是在元、明、清时期。蒙古人的铁蹄踏入中原大地，山西是其最早占领的土地。他们在这里最先感受到了农业文明的魅力，领略到了华夏文明的博大精深。现在山西各地还保留着全国最多的元代建筑，这些建筑既显示了游牧文明粗犷豪放的特点，又体现了农耕文明精细婉约的特点，是两种文明艺术融合的结晶。明朝时期，山西是北方多民族杂居混战的前沿阵地，各民族在这里得以进一步融合。清朝时期，晋商行迹遍及全国，尤其是西北和内蒙古大草原，那里基本上就是晋商的主战场，他们带去了汉人的文化艺术、风俗习惯，又把这些少数民族地区优秀的文化传统带回山西，从更高层面上消融了汉族和各少数民族之间的隔阂和误解，为山西和这些地区的民族融合做出了较大的贡献。

山西在历史上能成为中国的孵化场，是由她"表里山河"的特殊地形地貌和"近畿接边"的特殊地理位置决定的。

山西地处黄土高原，西边、南边是崇峨高峻的吕梁山和呼啸而下的黄河，东边是绵延 800 里的巍巍太行，北边是古老的边关万里长城。山西境内又有汾河、滹沱河、漳河、沁河等多条河流，这一特殊的"表里山河"概貌决定了她居高临下、易守难攻的天然战略堡垒特点，也决定了她在远古时代能成为人类最佳的生存场所。同时也说明了山西为什么能够在历史上孵化出那么多的帝王和朝代，为什么会出现那么多的割据政权。

山西地处中国版图腹心，中国历史上的重要古都长安、洛阳、开封、北京等都环绕在她的周围，而且距离都在五六百公里以内，这一点决定了山西战略地位的重要性。可以说，山西安则国安，山西危则国危。山西打个喷嚏，全国都会颤动一下。山西同时又是少数民族和中原汉族的接壤地带，中原政权北进，少数民族政权南下，山西都是必经之地。忻州和大同在历史上长期处于中原民族和少数民族拉锯战场的状态，这一点决定了山西，尤其是忻州和大同必然会成为少数民族和中原汉族互相融合的前沿阵地。

总而言之，山西自古以来就是一块风水宝地。山西历史就是一部中国的孵化史——她是中华早期文明的孵化场，是最初华夏、最初中国的孵化场，是中国历史上多个朝代和帝王的孵化场，还是中华北方民族融合的孵化场。

谢谢大家！

举起"祖先"旗帜，让全世界为山西文旅摇旗呐喊

——在山西省第三届文博会上的演说

作者注：2017年8月25日上午10：00，我携新作《祖先，祖先》（北岳文艺出版社，2017年6月）赴山西省第三届文博会，与太原师范学院历史系主任王杰瑜教授就"从《祖先，祖先》看山西文旅如何破局"这个主题做了一番对话，和现场读者一起分享了我的研写心得。青年评论家王朝军先生主持了这场对话。为行文简洁起见，《老家山西》微信公众平台在将现场整理的文稿发表时，没有将王杰瑜教授和王朝军先生直指鹄心的提问和鞭辟入里的评论一一分列，本文来自《老家山西》版，故亦有此缺憾。向二位表示歉意。

首先感谢北岳文艺出版社和本届文博会的举办者能给我们提供这么一个和读者直接交流的机会。

大家知道，我们研究历史不是为了研究而研究，研究历史说到底是为现实服务的，所谓"大道远行，不忘初心"，所谓"以史为鉴可以明得失"，都是这个意思。我写《祖先，祖先》就是想给山西人，给全体中国人，找

到精神上的根柢，提升我们的民族自信和文化自信。

《祖先，祖先》是我对10000年前女娲时代到4000年前尧舜禹时代为止的中国上古史的一个系统梳理，书中提到的每一个地方、每一处遗址，我大都做过实地调研。我在书中得出的一个基本结论就是：中华文明的源头在山西，确切地说，应该是中华文明的主流源头在山西的古河东地区，也就是今天的运城、临汾和晋城的部分县市。有人会说这个结论带着感情色彩，因为中华文明是"多元一体"，这已经为学界所公认。其实，这二者之间并不矛盾。"多元"是说中华文明如满天星斗，有多个发源地，有各自的特点，"一体"是说中华文明是个有机的整体，东西南北中各地的文化互相联系，互相碰撞，互相融合，最后汇聚到诞生于黄河中下游这个黄色文明"一体"中来了。

作为中华文明主体的黄色文明，毫无疑问是黄色人种的精神根柢。这几年，甘肃、陕西、河南和山东，甚至江浙一带的几个省都打出了他们那里就是中华文明源头的招牌，这些举动迷惑了很多人，甚至有不少山西人也迷信于这种说法，而把"中华文明源头在山西"斥为一叶障目的自高自大。

我觉得这是一种对历史认识的偏差，也是某些山西人一种文化不自信的表现。我们说"中华文明源头在山西"不是空口无凭的异想天开，也不是一厢情愿的坐井观天，而是在和这些兄弟省市的对比研究中，在找到了实实在在的历史根据后，所得出的一个基本结论。

我曾经写过一篇题目为《中华文明源头在山西的九大文化标识》的文章，在网上流传很广。这篇文章就是我写作《祖先，祖先》的指导大纲。我现在就用这九大文化标识和兄弟省市同时代留下来的相关遗址遗迹做个对比，看看我们山西到底能不能当得起"中华文明源头"这个称号。

首先是"丁村人"遗址。大家知道，丁村的考古发掘证明了我们的祖先"丁村人"大约20万至2万年前生活在襄汾丁村这一带，这一考古发掘成果的意义在于弥补了距今约70万至23万年前的北京猿人和距今约1.3万年的山顶洞人间中国古人类断代的空白。"丁村人"的发现说明了后来传说纷纭的中华民族祖先"三皇五帝"活动核心就在黄、汾流域一带，这证明了我们所谓的"三皇五帝"不是无源之水，也不是无本之木，而是有着人类延续发展的科学理论根据的。同时代的这种权威考古遗址，在黄河中下游流域，山西之外没有第二个。

其次是万荣后土祠和洪洞女娲陵。女娲是活动于大约1万年前左右旧石器时代晚期和新石器时代早期的还处在母系氏族社会的氏族部落。这和后边我要说到的伏羲、女娲中的那个女娲不是一回事。女娲对黄色人种最大的贡献是"补天造人"。万荣后土祠是到目前为止关于祭祀后土、祭祀女娲历史最悠久、建筑规模最大的祠庙，在全国数不清的后土祠庙中，被公认为"海内后土祠庙之冠"。洪洞女娲陵则是到目前为止所发现的全国唯一一个建筑历史最久、有正陵和副陵而和伏羲没有任何关系的女娲陵墓。《平阳府志》有"唐天宝六年（747年）重修"这样的记载，可见其创建年代之早。关于祭祀女娲"补天造人"的祠庙和相关遗址、传说，在太行山、吕梁山的黄汾（河）流域也很多。这种现象的出现不是偶然的，据统计，在我们山西，仅考古所发现的旧石器时代遗址就达到了400多处，为全国之冠。这一点没有任何一个省市能和山西相提并论。无论是甘肃、陕西，还是河南、山东，不管是数量，还是质量，山西都是压倒元白、独步天下的。

第三是8000年前伏羲、女娲遗址。这个时代的女娲是和伏羲同时代的一个姻亲部落，所谓"兄妹成婚缔造人类"是后人的一种神话加工，它反映的是那个时代人类再一次遭受洪涝灾害后，原始人为延续人类而采取的一种悲壮的繁殖行为。这个时代在山西古河东地区，伏羲和女娲的孑遗俯拾皆是。吉县人祖山、永和乾坤湾，以及阳城析城山就是其中的代表。当然，黄河中下游流域的其他省市关于这方面的遗迹、传说也不少。譬如甘肃的成纪就有"伏羲故里"之称，河南的淮阳有"羲皇古都"之称，陕西蓝田还有华胥陵——文献记载，华胥氏是伏羲、女娲的母亲，其实也就是说，伏羲和女娲部落是华胥氏部落的子部落。另外，在山东以及全国其他地方，这方面的传说及相关遗址遗迹也随处可见。造成这种情况的原因，一是由于伏羲、女娲在甘肃一带沿黄河向东向南迁移的过程中，不断地与当地居民冲突、融合，不断地又有人分流出去，走向了神州大地的各个角落；二是由于后人附会而建造了很多关于伏羲和女娲二次，乃至三次、四次文化遗迹。甘肃的成纪是"伏羲故里"，这大概没有什么疑义，陕西蓝田的华胥陵也说明了华胥氏部落或者说是伏羲和女娲部落曾在那一带活动过，这些有8000年前的大地湾文化遗址作为辅证。至于河南淮阳"羲皇古都"的称号却大可怀疑。也许，那里曾经是伏羲氏的一个落脚点，或者说是伏羲部落临时的一个指挥部，要说作为一个长期的"古都"存在，恐怕是要打一个问号的。因为淮阳一带是平原地区，其海拔不足50米。在伏羲、女娲活动的那个时代，洪水滔天，泥流滚滚，人们根本就不可能在平原上生活。就我们现在所发现的新石器时代早期遗址和伏羲、女娲遗迹及相关传说比较集中的地方，就北方而言，无一不在深山之中。原始人的这种聚落所在地，到了大禹之后才逐渐转移到盆地、平原上。就伏羲、女娲的"政治"活动中心而言，最有可能在山西，中国科学院东北地理研究所的华润葵先生、台湾中国文化大学的金荣华先生、中国社会科学院的吴晓东先生等众多专家在实地考察研究后都认为，位于阳城县境域的析成山就是伏羲部落所在的"帝下之都"，就是历史文献里记载的"天下中柱"昆仑。关于这一点，我在《祖先，祖先》一书中有详尽的论证和说明，这里由于时间关系就不多说了。

第四是高平炎帝陵遗址。全国范围内的炎帝陵遗址主要还有湖南株洲的炎帝陵和陕西宝鸡的炎帝陵等。山西高平炎帝陵发现于20世纪90年代，但它后来者居上，现在的知名度和影响力已经完全超越前面两者。之所以如此，主要有两个原因，一是高平炎帝陵遗址出土了一通明万历三十九年（1611年）的"炎帝陵"石碑，这是目前国内现存最早的炎陵碑；二是当地政府聘请刘毓庆等一大批专家学者对神农氏炎帝和当地的关系进行深入的调研，并结合历史文献取得了丰硕的成果：以高平为核心的晋东南区域不但有炎帝陵，还有炎帝"种五谷，尝百草"林林总总的各类形踪影迹，譬如传说是炎帝少女精卫所居的发鸠山，传说是炎帝培植五谷的百谷山、羊头山，传说是炎帝建黎国遗址的黎岭，以及羊神山、羌城、姜庄、黎侯镇……上党地区形成了完整的炎帝族生活链。炎帝出生、成长、创业、建国、殡葬、陵庙群，都在古上党高平县羊头山方圆百里之内。至于湖南株洲的炎帝陵、陕西宝鸡的炎帝陵，以及青海羌族等关于炎帝的传说、习俗和相关遗迹，都是炎帝的二次文化，也就是说，是炎黄之战后炎帝部落落败逃跑到那里去的炎帝后裔的遗存反映。

第五是曲沃黄帝陵遗址。世人都知道陕西黄陵县的黄帝陵、河北涿鹿县的黄帝城和河南新郑的黄帝故里，却几乎没人知道我们山西曲沃还有一座黄帝陵遗址。国学大师钱穆认为，根据黄帝主要的活动区域来看，曲沃桥山黄帝陵最有可能是他的埋骨所在。清代《曲沃县志》记载：桥山黄帝庙在桥山主峰，"后周显德中建"。曲沃本地还有一个特别现象，1949年前，曲沃县境内（包括现在的侯马市）近200个行政村，几乎村村都有供奉黄帝的庙宇，县城则建有三座更大的黄帝庙，每座庙占地都在200亩以上。虽经战乱破坏，但截至现在，曲沃仍有50多处遗址废墟。除此之外，在曲沃县域还流传有大量的属于当地所独有的黄帝神话故事，并沿袭着一些独特的相关习俗。在黄帝遗迹方面，河北、河南、陕西同我们山西或许能平分秋色，但不要忘了，山西还有一个和黄帝战蚩尤密切相关的盐池。

运城盐池就是我要说到的第六个文化标识。炎帝、黄帝和蚩尤三大集团之间爆发的"逐鹿之战""阪泉之战"，从某种意义上说就是为了争夺这个盐池。盐是人类生存所必需的生命元素，占领了运城盐池，就相当于占领了生命线。这意味着这个占领者同时拥有了号令天下的资本。有专家考证，涿鹿和阪泉都在河东一带。当然，我在这里并不是否定河北涿鹿县的黄帝遗迹，因为这两场战争持续时间很长，波及范围也很大，至少现在的河北、山东、山西、河南、安徽等都卷入了这场战争，但其中心在运城，其焦点就是为了争夺运城盐池。解州得名就源于蚩尤被肢解在此处，而运城盐池边上的蚩尤村、蚩尤冢，以及众多关于黄帝、蚩尤的民间传说和习俗，也都在向我们证明着，发生在 5000 年前的这两场战争和这片土地、这个盐池有着千丝万缕的联系。这一点是所有自诩为"中华文明源头"的兄弟省份所无法回避的一个历史事实。

第七是襄汾陶寺遗址、临汾尧陵遗址和尧庙古建遗址。这一条是我们说"中华文明源头在山西"的关键所在。唐尧的传说和相关遗迹在全国很多地方都有流布，但能在遗迹遗址、民间习俗传说、文献记载和考古成果四方面完全达到一致的就只有山西的襄汾陶寺遗址。

从文献看，《禹贡》《竹书纪年》《左传》《纲鉴易知录》《历代帝王年表》《通鉴外纪》等都有"尧都平阳"的记载。平阳就是今临汾市古称。关于尧所处的时代，《尚书》《竹书纪年》《史记》《帝王世纪》等都有记载，说尧接帝挚，传位于虞舜，虞舜传位大禹，大禹传位子启，启建夏。夏商周断代工程年表显示，夏的建国年代在公元前 2070 年。

从地下考古成果看陶寺的都邑性质，陶寺遗址在晋南地区，位于临汾城东南 30 公里处，面积达 280 万平方米，20 世纪为了寻找夏以前的都城对它进行了发掘，当时发掘了两片工作区，一片在西部，是所谓的平民居住区，在东南部则发现有大量早期的王族墓葬。早期的考古收获是建立了三期的文化分期，现在通过一些新的手段将最早的年代更新到距今 4400 年左右，最晚的可能是到 3800 年。陶寺早期城址并不大，考古学者认为是一个宫城，后来发现的所有大型夯土台基都在这个区域里，只有 13 万平方米，最初在南部的下层贵族居住区建起了城墙，所以将宫城和外城围起来了。宫城和外城构成了早期的城址，面积只有 20 多万平方米，但是有祭地的礼制建筑，这个区域外有大量的平民居住区和仓储区，都加起来有 160 万平方米。到中期有大的变化，宫城虽然继续使用，但南部的小城废弃掉了，在外部建立一个巨大的外郭城，出现了观象祭祀台。已发掘的地方有 280 万平方米，如果加上未发掘的区域，就超过了 300 万平方米。这个时候的城址已经变成了双城址，且城中功能区完备，明显看出是以某种宇宙观为指导思想的。此外还有驿站性质的基址，体现了中央与地方的行政关系。

陶寺中晚期时出现了极大的动荡，它被彻底征服，不再作为都城而存在。祭天和祭地是当时重要的国家祭祀。陶寺祭天的遗址位于城址的东南部，最为重要的礼制建筑是观测太阳历的观象台，考古学家与天文考古学家进行合作，通过实地观测，发现陶寺的观象台能得到20个节气的历法，可以拟定关于大豆、黍、粟等农作物播种和收获的历法。更能体现陶寺农业社会的本质，天文历法也是国家软实力的一部分。观象台旁边有沟和渠，也有祭地的遗址。

从民俗、民间传说和相关遗迹遗址看，陶寺西面的姑射山传说是尧夫人鹿仙女（散宜氏女）射杀野兽保民安境之处，尧在这里和鹿仙女见面、恋爱，最后成就了"洞房花烛夜"的千古美谈。传说帝尧访贤的故事也发生在这里。帝尧寻访的四个贤人分别是方回、善卷、披衣和许由。这四个贤人的遗迹和民间传说分别分布在今蒲县的蒲伊村、讲道台，洪洞的箕山、颍河，襄汾陶寺附近的席村，临汾的康庄等。临汾城南现有建筑规模最大、历史最为悠久的尧庙，早在6世纪北魏时，郦道元的《水经注》就记载了它早已存在。尧驾崩后，据说葬在现临汾市东北30公里处的郭村里隅涝河北岸山坡上。尧陵祠宇始建年代史无记载，据金代碑文，唐太宗李世民征战曾屯兵于此。临汾涝河一带流传着尧、尧母、尧妻带领百姓治理洪灾，并和女妖大战的壮美故事，这里因此留下了马刨泉、黑风洞、清风洞、尧姑庙、上马台、马台村等遗址遗迹。洪洞县甘亭镇士师村传说是尧舜时代第一名臣皋陶的故乡。西距士师村5公里处的羊獬村，传说是帝尧女儿娥皇、女英的诞生地。如此等等。临汾周边的县市，几乎走到任何一个地方，都能恍惚看到尧的影子。

河南偃师出土了一个二里头遗址，河南人因此称偃师是"华夏第一都"，但考古学家认定二里头遗址是夏晚期都城遗址。她的生存年代比陶寺早期文化迟了足足有四五百年。我们说山西是华夏文明的源头，是最早的中国，陶寺遗址就是我们最大的底气所在，就是我们能拥有这种自信的根本原因。

第八是洪洞、垣曲、永济三县的三处历山遗址、永济舜都蒲坂旧址和运城舜帝陵古建。舜的传说和遗址遗迹在全国范围内比较多，譬如山东的定陶、菏泽，浙江的上虞、余姚，湖南的永州等，都不乏这类遗存，仅传说是舜耕作过的历山，全国就有21处之多。但这些传说和遗址最为集中的是在山西的晋南地区。《史记》载：

舜生于蒲阪（今永济市），渔于濩泽（今阳城县），耕于历山。

《左传·哀公六年疏》说：

尧治平阳，舜治蒲坂，禹治安邑。三都相去各二百余里，俱在冀州，统天下四方。

《安邑县志》记载：

舜始封虞，暮思旧邑，禹乃营鸣条牧宫以安之。

在舜的相关遗迹遗址和传说这一点上，几个黄河中下游争称"中华文明源头"的省份，都得退避三舍，拱手相让。因为除了山东还有一些虞舜的空谷足音在寥廓的天际回旋外，其他几个省份在这方面几乎都是空白。何况山西还有一个被很多考古学家认为是"尧舜合都"的陶寺遗址！

我们再来说说夏都安邑遗址和河津禹门口遗址，这是我说的"中华文明源头在山西的九大文化标识"中最后一个。"尧都平阳，舜都蒲坂，禹都安邑"（《汉书·帝王本纪》）几乎是所有中国人的共识。禹都俗称禹王城，其遗址是战国时期魏国早期都城安邑遗址，位于山西省夏县县城西北7公里处，已成中国文物重点保护单位。这里留下了"白马峰""金简峰""禹王碑"等随处可见的大禹模糊的影子。禹门口是山西河津和陕西韩城交界处的黄河渡口。

　　史载，上古时期，位居黄河中游的河津有一座大山，叫龙门山。龙门山高耸在河谷中，堵塞了河流，河道因而变得十分狭窄。汹涌奔腾的河水冲堤上岸，泛滥成灾。大禹到此视察后，毅然决定开凿龙门。于是在他的率领下，成千上万的人投入挖山的战斗中，把龙门山凿开了一个大口子，河水从此处畅通无阻地流向河南中原大地，山西也就此告别了洪涝灾害的历史。为纪念大禹，后人遂将龙门口改称禹门口。大禹治水在山西的遗迹和传说还有很多，尤其是河东一带，比比皆是。遗憾的是近年在考古方面，夏都的传说证明还是个空白。夏县有个东下冯遗址，其中出土了夏早期文化遗存，但她不具备王都所应该具有的特征。反倒是河南登封县的王城岗遗址被更多的考古学家认为有可能是古文献中记载的禹都阳城，尽管这种说法也没有足以服人的考古根据。王城岗古城遗址面积总共才30多万平方米，其中也没有发现任何具有王都特征的文物。其实，中华文明的源头指的应该是"三皇五帝"，尤其是尧舜禹时期的初期文明，夏朝只能是"流"而非"源"。

　　我在《祖先，祖先》一书中说过："关于'三皇五帝'的生活遗迹、遗址在全国很多地方都有，但一个明显的事实是，其他地方的这方面的遗迹、遗址和相关传说，都是孤案，零零碎碎，不成系统，没有逻辑秩序和规律，只有在黄河中下游流域，尤其在山西古河东地域，所有'三皇五帝'的生活遗迹、遗址、典籍记载、相关传说以及习俗都有着时间上的先后顺序和内在的逻辑联系，是一个完整的'古中国'文明体系。其中各个链条上的关系是相互依存、相互支持的，缺一而不可。"更为关键的是，山西有个陶寺遗址，是被考古学家考证了的曾经的尧都平阳遗址，是最早的中国所在地。这些综合起来就给山西是"中华文明源头"这一说法做了精准定位。

　　在中华文明的主流黄色文明滥觞兴盛的同时，东北地区的红山文化和长江流域的良渚文化也在蓬蓬勃勃地发展着，譬如在辽宁喀左县东山嘴遗址和凌源、建平两县交界处的牛河梁遗址都发现了五六千年前的大型祭坛、女神庙、积石冢和"金字塔"式的建筑。几乎在同一时期或稍后的长江流域的一些遗址中，也发现了大型祭坛，还出土了面积达120万平方米的石家河古城废墟和290万平方米的良渚古城遗址，等等。这些都是中国境内同一时期的最高文化水平代表，但遗憾的是，这些古文明都由于这样或那样的原因走向覆亡，最后汇聚到了以黄色文化为代表的中华文明的主流中来。

由以上可知，我们说山西就是最早的华夏所在地，就是最早的中国所在地，就是我们祖先"三皇五帝"和蚩尤、祝融、共工等民族英雄活动的核心地域，就是中华文明的源头，是有着实实在在的历史根据的。

历史很丰腴，但现实太骨感——很遗憾，我们没有把老祖先留给我们的这个宝贵的资源保护好，更没有利用好。

众所周知，山西是文物大省，目前仅国保级文物单位就达到了452处，位居全国第一，领先第二名河南省达94处，而比第四名的陕西省多了209处。但这仅仅是不动的文物资源，并没有发挥出其应有的效益。我们的文化旅游，无论是从社会效益，还是从经济效益来看，都和陕西、河南有着相当的差距，对比南方发达省市，更有着天壤之别。

前些年，我们走入畸形发展煤炭的误区，在黄金时期贻误了山西的发展。近几年，我们虽然提出了把旅游发展为支柱性产业的战略构想，并且也在逐步实施，但总是给人成效不大的感觉。景区还是前几年那几个景区，旅游热点也还是前几年那几个旅游热点，没有整合，没有提升，也没有什么发展。

山西的文化旅游格局，从南到北依次是晋南的根祖文化旅游、晋中的晋商文化旅游、晋北的佛教文化旅游。这个格局形成已有几十年了，没有什么不对。问题在于，我们对山西的整体文化旅游，缺乏一个长远的、具有战略意义的规划——哪些项目是龙头，这些项目又怎样能够连成一个有机的整体，从而带动当地的经济发展，再逐渐带动邻近地区，乃至整个山西的经济发展。我们有蜚声国际的云冈石窟，有驰名中外的五台山，有远近闻名的壶口瀑布……就这几个景点来说，也许效益还不错，但他们都是各自为战的单打独斗，就各自的品牌来说，也不足以起到龙头的作用。

在国际范围，一个成功的文化旅游品牌，一般来说应该具备以下几个特征：第一，她举世闻名，这是她能够成为伟大品牌的前提之一；第二，她是游人朝圣之地，这是吸引游人的根本保证；第三，她具有深厚的历史文化积淀，人们来看到的绝不仅仅是外在的风景，更能够从中学到很多历史文化知识；第四，她有集中成片的景区，而不是一个单一的景点，这样才能让远道而来的游客有更多的时间流连忘返；第五，她要具备刺激游客来了一次还要来下一次的欲望这种功能；第六，她要具备让国家层面，乃至国际层面的宣传机构自觉自愿为她摇旗呐喊的宣传功能。

山西文旅要破局，首先得找到这么一个龙头品牌区域，只要规划好、管理好，不愁引不来投资者——家有梧桐树，怎能引不来金凤凰？晋北的佛教寺庙文化旅游区，有片面性，局限性很强；晋中一带的晋商文化旅游，也只能是地域性文化，难以上升到国家层面，更谈不上走向国际了。那么，就剩下晋南和晋东南区域的根祖文化旅游了。举世闻名不用说了，陶寺作为尧都，作为最早的中国所在地，早就引起了全世界的关注。这个区域就如我上面所说，是中华祖脉的绵延之地，是所有海内外华人的精神圣地，因为华人姓氏的90%以上都来源于"三皇五帝"和他们同时代的民族英雄，如蚩尤、祝融等。这里不仅有优美的山水风景，更有后人并不谙熟的上古历史文化，确实是一个难得的上佳游学场所。这片土地上，沿汾河流域不仅有考古学上的丁村遗址、陶寺遗址等，还有尧庙、尧陵、舜帝陵、洪洞女娲陵、运城盐池、万荣后土祠；吕梁山上有永和乾坤湾、吉县人祖山、壶口瀑布、河津禹门口；太行山上有阳城析城山、高平炎帝陵、高平羊头山、长治百谷岭、安泽黄花岭等。这些地方和景点都是"三皇五帝"留下斑斑足迹的地方。

中国传统文化最大的一个特色就是几千年来渗透到国人骨髓和血液里的祭祖情结，这也可看作是中华文明不死的秘诀之一。近些年，常常有人从全国各地，乃至从世界各地跑到运城、临汾来祭祖，即便是默默无闻的运城蚩尤村、蚩尤冢，近些年还有从贵州、海南过来的苗族人前来祭祖，甚至远在韩国的解、梁两大姓也有不少人专程赶来祭拜蚩尤的——据说韩国解、梁两姓的远祖就是蚩尤。祭祖这根红线可以无限伸延，把所有黄种人串联在这个地方，这一点是这个区域能够作为山西旅游文化龙头的根本原因所在。正是由于这个区域乃华夏根祖之地，那么，开发其中蕴含的源源不断的文化旅游资源，挖掘中华源头文明和祖先精神，提升我们"大道远行、不忘初心"的敬畏、感恩情怀，就和国家复兴民族文化、增强文化自信的战略决策保持了高度的一致。国家需要，民心所向，国家层面，乃至国际上的相关机构就会不遗余力、大张旗鼓地做好宣传这件事情。

网上有消息说，山西高层正在筹划山西行政副中心建设事宜。如果这件事是真的，我建议把未来的山西行政副中心设在被称为尧都的临汾——尽可能往南，靠近正在筹建的陶寺遗址公园。这里作为中华文明的源头核心所在地，作为最初的"中国"所在地，是将来山西文化旅游经济这盘大棋赖以盘活的关键区域。从交通和辐射功能来看，这里也是最佳选项之一。

山西已经错过了最好的发展机遇，但亡羊补牢，犹未为晚，山西文旅破局的关键就在于把晋南的根祖文化作为龙头开发起来。如何整合好现有的根祖文化资源，如何有序有效地把各方面的利益协调好，如何规划并实施美好的远景蓝图，如何搭上国家复兴传统文化战略这趟列车，我们确实还有太多的事情要做。

谢谢大家！

山西的良心

——在"张敬民新书《行者说》《行者践》研讨会"上的演说

2017年最后一天,我应邀参加了由山西省国际文化交流协会、山西省青联之友联谊会和太原艺术博物馆共同主办的张敬民新书《行者说》《行者践》研讨会。本文即是我在这次研讨会上的演讲实录。

今天能受邀参加敬民先生这两本新书的研讨会,我很激动,也很感慨。一个人需要有多大毅力才能在身患重病的情况下,完成两本数十万字的著作啊!

敬民先生能这样做,而且能够一丝不苟、兢兢业业地做完,我想是他始终如一地坚守了那颗无瑕的初心。据我所知,敬民先生这些年先后出版了《西口大逃荒——记者徒步走西口纪实》《美国孤旅——走西口的汉子闯纽约》《长城的季节》《长城人家》《西口再望》《昭晞神光》《今夜无法入睡》等著作,还拍摄录制了大量的广播电视节目。敬民先生凭着自己不懈的努力,几乎赢得了中国新闻界的所有最高奖项。可是,今天在他重病缠身之际,他仍能忍着病痛的折磨,伏案疾书,而且一写就是两本,这不能不令人肃然起敬。

写作的人都知道，写好一篇千字文尚需要反复酝酿，反复构思，胸中没有成竹，又岂敢轻易下笔！不知道别人是怎么写作的，我每次要动手写作时，往电脑前一坐，就感觉像是上刑场一样的艰难。好不容易稳定情绪坐下，又不知道从何写起。一个开头，常常是写了抹掉，抹掉再写。如此反反复复，不知多少次！敬民先生和我还不太一样，他是省电视台的副总编辑，身上肩负着一大堆行政编务，又是病骨支离，可想而知，他要为这两本书的写作付出多大的代价！但是，付出再大的代价，他都在所不惜，为什么？我想，正如他所说，他看到现在很多年轻的新闻从业人员根本不具备最起码的从事新闻的业务素质，当然所谓的家国情怀也就更谈不上了。正是出于这种忧虑和责任感，他才觉得必须把他从事这个职业30多年的感悟和体会写出来，用老一代新闻工作者和他自己的切实经历来感召新人。

信念、责任和情怀，这就是敬民先生的初心。初心，我们每个人都会有，但是恐怕没有几个人能够坚守下来。世间太多的诱惑已经蒙蔽了我们最初那颗晶莹的童心。所幸，敬民先生慎终如始，为我们大家树立了榜样。

说起来，我和敬民先生还有一点渊源。如果说我今天在山西文化的发掘上还能对山西有那么一点贡献，如果说我今天还能义无反顾地为山西大声疾呼，并得到大家的回应，那么这和敬民先生对我默默的支持和鼓励是分不开的。

25年前，也就是我读研二的那一年，我在《山西青年》杂志上发表了一篇历数山西人保守和落后的文章——《山西人》，当时正好筹备开播的山西长城广播电台在开播的第一个节目中全文播发了这篇文章，并引导听众进行了长时间的讨论，产生了一定的轰动效应。这篇文章对我的激励是长久的，以至于在20年之后，当我重新拿起笔进入创作这个领域时，我毫不犹豫地选定了山西文化这个方向。这几年，我写过几篇比较有影响的关于山西的文章，譬如《一声对不起》，譬如《山西之殇》，譬如《文化大省不能总干没文化的事儿》，等等。是谁给了我这么大的鼓励和勇气？老实说，就是当年的《山西青年》和山西长城广播电台，是他们让我一直保有那种勃动不熄的赤子情怀。

我今天刚来到会场时就碰见了敬民先生，他一见面就对我说："琳之，我看了你写的《文化大省不能总干没文化的事儿》，耿耿情怀，让人感动。我一直在想，我们是不是可以做一个专题片，就这个问题进行深入讨论，撬动一下山西保守落后的思想阵营。"老实说，我和敬民先生并不是很熟悉，去年参加他的《今夜无法入睡》研讨会，那是我俩第一次正式见面。之后联系也很少。我是在来的路上和崔总（即崔晋宏）聊天时，才知道敬民先生就是当年山西长城广播电台的创始人、第一任台长。

25年前，我们在不相识的情况下发出了同一声桑梓情深的呐喊，25年后，我们又是在貌似相识的情况下进行着同一个问题更为深入的思考。说这是一种缘分，莫如说是同一种情怀和责任把我们俩紧紧地联系在了一起。

今天来时，我并不知道敬民先生重病缠身，直到刚才听了牛宝林先生的发言，我才明白，他在医院进行手术和化疗的时候，还一直在为脚下这片土地，为生活在这片土地上千千万万个山西人，进行着写作和思考。说真的，这让我很感动，这样的人现在还有几个呀？我觉得敬民先生就是山西的良心。有这样的良心在支撑，山西的明天就会有希望。

好在老天开眼了，敬民先生以其豁达的心胸和坚强的意志战胜了病魔的考验。这不仅仅是敬民先生之大幸，不仅仅是我们在座诸位朋友之大幸，也是山西三千万父老之大幸！

我这两年参加了不少研讨会，但没有一次像今天这样让我如此感动。

大道远行，不忘初心；初心易得，始终难守。

让我们一起共勉！

谢谢敬民先生，谢谢诸位朋友！

读者认可，才是对我们最大的褒奖

——在"山西五作家散文新作研讨会"上的演说

作者注：2017年2月24日，山西省作家乔忠延、黄风、高海平、李琳之、张卫平"五作家散文新作研讨会"在太原召开。会议由山西省作家协会主办，省作协党组书记、主席、评论家杜学文，省作协党组副书记罗向东，省作协副主席、散文委员会主任、散文家张锐锋，省作协副主席、评论家杨占平，省作协副主席、小说家李骏虎以及段崇轩、傅书华、鲁顺民、金汝平、蒋殊、徐建宏和刘媛媛等省内评论家、作家50余人参加了本次会议。

首先，感谢山西省作家协会给我们这次机会，让我们能够当面聆听各位专家的教诲；也感谢各位领导和师友对我一直以来的支持和鼓励。有的领导我是第一次见，比如杜学文主席等，今天能在这个场合认识，我觉得也算是一种缘分吧。

作为"名家散文中学生读本系列"图书的总策划人，下面我就把这套书的策划、编辑、发行情况给大家做一个简要的汇报说明。

这套书大家也看到了，其实是11本，其中当代作家有5本，还有6本是现代作家的。这5个当代作家就是今天在座的"山西五作家",6个现代作家是鲁迅、朱自清、郁达夫、闻一多、徐志摩和林徽因。

我当时策划这套书是基于这么一种想法。大家知道,长期以来,我国中学生的阅读范围基本被限定在中外文学名著和我国现代作家散文名篇当中,孩子们在阅读这些文学作品的时候经常会遇到一些障碍,让他们产生一种厌烦心理。因为几十年,甚至上百年都过去了,那些作家们的语境发生了极大的变化,他们的某些语词和句法从某种意义上说,确实显得有些晦涩和"过时",已经远远不能满足现时代我国广大中学生的阅读需求了。现实呼唤着当代文学精品能够走进校园,中学生急切需要这么一批当代散文作家的作品。但是,由于我们的文学界、教育界和出版界都各自为政,整个发行渠道又不是很畅通,所以这种彼此隔绝的僵化局面就一直没有完全打开。

我长期从事出版发行工作,到现在20多年了。近几年我和我的发行团队共同打造了一个闻名全国的准教辅品牌——"佳佳林作文"书系。这套书系几乎行销到了全国犄角旮旯的每一个书店,甚至远销到美国和加拿大的华人书店。所以当时策划这套书的时候,我就想基于"佳佳林作文"的品牌优势和比较成型的发行渠道,这套书的发行应该不会差到哪里去。我的目的很简单,就是要用现代作家带动当代作家,再由当代作家带动现代作家,这样互动可能会有比较好的效果。后来就这个问题,我和山西文学院的张卫平副院长交换了一些看法,最后才商定了这套书的编辑出版计划。

之后的发行情况也证明了我的判断是对的。在这套书的发行过程中,我们发现,鲁迅等几个现代作家作品的销售比起几个当代作家的作品来说还是差了一些,其中鲁迅的散文销售最不好。值得一提的是,"山西五作家"里的部分作品在全国,譬如在江西、陕西,当然也包括我们山西,都有学校或班级几十到几百本的定数出现。但是这几个现代作家的书到目前为止,还没有一部有定数出现。当然,这种现象和鲁迅他们其他版本的作品铺天盖地一般的销售有关，但是，鲁迅们的作品不能激发起当代中学生的阅读兴趣也应该是主要原因之一。

当代作家里面，选定这几个人，一是因为我们彼此之间很熟悉，尤其是他们的作品，我更是了然于胸。另外一点就是，"山西五作家"的书写内容基本可以涵盖整个山西。黄风和卫平是雁门关人——我们知道，一座雁门关，几乎就是半部中国史，了解了雁门关就等于了解了一半的中国历史；乔忠延、高海平和我是临汾人。临汾是中国古代"三皇五帝"最重要的活动地域，是华夏文明最早的滥觞原地之一，更是"中国第一都"尧都所在地。这个地方还是中国第一部诗歌总集《诗经》"魏风"主要来源所在地，所以这些以反映故乡历史风俗习惯为主要内容的散文作品，在某种程度上说，具有传承中华文明的象征意义。我们这五个人，除了乔忠延老师外，其他四个人后来又长期生活在太原，这样晋南、晋北、晋中就都有了，可以反映山西的全貌，这也是当时选定这几个作家作品的原因之一。

五个人里面，黄风的稿子来得比较迟。由于要赶2017年1月在北京召开的全国图书交易会发行，时间比较仓促。结果欲速则不达，出现了一些不应该有的问题。黄风的书出来以后，封面留了一个很隐蔽的别字。后来黄风给我打电话说，就这样吧，别人也看不出来，不然又得破费一笔钱。我理解黄风的好意，可是我们的书是要给广大中学生看的，我们不能用任何理由，也不能用任何错别字来祸害学生。

质量是我们"佳佳林作文"的品牌保证，信誉是我们"佳佳林作文"的做事原则。我们不是为出版而出版，不是为获奖而出版，更不是为沽名钓誉而出版，我们是为读者而出版，是为市场而出版。市场认可，读者认可，才是对我们最大的褒奖，所以我们决定立即重印，不管花多大代价，都在所不惜。现在奉献在大家面前的这本《走向天堂的父亲》，就是重新印装后的成品。

我是山西人，所以我的作品，包括我策划的书，第一要反映中国面貌，但更要反映山西的面貌；第二要宣传中国作家，但更要宣传山西作家，所以我希望这套书能成为我们以后和山西作家，和山西省作协合作的良好开端，希望我能为山西，为我们山西作家，为在座的诸位尽一点儿绵薄之力。

谢谢大家！

涸辙之鲋：山西的人才困境

近读陈为人先生的山西作家传记系列，感触颇深。

陈为人先生在《涸辙之鲋是精神困境的隐喻》（见《歪批诸子》，陈为人著，三晋出版社，2017年12月第1版）这篇文章中把山西作家所遭遇到的困境称为"涸辙"。这个词来自于《庄子》的一则成语故事——"涸辙之鲋"，意思是说这些作家就像已经干涸的车辙沟里的小鱼，急需一大桶水来把他们救活过来。

用"涸辙"来比喻当前的山西，我觉得既新奇又贴切，意蕴无限。

翻开一部山西的改革开放史，山西的人才培养大概只能用惨不忍睹来形容。

从改革开放春潮涌动到现在的40年里，山西的经济发展水平一再下跌，山西本土没能培养出一位像马云、马化腾、王健林这样国家级甚至是世界级的企业家，山西也没有出现一家让世人刮目的大型现代化企业。

从改革开放春潮涌动到现在的40年里，山西的教育发展水平直线跌落，原来曾是"第三国立大学"的山西大学已经沦落到了中国大学百名排行榜的最后一位。其他山西省立大学更是连100位排名都进不去。山西本土甚至没能产出一位在全国有绝对知名度的文化学者和专家教授。

从改革开放春潮涌动到现在的40年里，山西的文学水平也一降再降，山西文学大省的地位不再，赵树理的政治小说已成昨日红花，当山东出了莫言，河南出了二月河、阎连科，陕西出了路遥、陈忠实、贾平凹的时候，山西文学人只能以毫无含金量的几个所谓奖杯聊以自慰。

……

包括科技、农业、体育等，山西的各行各业，山西的各条战线，在这40年里，真的就没有培养出一位全国性的领军人物，5000年源源不断、层出不穷的山西才杰文脉竟在此枯竭断流！

但另一个值得深思的现象是，山西又是中华人民共和国成立以来产生国家政要最多的省份之一。网上流传有一篇题为《中华人民共和国成立以来各省（市、自治区）政要籍贯最新统计排名》的文章。该文统计了包括历届中央委员会成员、中纪委、中顾委委员、全国人大常委、全国政协常委，以及担任过副省部级领导职务和明确享受副省部级待遇的政界人士。截止2009年2月10日，在这个榜单排在前8位的分别是：

第一名山东省，共1290人；

第二名江苏省，共1206人；

第三名河北省，共1152人；

第四名浙江省，共882人；

第五名湖南省，共694人；

第六名山西省，共606人；

第七名河南省，共532人；

第八名陕西省，共515人。

看这个榜单，山西仅排在第六位。但如果就这个榜单，按千人产出比来排位的话，榜单立刻就变成了这样：

第一名山西省，总人口3664.00万人（2015年，下同），产出比是0.01654‰；

第二名浙江省，总人口5539.00万，产出比是0.01592‰；

第三名河北省，总人口7425.00万，产出比是0.01552‰；

第四名江苏省，总人口7976.00万，产出比是0.01512‰；

第五名陕西省，总人口3793.00万，产出比是0.01358‰。

第六名山东省，总人口9847.00万，产出比是0.01310‰；

第七名湖南省，总人口6783.00万，产出比是0.01023‰；

第八名河南省，总人口9480.00万，产出比是0.00561‰。

需要说明的是，这个榜单上的第二名浙江省和第四名江苏省所统计到的政要，有相当一部分是民主党派人士、知名专家、学者和实业家，名誉性职位居多。譬如浙江省的马叙伦、厉无畏、安子介、孙孚凌、严济慈、苏步青、童第周等，江苏省的叶圣陶、史良、华罗庚、许嘉璐、吴阶平、茅以升、周培源、荣毅仁等。如果刨除这个因素，山西政要在全国各省市里的人均产出比，绝对压倒元白，遥遥领先。

山西还有一个特殊的现象是，山西是全国著名劳模、先进单位和个人等典型的生产大省。

早在上世纪40年代上半叶大生产运动时期，山西的各抗日根据地就涌现出了一大批具备后来新中国意义上的劳动模范，如平定县的赵贵、灵丘县的王海、盂县的赵忠、平顺县的李顺达、武乡县的李马宝、长治县的李有成、古县的赵金林、沁水县的殷望月等，这其中以李顺达最为出名。李顺达早在1943年2月就响应边区政府的号召，成立了全国较早一批的农业劳动互助组。1952年，李顺达又带头成立了农业生产合作社，成为中国当时最为著名的"劳动模范"。

李顺达在西沟村的搭档和接班人申纪兰，青出于蓝而胜于蓝，不但继李顺达之后成为全国最著名的劳动模范、全国三八红旗手，而且成为新中国历史上唯一一位第一届至第十二届的全国人大代表。截止2017年3月，88岁的申纪兰已经连续51次出席全国人民代表大会。举目神州大地，能够"红颜不老、青春永驻"者，无出其右。

陈永贵是上世纪60年代山西涌现出来的另一批劳模中最突出、最耀眼的一位，他亲手"缔造"的大寨那个小山村，一度成为中国农村高高飘扬的唯一一面旗帜，甚至成为全国各界人士和各个社会主义国家前往朝拜的"圣地"。

1973年陈永贵上调北京后，陈永贵的助手郭凤莲以26岁之龄接班大寨。郭凤莲也在继陈永贵之后成为全国著名的劳动模范，成为全国农业战线上另一个标志性人物。

"山西造"劳模和英雄人物，不仅是在农业战线上，在其他领域也是当仁不让，各领风骚。如被毛泽东主席题词"生的伟大，死的光荣"的刘胡兰，如闻名全国冶金系统的"爆破能手"李双良，如被称为"新中国优秀知识分子典型代表"的栾弗，等等。

"山西造"劳模和英雄人物，有一个显著的共同点是，他们后来都变成了政治典型，成了世人瞩目的明星官员。这一点，在农业战线方面，表现得尤其突出。如，李顺达先后被选为中共第八、九、十大代表，中共第九届、十届中央委员，全国人大第一届到第三届代表。历任中共平顺县委书记、晋东南地委副书记、书记；申纪兰官至山西省妇联主任、长治市人大副主任；陈永贵则从一个小小的大寨党支部书记，几年间就以火箭般的速度蹿升至国务院副总理的高位，放眼天下，空前绝后；同样是以劳模出名的郭凤莲，也成了政坛的宠儿，她先后出任大寨公社党委副书记、革委会副主任，中共昔阳县委副书记，山西省革委会副主任。1977年当选为中共十一大代表，中央候补委员，1978年当选为第五届全国人大代表，人大常委会委员。2003年、2008年连续当选第十届、第十一届全国人大常委。

任何现象的产生都有它深刻的历史原因和社会原因。山西能涌现出睥睨天下的一众政要和"劳模"典型人物，是和抗日战争时期，山西作为中共三大抗日根据地的特殊历史分不开的。平型关大捷在这里打响，八路军在这里发展壮大，"土改"运动在这里起步，农业劳动互助组在这里诞生，另外，薄一波领导的牺盟会和山西青年抗敌决死队，是当年华北地区一支举足轻重的抗日力量，也与此有关。晋绥、晋察冀、晋冀鲁豫抗日根据地为中国共产党走向全国，夺取最后的胜利奠定了坚实的基础。从这里走出来的政要大多经历了这段光荣的革命历史。而由这里培育出来的各级战斗英雄人物、劳动模范人物，在风起云涌的战争年代和新中国成立的几十年间，都是中国共产党推行其路线和方针政策所必须树立的榜样和典型，因而有着率先垂范全国的重要意义和作用。

……

山西从一开始就被注入了单向的"官本位"思想因子。从领导到群众，从工人至农民，从部队战士到知识分子，无不被这种思维模式所牢牢控制。在建国前28年"革命一片红"的年代里，山西以"听话"的劳模形象，"冲锋陷阵"，享尽无限风光。但到了需要打破禁忌、打破堡垒，需要有新思维、新思想、新事物出现的改革开放年代里，这个政治大省就显示出了其窘迫的一面……

其实，山西并不是没有人才，只是在山西成不了才，一旦出离山西，很快就能喷薄而出，红遍神州大地。这点在改革开放以后的年代里表现得尤为突出。譬如，著名的百度总裁李彦宏，是土生土长的山西阳泉人；著名的融创中国董事会主席孙宏斌，是土生土长的山西临猗人；著名的原乐视董事会主席贾跃亭（这里不以成败论英雄），是土生土长的山西襄汾人。还有歌唱家谭晶，是土生土长的山西侯马人；电影导演贾樟柯，是土生土长的山西汾阳人；电视新闻人柴静，是土生土长的山西襄汾人。如此等等。

橘生淮南则为橘，生于淮北则为枳。

客观而言，在新中国成立前后的二三十年间，山西作为政治大省，为抗日战争、解放战争和新中国社会主义建设都做出了巨大贡献，同时，这样的政治氛围也给山西注入了激荡不息的青春活力，让山西一度焕发出了炫目的光芒。

但此一时也，彼一时也。当上世纪70年代末中央政府义无反顾地率领全国人民奏响改革开放旋律的时候，山西人并没有从潜意识中彻悟"时移则势异，势异则情变"的简单道理。根深蒂固的方向思维和官本位思想几十年来还在像遮蔽了天空的乌云一样笼罩在三晋大地的上空。

陈为人先生把山西这个环境比作"涸辙",说出了山西作家,乃至所有山西潜在人才的矛盾、纠结和困惑。他在《涸辙之鲋是精神困境的隐喻》(见《歪批诸子》,陈为人著,三晋出版社,2017年12月第1版)一文中意味深长地讲了"涸辙之鲋"这个寓言故事的来龙去脉:

庄子家里贫穷,所以向监河侯借粮米。

监河侯说:"可以,我马上要收到封邑中的收入,借给你300两金子,好吗?"

庄子变了脸色,说:"我昨天来,听到呼喊的声音,我环顾四周,看见干涸的车辙中有一条鲫鱼,我问它:'鲫鱼啊,你是做什么的呢?'鲫鱼回答说:'我原本是东海海神的臣子,你有没有一升半斗水让我活命啊?'我说:'可以啊,我要去南方游说吴、越的国王,引西江水接你,可以吗?'鲫鱼生气地说:'我失去了我平常所需的水,我没有可生存的地方,我只要得到一升半斗水就可以活,你竟然说这些!还不如及早到干鱼店里去找我!'"

这个故事是发人深省的:我只要得到一升半斗水就可以存活,你却用虚无缥缈的一江水来蛊惑我!既然如此,"还不如及早到干鱼店里去找我!"

涸辙之鲋,这就是山西的人才困境——

是山西人自己用自己的双手把他们富有创造力和想象力的"聪明孩子"扔进了那个干涸的车辙里去了。

陈为人先生所写的山西作家传记系列,表面上看是写作家个人命运的沉浮史,是写"波澜壮阔"的现代山西文学史,但在这些作品的字里行间,我看到的是一部现代山西人才的"窒息"史,是一部现代山西的"沉沦"史。

2018.1.16.一稿
2018.2.1.终稿

山西需要一场迪拜式的思维革命

25年前,我读研二时在《山西青年》杂志发表了一篇《山西人》。那时候,山西的经济已经是日薄西山,一天不如一天了。我以为我很开放,便历数山西人的保守和落后,并从历史文化、地理环境等方面来分析山西人保守和落后思想产生的根源。文章刊出后,在山西引起了一定的反响,《山西青年》为此展开了长达半年之久的讨论。山西长城广播电台也在开播当天全文播发了这篇文章,主持人还通过热线和听众互动,就《山西人》所反映的这些问题进行热议。

我当时以为,我既然能够指出山西人这些根深蒂固的保守思想,我自己应该是克服了这些毛病的。但后来发生的一件事情让我认识到,我错了——一个人渗透到骨子里的保守小气,不是意识到了就能轻易克服掉的。

研究生毕业后两年,我主编了一本书,叫《一舌定乾坤》,就当时的图书市场行情而言,这是一个很好的选题,不论是出版社还是那些自由出版人,都对此赞不绝口。那时,我刚进入图书出版这个行业,手头比较拮据,于是,为了省钱,我就自己设计封面——我对这方面其实是一窍不通,只是根据我当《高新技术经济信息》杂志主编时看美编设计所积累的一点经验在做。

封面设计出来,自我感觉不错,我又让身边的几个朋友看,也都说还可以。那一年的全国图书订货会是在石家庄召开的。由于书还没有印出来，我就拿着这个封面和也是我自行设计的一张海报前去参会。

会上碰见了一个相识的广州朋友，他一看见这个封面就毫不客气地批评我说："你这弄的是啥呀！一个很好的选题让你给糟蹋了。你看看你这个封面和海报，上下都是黑乎乎的一片，毫无美感可言，给人一种不上档次的感觉。还一舌定乾坤呢，我看就是一笔毁乾坤！"

我不服气，反驳道："我以全黑做底色，那是为了在五颜六色的封面中跳出来啊！读者一下看到了，他认可这本书，封面的问题不就退而居其次了吗？"

朋友苦笑着说："老弟，你们山西人都很聪明，可惜都太抠，总是在凑合，舍不得投资。这些专业的东西就需要专业的人去弄才对，看你这不伦不类的！人家是注意到了，但封面都如此不上档次，他敢相信你的编校质量吗？敢相信你的印刷质量吗？这书要是给了我，我起码发行量在 10 万册以上。但就你现在这个封面，我敢肯定你超不过 1 万册。"

我不能不承认他的话有道理，可我也并没有打算按照他说的去做。因为，一是我的 1 万个封面都印出来了，我舍不得这几千块钱。另外，找专业公司设计，也还得几千块钱。这一折一返，上万元就打了水漂——那可是我的全部本钱！二是当时的山西高校联合出版社，从责编到部主任，再到总编，都已经签过字了。推倒重来，那会引来很多不必要的麻烦。

我没有接受这个朋友的建议，还是用原来的封面做出了这本书。不幸的是，最后的结果还真应了他的预言：这本书印了 1 万册，只发出去 7000 册，而后来因为封面和印刷质量等问题又陆陆续续地退回来两三千册。

从编书到出版、发行，折腾了一年之久，原地打了一个转，转成个负数。幸好，还算没有赔太多钱。

这个教训是惨痛的，我由此认识到，不管自己多么高调地批判山西人，自己的血液里流的还是山西人的血。这就好像一个人不借用外力，想揪着自己的头发离开地球一样，显得愚蠢而又可笑。我那时年轻活泼，文化程度也不算低,又走南闯北好几年,尚且如此保守,再想想那些千百万足不出户的山西老乡,让他们走向开放,谈何容易!

毋庸讳言,山西人封建、保守、落后、小气的农民意识,从上到下,从城市到农村,是一以贯之的。其最大特点就是没有创新,即便有了创新,也会因为借口没钱而把"高大上"的创意糟蹋成"低小下"的不入流产品。因为没有包装,没有提升,没有更新换代,不能适应市场的需要,最后就都被淘汰了。

20世纪80年代,山西也曾经有过一批蜚声国内外的名牌产品,诸如华杰电子表、春笋牌电视机、海棠牌洗衣机、环球牌自行车、太行牌缝纫机,等等,但如今它们都去哪里了呢?

前些日子,我被邀请去参加山西文博会,就我的新书《祖先,祖先》和太原师范学院历史系主任王杰瑜教授做一个对话。文博会本来是山西各地文博产品交流、交易的一个盛会,应该搞得隆重而又有规模和档次,成为山西各地对内、对外展示自己产品和形象的一个最佳窗口。遗憾的是,很难说这届文博会达到了这样一个效果,相反,还引起了不少民众的抱怨。

为什么会这样呢?一是规划不到位。众多顾客兴致勃勃地驾车而来,却因为没有足够多的停车位,又不得不满怀失望地驾车而走;二是组委会外对顾客,内对工作人员,一律都收取20元一张的门票,甚至对我们这些被邀请来的嘉宾也不例外。他们看到的好像就是这区区20元钱,把所有的情怀、关爱和来自普通民众无形的、未来可能的巨大收益通通拒之门外;三是整个内部环境的摆布就像个乱哄哄的集贸市场,别说演讲厅里听众听不清楚,就是两个人对面站着说话也听不明白。不是因为人多,而是因为设区不合理。唱的、跳的、演讲的、卖货的、谈判的,统统都搁在一个大厅里。我在那场对话中就直言不讳地说:"我们的眼光太窄,格局太小,光想着眼前和局部一点小利益,缺乏高端大气上档次的胸怀和思路……"

我的这些顾虑绝不是杞人忧天。

山西最近提出了打造山西旅游"新三板"的战略规划。所谓"新三板"

是相对于"旧三块"的晋北佛教文化旅游区、晋中晋商文化旅游区和晋南根祖文化旅游区来说的，具体是打造太行、黄河、长城三大旅游品牌，构建山西旅游发展的大格局升级版。其目的是希望"通过三大板块的打造，实现山西旅游的转型升级，拓展旅游发展空间，打造旅游新高地，实现板块隆升、强势崛起"。不能不说，这个战略的提出有它重要的现实意义，它不仅仅是对山西原有的"旧三块"旅游格局的重新整合和升华，更是新一届省委省政府全面实施山西经济转型所迈出的重要一步。

然而，遗憾的是，这个战略的实施却让人看到了山西人传统思维的影子。这个规划做得似乎面面俱到，但唯独缺一个可以带动全省，甚至只是可以带动某一地域旅游经济的超大型龙头景区规划。具体说，就是主次不分，层次不清，没有重点，缺少灵魂。还有一点是，缺乏全球视野和天下情怀。也就是说，我们没有站在世界的高度去思考、去布局，人们从中感觉到的，好像就是为旅游而做旅游，就是为了吸引附近的几个人过来转转而已。里边没有规划或者说没有提炼出具有世界级意义的文化主题，更没有能够震撼世界的主题宣传口号。

山西旅游的宣传口号以前是"晋善晋美"，现在变成了"华夏古文明，山西好风光"。但不客气地说，这种变换在境界上并没有什么实质性的提升。这两个口号的缺陷是显而易见的，从表面看是没有喊出山西文旅的特点，实质上是缺乏那种俯视天下、舍我其谁的霸气。尤其是"晋善晋美"，让人看了不知所云。"华夏古文明，山西好风光"进了一步，但也没有完全克服掉这种病症。因为，所谓华夏古文明，除了山西拥有外，其他沿黄8省市，甚至东北的红山文化、江浙的良渚文化等也都具备这个特点。山西古文明的特色在于她是华夏文明、是"中国"的源头，虽然河南、陕西、甘肃等地也都有同样的宣传，但能从民俗学、文献学、历史学、考古学上都得到证明，且为世界考古界所承认的，就只有山西的古河东地区——我在《祖先，祖先》一书中对此进行了严密的考证和系统梳理。另外，2017年12月上旬，考古学家何驽等研究的《陶寺："中国"和"中原"的肇端》

科研项目获得第三届世界考古论坛"重要考古研究成果奖"（这是中国考古在本届论坛所有9个奖项中获得的唯一一项）就是明证，何况陶寺遗址在稍前些时候还进入了国家遗址公园立项名单呢！

显然，山西旅游的战略规划和宣传口号着重点是应该建立在"中国之源，山西风光"这个"龙头"基础之上的。可遗憾的是，我们没有这么做。

由此，我想到了迪拜。

2017年11月下旬，我作为山西省国际文化交流协会中东考察团的一员，随团在迪拜进行了为期两天的考察和学习。期间，有团员曾给领队提出，我们可否和迪拜的酋长座谈一次，毕竟我们这个团的级别也不低，既有曾经的副省级领导，还有现任的山西省企业家协会的会长、副会长等。迪拜只是阿联酋7个酋长国中的一个，人口不过280万人，还不到整个山西省人口的1/13。从交流级别上来说，也还算大致对等。领队是在当地工作的华人，他说："这不太可能。迪拜的酋长从来不做这些事情。不过，如果你们现在要在迪拜当地投资三五亿美金，他应该会放下手头所有的工作，立刻前来会见你们。"大家听了，面面相觑，似乎一下就明白了迪拜为什么能够在短短的四五十年时间内就发展成世界上最富裕的地区之一。

迪拜是以非常开放的姿态呈现在世人面前的。迪拜的280万人中只有15万人是当地人，其余全部来自世界各地，其中，中国人就达到了34万。所有人在这里和平相处，互尊互爱。

200多年前，迪拜不过是一片荒无人烟的沙漠地带。1799年，这里才开始有村庄出现的记录。19世纪30年代，这里的居民总共不到1000人。50年前，这里都还很贫瘠，直到20世纪60年代末发现石油后，迪拜的这一状况才有所改观。不过，迪拜的石油储量并不是很大。

迪拜的成功在于当时的执政者充分分析了迪拜自身所具有的优势和劣势，因地制宜地对迪拜的远景未来做了大胆而科学的规划，并一代又一代持续不断、坚定不移地实施下来。

首先，他们将迪拜的发展目标定位为未来中东自由贸易岛的核心地位，并因此把诸多商品降到 0 关税的程度，以此吸引更多的客户在这里交易。这是一种建立在自由贸易、自由市场、自由天空和免税基础上的超常发展模式。

其次，为达到这个目标，他们把石油贸易所得的大量资金都投入市政基础建设中，建成了世界一流的港口、机场和公路。

第三，在软环境上，他们苦练内功，澄清宗教思想上保守的一面，变管制为引导、服务，建立了一整套高效廉洁的政府班子。

正是因为如此，很多跨国企业的区域总部后来都纷纷设在迪拜，迪拜成了真正连接阿拉伯世界和西方的自由门户。高度国际化的生活环境，高大上且舒适宜人的住宅小区不断地吸引着全球人才。包括南亚精英、阿拉伯精英，还有欧美人等，都选择在迪拜生活和发展。2017 年 5 月 5 日的《21 世纪经济报道》发布消息，来自中国的公司在迪拜的自由贸易区也已经超过了 150 家。

迪拜之所以能够成功，最后一点，也是最为重要的一点，我认为是迪拜形成了一整套令全世界都为之唏嘘不已的"敢为天下先、敢为天下最"的前瞻性科学思维模式。

他们打造了世界上最豪华的七星级酒店——帆船酒店，一共 56 层，321 米高。客房面积从 170 平方米到 780 平方米不等，房价最低也要每天 900 美元，最高的总统套房则要每天 18000 美元。

他们打造了世界上最高的摩天大楼——哈利法塔，有 160 层，高达 828 米。

他们打造了世界上最大的购物中心——迪拜购物中心，占地 22.3 万平方米，有 32 个国际比赛专用足球场那么大。购物中心内有超过 500 家零售商，除此之外还拥有健全的娱乐设施，包括迪拜滑雪场——中东第一个室内滑雪场，魔幻星球世界——迪拜最大的室内家庭娱乐中心，还有一个 14 厅的电影院和一个迪拜社区艺术剧院。

他们现在正着手打造世界上最大的人工岛——棕榈岛。棕榈岛项目共包括3个岛。据说,这3个棕榈岛建成后,将成为人类建筑史上的奇迹,在太空上都能看见。专家预测棕榈岛建成后到迪拜旅游的游客将会在未来10年增加6倍之多。

此外,迪拜还拥有世界上最大的水族馆、最大的黄金交易市场、最大的沙漠喷泉,等等。迪拜还以活跃的房地产、赛事、国际性会议等近乎世界纪录的特色吸引了全世界的目光。

正是这一连串非比寻常的令人荡气回肠的前瞻性动作,将迪拜一下子推到了世人面前。人们不知道阿联酋这个国家,不知道阿联酋的首都阿布扎比,却没人不知道迪拜。这个50年前鸟都不拉屎的地方瞬间成为人们争相前往目睹的梦幻王国。根据中国驻迪拜总领馆经商室《迪拜旅游业概况》和《21世纪经济报道》,现在迪拜的旅游业在GDP中所占比重已经超过了20%,而只有2%的GDP来自油气。

有人也许会说,迪拜有钱,山西没钱。其实,如上所述,迪拜在50年前也穷得一无所有,但他们高瞻远瞩,把发现石油后的第一桶金用在了该用的位置上,为后来的持续性发展打下了牢固的基础。另外,他们在向前迈进的道路上,也不是那么一帆风顺的。2008年金融危机后,迪拜房地产大规模衰退时,他们竟能逆流而上,大举借债,从阿布扎比借来100亿美元,才完成了世界第一高楼哈里发塔的建设任务。

雄心、胆略、魄力、格局、胸怀和前瞻性的科学决策,是一个人、一个地区、一个国家能够走向强大的必要前提,而迪拜之所以成为迪拜不仅在于他们做到了这一点,更在于他们拥有了那种"敢为天下先、敢为天下最"的勃勃野心。

事实上,山西除了不具备迪拜作为亚、非、欧交通枢纽的那种天然优势外,其他条件大都要好于迪拜。山西即便土地贫瘠,好在还是能长草木庄稼的山地,迪拜却整个都是沙漠。迪拜有不多的石油,山西有丰富的煤藏。但迪拜的石油为迪拜腾飞奠定了坚实的基础,山西的煤藏却没能助山西展翅高飞。

迪拜能够无中生有，能够在沙漠里打造出诸多"世界之最"，成为世界最瞩目的富裕地区，使豪奢成为其最抢眼的标签，山西为什么就不能呢？即便我们没有能力去凭空打造那些个"世界之最"，我们至少在观念上也得有这种改变吧？不要忘了，我们那个以陶寺遗址为核心的古河东地域是世界上唯一延续下来的古老文明——中华文明的发祥地。这片神奇的土地上，沿黄河、汾河流域不仅有考古学意义上的丁村遗址、陶寺遗址等，还有尧庙、尧陵、舜帝陵、洪洞女娲陵、运城盐池、万荣后土祠；吕梁山上有永和乾坤湾、吉县人祖山、壶口瀑布、河津禹门口，太行山上有阳城析城山、高平炎帝陵、高平羊头山、长治百谷岭、安泽黄花岭，等等。

　　如此丰厚的物质文化遗产，我们为什么就不能考虑把它们联合起来，打造成一个世界级的"最初中国"或"最早中国"文化旅游区呢？

　　我看不是不能，是我们的思维模式出了问题。正如我当年策划《一舌定乾坤》的出版一样，是固有思维限制了我的视野和能力。

　　迪拜成功的经验昭示我们：没有思想的革命，便不会有革命的行动。

　　山西不能在原地踏步徘徊了。

　　山西需要一场从上至下的思想大讨论！

　　山西需要一场从外到内的迪拜式思维大革命！

2017.12.19.

文化大省不能总干没文化的事儿

最近两天,山西又不平静了。9月2日,山西省政府举行摘牌交接仪式,据报道,原来的省政府所在地要变成晋商博物馆。此举迅速引来一场轩然大波。

众所周知,原来的山西省政府所在地是历经宋、元、明、清等,至今已有上千年历史的山西最高行政首府驻地。一座见证和记录了山西在若干朝代盛衰兴亡的辉煌古建筑,要被做成格局和体量都稍显局促的晋商博物馆,不免让人产生一种大炮打蚊子的感觉。山西是文化大省,不能老是延续老农民的思维模式,尽干些没文化的事儿。

20世纪末,山西省在国家号召下进行了一次彻头彻尾的"行署"变"市"的行政改革运动。这本来是件大好事儿,群众也拍手表示欢迎。然而在把"行署"名变成"市"名时,却用直线思维的方式,简单地沿用了旧有的名称,结果弄成了四不像,令人啼笑皆非。譬如,晋中原本是个方位的名称,其直接对应的是晋南和晋北,改制前称晋中地区,没有问题,但现在改成了晋中市,就惹人嗤笑了。市者,买卖之所也。设市的地方都是工商业集中处或政治、文化的中心。把一个方位名称叫作市,逻辑上说不过去,词义上也说不过去。再譬如吕梁市,全世界人民都知道太行和吕梁是山西省东西对应的两座大山,把吕梁山忽然之间改成了吕梁市,那太行山是不是也得改叫太行市呢？照这个逻辑推演下去，运城该叫中条山市，太原该叫天龙山市，北京也可叫作燕山市了。吕梁就是个山名和方位名称，而吕梁之前的名称如石州、永宁州等，都蕴含着无限丰富的历史和文化信息。可是我们偏偏舍本求末，不加思考地采用了"拿来主义"，一不小心就斩断了人们"回家的路"。

还有更可笑的。现在的临汾市原来叫作临汾地区，原来的临汾市就缩身变成了现在的尧都区。尧都啊，那是中国历史上第一座都城，是中华煌煌5000年文明源头的象征，现在倒好，被他的子孙一鼓捣，捯饬成了一个省下边的一个市的一个区！

山西人经常以文化大省自居，但在外省市人的眼里，山西充其量就是一个落后贫穷的大号山村，我们无非就是其中的土老帽而已。连大名鼎鼎的余秋雨先生在写《抱愧山西》以前，对山西都是这样的印象，何况那些没有喝过多少墨水的平民百姓呢！

这不能怪人家，只能怪我们自己没出息。以前是宣传西沟、宣传大寨、宣传锡崖沟，后来是以煤炭大省自居，到处给人宣扬山西盛产"黑金"。结果黑金没捞着，却捞出了漫山遍野的乌烟瘴气！这哪里有半点文化大省的影子呢？

山西是文化大省，确切地讲，山西只是一个文化资源大省。山西的每一个地名，每一处建筑，都可能积淀着深厚的历史文化资源，利用好山西的文化资源，让她发挥出应有的效益，是每一个山西人的责任。但怎么利用却大有学问，不是拍拍脑袋就能轻易办成的。文化的事情，就要用文化的思维、文化的手段去解决。光有政治头脑，没有文化情怀，就可能贻笑大方。

话题回到原来省政府所在地决定变成晋商博物馆这件事情上，这不仅仅是一个政治问题，更是一个文化问题，一个格局问题。

我们切不可把一座恢弘殿堂的建筑给整成农村土财主住的砖瓦房，把一件本来高端、大气、上档次的黄袍给裁剪成小不啦叽、皱皱巴巴的小裤衩儿。

文化大省不能总干没文化的事儿。

2017.9.4

山西人

  作者注：1992年5月，时读研二的我应《山西青年》编辑部主任杨世平先生约稿，写了这篇文章。该文发表后，即在山西引起了强烈的反响，《山西青年》为此展开了为期半年之久的《山西人》讨论，很多作家、学者都撰文予以呼应。1993年春季，山西长城广播电台开播后的第一个节目就是全文播发《山西人》，并进行热线直播讨论。

  不管山西人愿不愿听，严峻的现实却无法回避：改革开放不仅没有缩短山西同其他省份经济发展的距离，反而相对地越来越加大了这种差距。20世纪80年代初，山西在全国省市排比中还能占上中游位置，可90年代却仅能给其他省份垫底。1982年，山西人均纯收入同全国水平相比，相差不到20元，到1991年则相差近200元。山西人可能会拿出10条甚至上百条理由为自己辩护，但山西实实在在的落后了，这个事实却无论如何也不能够抹杀。

  前些日子，我出差到上海，人家问我："哪儿人？"

  "山西。"我老老实实地回答。

  "咳，我去过山西，"对方把手一挥，"你们山西那地方太落后了，沿途看到的都是大山和焦炭窝……没去山西前听说山西全是煤,再看了一回《老井》,那种贫穷、落后、愚昧,竟使我想起了电视上看到的非洲难民……"

我的心灵受到了极大的震撼。我们山西人竟像非洲难民?自尊心使我难以容忍这种无意的"侮辱"。

后来,我又跑了很多地方,诸如福建、浙江、广州等,越跑越不是味儿,越跑心里越有气……

回到太原,大家谈起在外边的感受,都是长吁短叹、感慨万千。一位教授深有体会地说:"山西人到外边,总让人看不起,为什么?就因为你贫穷、落后,还死保守。改革开放这么多年了,山西人还是那种思维模式:提心吊胆、谨小慎微,就像一个装在套子里的人,全身上下裹得一丝不透,只露出两只不知所措的眼睛。唉,山西人活得很累,很窝囊……"

老教授的话也许有些偏颇、刺耳。但山西人却自我感觉活得很自在,很舒服,甚至有时候还有点儿趾高气扬。

1990年北京亚运会上,山西的威风锣鼓出尽风头;后来的"煤海之光"灯展又独领风骚,备受各界青睐。山西人余兴未尽,便闯出国门,南下新加坡,结果那所谓的"威风锣鼓"在异邦再次引起轰动。近几年的春节联欢晚会上,山西人的秧歌剧、二人台等也都备受称赞。

山西人常常自豪地向外人谈起他们的这些伟大成就,那神情、语气,得意非凡。其实,山西人应该平心静气地想一想,山西为什么会有截然不同于其他地区的鲜明的地方民间艺术特色呢?北京、上海有吗?广州、深圳有吗?本世纪以来,世界的发展愈来愈呈现出这样一种现象:越是先进的民族,越是先进的地区,其本身的特色越不鲜明。为什么?我们虽然不能妄下结论,但有一点很明显:因为它先进,它的观念是全方位的,任何外来的先进东西,它都可以吸收、消化,各种优秀文化都可以在这里交融、汇合,甚至可以被优秀的文化同化。而山西的鲜明特色,是否意味着某种保守、封闭和落后?

山西大学教育系的辛志勇先生在写作《山西人性格特质的初步研究》一文时，就曾以"保守恋土、安于现状""怯懦忍让、缺乏主见""倔强懒惰、奸猾欺诈""迷信麻木、缺乏创新"等假定山西人的性格特质，以问答形式调查了219个山西人和20个外省人，结果差异十分明显：219个山西人仅有100个做了肯定答复。20个外省人则有19个做了肯定答复。在进一步调查中发现，做肯定答复的100个山西人有90%是受过高等教育或经常在外边闯荡的人。由此可见，山西人不但保守，更可悲的还在于自己不认为自己保守。

以前的大多数山西干部在理解、领会、执行红头文件时，他们首先做的是看看文件中规定哪些事情不能干，哪些和社会不相容，哪些事情是冒险，如此等等，然后给自己画上一个框子，墨守成规，循规蹈矩，稳稳当当地求生存、谋发展。所以，有人说，山西干部永远不会在政治上出问题，但由此换来的代价则是山西经济发展水平的严重滞后。在南方就不一样，他们看文件时，首先是看哪些事情允许做，没有规定不允许的又有哪些，对于姓"资"姓"社"且不去管它，只要对经济发展有利，就可以先拿来用。山西人是远没有这种勇气和魄力的。

山西普通老百姓的保守性尤为突出。侍弄好两亩田地，来年望个丰收，便是一般农民天大的喜事，其他都是扯淡的事儿。

我曾问晋南一个中年农民："你不想到外边做买卖赚点钱？"

"咳！"他说，"那种钱不保险。今天挣，明天就可能赔。咱也没那个头脑，好歹有吃有喝就行了。再说，到外边也是活受罪，哪能比上在家舒坦？"

他的话代表了绝大多数山西农民的心理。我在外边学习、工作多年，每次由县城坐班车回家，来来回回就那么几个熟面孔，要么是回家探亲，要么是工作、上学，做买卖经商搞企业的则少得可怜。

我曾到东西两山跑了一趟，竟惊奇地发现，25岁以下的姑娘小伙70%没有出过山，对不少人来说，火车只是个名词而已。这样封闭的山区，这样落后的条件，给他们灌输的观念就是：苦干、圈窑、生男娃。一切外来的文化信息在这儿都显得苍白无力。

因此山西的个体户数量还不及人家浙江、广东等省份的1%，并且90%都是小本经营，没有扩大再生产的趋势。山西工人是地地道道的农民式工人，不惹事，不生非，更少去冒什么风险。

山西人保守，也许与他们所处的闭塞的地理位置有关。"盖语其东，则太行为之屏障；其西，则大河为之襟带；于北，则大漠、阴山为之外蔽，而勾注、雁门为之内险；于南，则首阳、底柱、析城、王屋诸山，滨河错峙；于南，则孟津、漳关，皆吾门户也。"（顾祖禹《读史方舆纪要》）如此特殊的地理位置，使山西人难以迅速接受外来的信息，且养成了冷眼旁观、闭关自守的习惯，任何外来的东西，都要发生变形、扭曲，然后被纳入山西人正统的思维模式，再接受正统观念的审判。正所谓"水性使人通，山性使人塞"是也。

有人说，北京人什么都敢说，广东人什么都敢吃，深圳人什么都敢干，浙江人什么地方都敢跑。而山西人呢，总是正襟危坐，谨小慎微，结果发展机遇一次次从山西人身边溜走！

山西人总是喜欢搞些样式翻新的形式主义。古代且不去说它，现时的一些现象就令人眼花缭乱、惊叹不止。比如1990年北京亚运会，全国最穷、最落后的山西人居然在捐款额名次上拿了个第一，个中缘由，不说自明。形式主义在山西人身上的另一个突出表现便是：光说些不着边际的大话、空话、假话。明明自己不喜欢听的，偏要装模作样地说给别人听；明明自己讨厌听那又臭又长、毫无内容的所谓报告，偏偏自己走上讲台又大讲特讲，而且还要号召大家学习、讨论，逼着你讲自己不愿讲的话。所以有人说山西人抓实的不行，一抓虚就行，比全国哪个省市跑得都快。

山西人也缺乏经商意识。其他省份的商人，主动出击，四面开花，而山西人却愣愣地待在家里守株待兔。

山西人也没有广告意识，在全国性的广播、电视、报刊上，山西的广告寥若晨星，没有阵势，其阵地还常常被别人占去。

山西人也没有冒险进取精神，所以山西人只能挖煤卖资源，却不懂得加工处理、开发新产品，参与国家乃至世界竞争。

山西人有诸多缺点，其劣根性在哪里？除了前边谈到的特殊地理位置造就了山西人的沉闷保守外，山西人深受传统文化的影响也是一个重要的因素。山西是中华民族的发祥地之一，历史悠久，文化发达。尤其山西的河东地区，更是"中华民族的摇篮"，是"中华文化的缩影"（李元庆《论河东文化的地位》），但是，正如中国的传统既造就了中华民族的灿烂文化，同样也成为中国发展的沉重包袱一样，作为深受传统文化影响的山西人，一方面既吸收了传统文化中礼让文雅、勤劳节俭、刚强豪放、遵纪守法等精华，另一方面也染上了传统文化中那种"过滤性病毒"（柏杨语），比如耻言商，讳言利等。

单纯的传统包袱不至于把人压垮，单纯的地理环境也不至于造就山西人的劣质品性，不幸就在于二者的结合。山西人处在这一封闭的形似马鞍的大山里，小风吹不到，大风吹不进，山西人稳如泰山，雷打不动，自然山西人的阴魂痼疾也就难以消散。

当然，山西人也有很多优秀品质，比如勤劳，比如勇敢，比如节俭等，但优秀品质，你不去说它也不会消失，而对于劣性的一切，不去说它，大家都可能忽视，甚至根本难以自知。

现代文明的浪潮正在频频撞击山西的大门，历史已不容山西人再徘徊等待。那么，处于世纪之交的山西人，你该做出怎样的姿态、怎样的反应呢？

1992.3.1.

《山西青年》编后语：

山西真的就如该文所说的那样封闭、落后吗？山西人真的就那样保守、性懦、缺乏创新吗？回答当然是否定的。但该文所涉及的诸多问题又不得不令人思考。希望广大读者集思广益、畅所欲言，这对振兴山西无疑是有益的。

同气相求

——读《天下农人》随想录

翻阅鲁顺民先生的《天下农人》（花城出版社，2015年9月第1版），我感慨颇多：没想到我俩的写作视角在这一点上高度契合，对农民问题的看法有惊人的一致性。

1993年，我读研时写的毕业论文就是《当代中国农民价值观念转变的哲学思考》，后来我根据自己掌握的资料把这篇文章又扩展成一本书的框架结构，拉上时任《山西档案》编辑的赵跃飞先生，共同完成了《黄土魂》这部描写1949年后中国农民坎坷历程的28万字的著作，并于1994年6月由中国商业出版社出版。这毕竟是我时年27岁的第一本著作，现在回头看虽有不少遗憾，但更多的还是欣慰。此后，由于种种原因，我进入商界折腾，逐渐远离了我所喜欢的文学写作和学术研究。

此前，我仅听说过鲁顺民作为作家的大名，其他一概不清楚，甚至还把他当作《黄河》杂志的前主编，一直到"李琳之作品研讨会"上，主持人"乔呆呆"按照我提前准备的嘉宾名单介绍鲁顺民先生，众人哄堂大笑时，我才弄明白，原来鲁顺民先生是现任《山西文学》的主编。

说起这些鸡毛蒜皮的事情还挺有趣。我的《家国往事》出版后，我曾经托卫平兄送了鲁顺民先生一本求其雅正。不久，我就接到了他的一则短信:"老李:今天收到大著,大谢。浏览了一下,尤喜关于平阳亢氏文字……扬州盐引一段甚是精彩,功夫下到,不亏古人。"

后来在"李琳之作品研讨会"上,顺民先生说到我俩的相识,有这样一段"精彩"的发言:

在微信上结识李琳之先生,一开始就把他跟另一位退休的老先生搞混了,一直以为他是一位上了年纪的老者。直到前些天拿到他的《家国往事》,才从折封上知道他比我还年轻,抱歉得很。为什么呢?因为从他在微信群里的发言看,一是他对山西地方史非常熟悉,这种熟悉还不是停留在背包客和文青们流连山水、徒步考察层面,对乡邦文献信手拈来,每有发凡,必有出处。至少这个路数是正的,没有多年历史研究训练的人是不会达到这般境界的;二是看了微信群里的一些文章,他论证和表述的逻辑性是严谨的、缜密的,这种从容的态度,年轻人不大具备。所以,我一直以为他是一个老年人。但是看完书之后,仍然没有从这种错觉中走出来。这本书所持的史观、史识、史见,和作者的年龄很不相称,这又是为什么呢?当过编辑的人都有一个经验,或者说臭毛病,看一部书,看一篇稿子,常常喜欢从后往前看,从后往前看的好处是你可以用倒推理的方式看出作者构思文章的思路、他的表达意图,乃至于叙述的质量,总之,这样的方式可以很快掂量出文章或者书稿的斤两。

这本书我也是从后往前看的。我还有一个偏好,也可以说是毛病,看一本书,先要看作者的来龙去脉,用李琳之先生自己的话说,是关注国家命题下的"个人记忆",不然没有办法了解一个人的学术趣味与学术取向。因为看目录,第三部分是"家事国史",就从这一部分开始看。

这一部分有三篇文章,一篇写父亲,一个晋北高原的小伙子，在国难当头之际，投身抗日救亡，最后流落异乡，经历坎坷，挣扎在生与死、荣与辱之间令人唏嘘感叹的一生；另一篇写自己的寻根之旅，故乡对于作者而言，就是残存在父亲身上的乡愁，成年之后的作者顺着父亲的乡愁回到故里寻根，然而，故园已芜，亲族不再，家族的脉络仅仅保存在星散各地的亲人口中，祖宗不过是一纸牌位和几幅泛黄的老照片；再一篇则写自己外祖母坷坎悲苦的命运，读来令人五味杂陈。三篇文章，一个家族。这一个家族的命运，每一位亲人的人生，莫不折射着一个国家、一个民族的苦难史。

　　老实讲，读到这些文字的时候，对作者其他文字便放下心来。并不是说从这些文字里就可以看出作者会不会写文章，能不能写文章，而是从这些痛切而从容、清晰而清醒的文字中，可以明确地判断出作者的史识与史见——拥有这样曲折家史的人，能够对家族有这样判断的人，去研究历史，是令人放心的。为什么这么说？他对历史本身的曲折与复杂，对人性与社会有深切的体会，那种切肤之痛又引发出许许多多的思考，这是很难得的。

　　听着他的"海侃"，我的第一直感是我俩"臭味相投"。研讨会结束后的饭局上，我算是第一次和顺民先生坐在一起喝酒。但那天人特别多，我们也没时间闲聊。不过，一件意外的事情让我对他有了新的认识。席间，诗人徐建宏提议张石山和鲁顺民二先生合唱一曲河曲民间小调。二人久经沙场，丝毫不做扭捏，就走出座位开始演唱。张石山先生在中国文坛号称是赵树理的正宗继承人，吹拉弹唱自然不在话下，我以前也领教过，确实好。至于鲁顺民，就不得而知了。他们俩当时表演的好像是小两口的一段对唱，鲁顺民扮演女的。他一开口就惊到了我，不能说是莺声燕语，最起码也是洋洋盈耳，尤其是他绘声绘色的夸张表演动作，引得一众见多识广的名流大家都连声叫好。我当时就想，此人对河曲民间文艺如此熟悉和热爱，一定和农民有着千丝万缕的联系，有着浓浓的农民情结。

之后，顺民先生因为一些晋商问题又和我在电话上做了一些交流。我们逐渐熟悉起来，但对他的过往还是不甚了了。

知道《天下农人》出版的消息是在微信上，看到顺民先生贴出的一个帖子。我当时就有一种和他同气相求的感觉，顺民兄在关注农民、描写农民、替农民说话这一点上，居然和我又是不谋而合！后来把他的书大致浏览了一下，我才发现我们俩的人生经历也还有不少共同之处：他20世纪60年代出生于晋北一个农民家庭，我则是同时代出生于晋南的一个"准"农民家庭；他于1987年毕业于山西师范大学，我于1988年毕业于山西大学；他大学毕业后顺理成章地分配回河曲老家，任教于一所中学，我是大学毕业后阴差阳错地分配到了隰县，任教于一所师范学校；9年后，他凭着自己的努力一跃成为著名青年作家，调到省城省作家协会，我则是两年以后通过考研重新回到了省城山西大学。

了解到这些情况，我觉得我们彼此又靠近了一步。

《天下农人》是鲁顺民对他所熟悉的农村、农民所写的田野调查一类的散文集子，也可以说是他这么多年在农村经历的一个缩影。他写他的老师，写他的家人，写他的农民朋友，写乡镇煤矿，写鲜为人知的土改调查报告，其中众多的篇章都触到了我的兴奋点上，几乎每一篇文章都让我浮想联翩。不说他文笔的优美，也不说他洞见的深刻，单就他描写的那种栩栩如生的情节场合和人物形象，就让我击节称叹，唏嘘不已。

在阅读过的有限的篇章中，我的一个强烈感受是，他是一个有良心和充满感恩情怀的人，他用他的笔记述了一些珍贵的历史影像，为众多研究农民的学者和后人提供了最真实的原生态的东西。他把全部的感情都倾注到他脚下的那片黄土地上。他用一种不可推卸的责任感，用一种严峻的态度来揭示土改运动的历史真相和现实中的种种农民问题。他站在民族的角度，站在世界的高度上，用历史的经验和教训来勾画着未来的中国农民走向。

我原来想把这本书整个读完后再写出我的整体印象和评价，但是仅读了几篇，我就无法把控自己，脑子里时时有一种一吐为快的冲动——或许这就是所谓的知音难觅，惺惺相惜吧！于是，我修正了原来的写作计划，也不用拘什么文体，干脆随读随写，有感就发——文中子有云："以利相交，利尽则散；以势相交，势去则倾；以权相交，权失则弃；唯以心相交，方成其久远。"在我心里，顺民先生已经是我向往已久的"高山流水"了，当然也就用不着再顾忌什么了。

2016.1.16.

刮掉文坛上的虚伪和冷漠

——《走向天堂的父亲》跋

读黄风散文最深切的感受是痛快,是那种直抒胸臆、酣畅淋漓的痛快,是那种梁山好汉大碗喝酒、大块吃肉的痛快。我感觉,他把自己的全部感情都倾注到了他的文字当中,不管是怒不可遏,还是喜不自胜;不管是号啕大哭,还是捧腹大笑,他都毫无保留,把自己赤裸裸地展示在读者面前。你的思想、你的感情不能不随着他的笔触四处游走,不能不随着他的故事上下起伏。他的文章像极了他的名字,简直就是一阵无法阻挡的黄色旋风,能在刹那之间把你全部的身心都卷进去,跟着他哭,跟着他笑,跟着他狂呼乱叫,甚至跟着他胡搅蛮缠、无理取闹……黄风的散文通体都散发着一种魔力,散发着一种读者根本无法抵御的具有强力磁性的魔力。

我觉得这种魔力就是一种不加伪饰的真诚,是明朝思想家李贽所说的那种最初一念之"童心"带来的强大感染力。

我们当前所处的这个社会,喧嚣浮躁太多,真诚其实已经成为一种稀缺的宝贵资源。人和人之间隔着的是利,是冷漠,是明哲保身的自私。可贵的是黄风先生的作品自始至终都秉持了真诚的原则。

"人贵以诚,文贵以真",文章只有真诚,才能打动人,才能给读者以信任感。正是这种真,让黄风的散文给人带来一种黄风扑面的刺激感,刺激得你的五脏六腑都能随之上下翻腾起来。

真，包括光明和阴暗两个方面，世人都喜欢把光明的一面展示给大家，而把阴暗的一面隐藏起来。真正的作家是敢于，也善于解剖自己阴暗的内心给世人看的，以反省自身并由此警示世人。18世纪的法国启蒙思想家卢梭在《忏悔录》中就以真诚忏悔的态度讲述了他自己过往的方方面面：

> 既没有隐瞒丝毫坏事，也没有增添任何好事，当时我是卑鄙龌龊的，就写我的卑鄙龌龊；当时我是善良忠厚、道德高尚的，就写我的善良忠厚和道德高尚。

《忏悔录》终以其大胆的自我暴露、真诚的自我解剖和深邃的哲学思想成为世界文学宝库中一颗不朽的明珠。

在中国现代作家中也不乏自我解剖当众示人者，如鲁迅、徐志摩、郁达夫、巴金等人。黄风也是这样一个有勇气正视自身缺陷的另类作家。他毫不掩饰的赤诚几乎体现在这本书中的每一篇文章中。《被我的叫卖声感动的夏天》记述了他年轻时作为一个人民教师因为一次打赌竟自甘"堕落"去沿途叫卖冰棍，并诱骗学生掏钱的种种"卑劣"伎俩和勾当；《我的1988》描写了他在遭遇困境时不反思自身却跟领导胡搅蛮缠、歇斯底里的种种"下作"行为，以及他初到太原路遇抢劫时的怯懦、无能等；《走向天堂的父亲》则以忏悔的笔触如实记录了他八九岁时因为长时间陪侍卧病在床的父亲而心生厌烦，甚至巴望父亲能快点死去的那种"大逆不道"的心理状态，而他希望父亲"快点死去"的目的，竟然是家里可以举办一次隆重的丧事活动，可以在小伙伴面前炫耀卖弄。一个让你哭笑不得、无知无畏，却又真实可信的顽童形象栩栩如生地展现在我们面前。读者读到这样的文字，就好像在听邻家浑小子海侃他过往放浪形骸的囧事，那是一种不由自主地从心底里蹦出的畅快，是一种观众在戏台下面观看李逵坐在公堂上处理公文时忍俊不禁的爽乐。

黄风的散文让人读来痛快的原因还有一点，就是他的语言很粝，很野，很浪，但粗粝之中不乏细腻，狂野之下不缺温情，谑浪戏言中又饱含哲理。尤其是他兴之所至，随手拈来的一些夸张比喻和奇思妙想，竟能让本来静止的文字顷刻间在读者心中飞舞起来，而且舞得花样百出，舞得人忍俊不禁，如："小店只有巴掌大，若来个日本相扑，我算了算，仅容得下半个屁股。"（《想不到的痛快》）如："生葱气从鼻孔里溢出来，辣得我直打哆嗦，像当年跟妻子初吻，舌头被吮掉大半个。"（同上）如"妻子把我呕吐下的秽物清扫给房东的猪，竟把房东的猪醉得一脸蠢相，一整天哼哼唧唧，去恋爱一只误入圈中的母羊。"（《我的1988》）如："走了老半天了，我这才注意到山上还有长城，像条伤痕累累的蟒蛇，仓皇地沿着山头奔跑。"如："恸哭的母亲泪雨滂沱，让我看到了一条肆意的大河，河面上漂泊着冲毁的房屋，或如一条伐倒的大树，溅起无数的乱叶飞扬。"（《走向天堂的父亲》）再如："在一盏两百瓦的大灯泡下，下乡干部的脸严肃得像祖宗的牌位。"（同上）如此等等，不一而足。

像这种充满乡野气息，又在"情理之中，意料之外"的匪夷所思的比拟文字在黄风的散文中随处可见，俯拾即是。读者读了，是一种妙趣横生后的爽快，由不得就要击节称叹。

在我看来，黄风就像是刮起在中国文坛上的一阵狂啸不止的黄色旋风，他刮过黄土高原，刮向长城内外，刮向大江南北，他刮掉的是文坛上的虚伪和冷漠，刮来的是人与人之间本来就应该有的坦率和真诚。

——而这，正是黄风散文的魔力所在。

2016.8.28.

为故乡传承文化，舍我其谁欤？

——《一抹烟绿染春柳》跋

大凡一个有为的作家大都有他独特的精神圣地，这种精神圣地就是他创作不竭的源泉，是他艺术生命的根柢，是他全部的精神信仰所在。鲁迅的精神圣地是绍兴，沈从文的精神圣地是湘西，莫言的精神圣地是高密县东北乡，贾平凹的精神圣地是商州。显然，对于这些大家而言，他们的精神圣地大都是生养了他们的故乡，因为那里的一山一水、一草一木都承载着他们遥远的记忆，凝结着他们浓厚的感情。人在呱呱坠地之初，感知自然，体味人生，认识社会，都是从故乡开始的，他成长的每一个阶段，无不打上故乡深深的烙印，从某种意义上来说，故乡就是他精神上的图腾。只有对故乡，他的感知才是最真实，也是最具感召力的。

高海平也不例外。翻开他的这本散文集，故乡的影子随处可见，故乡对他的影响几乎在其每一篇文章中都有体现。他在《仰望高山》一文中如此写道：

> 尽管我知道地球表面被70%的海水覆盖，在我眼里看到最多的还是山。在山洼里出生，在山洼里成长。到县城上学时，县城是座典型的"两山夹一沟"的山城。学校对面的南山几乎要

碰到我的脸，山上有两座塔，听说跟文人有关系，这倒成了我砥砺意志、发奋苦读的动力……正是由于血脉中固有的这种山的基因，使得我到目前为止对山有种不同程度的依赖感。行走在茫茫无际的平原上、草原上抑或沙漠中，我是那样的激动，甚至有一种放飞的感觉。然而，时间一长，还是会感到四顾茫然，没着没落，难免会有几分虚妄甚至不安。只有看见了山，哪怕是不高的山岭也感觉有了依托，也会稍显踏实。所以，这些年我总是在高山之间穿梭。

正是厚重的大山养成了他朴实而又傲然的个性，对朋友诚实而又不失灵活，对领导彬彬有礼而又没有谄媚之态。文如其人，他的散文因而永远迸发着一种谦谦君子的光芒。这种光芒里隐现的则是中华民族流传久远的感恩精神。

  飞鸟知倦归山林，高人深山隐此身。河流无一不出自大山，当初唱着欢快的歌谣，跳着顽皮的舞蹈离开了大山，流入了大海。她并没有忘却大山，以云彩的身份飞临大山，目睹自己的生身之地，难免会触景生情，"泪飞顿作倾盆雨"……我本属虎，虎是离不开大山的。"放虎归山"一词，在这里才算真正归位。（同上）

血液里注入了这种大山基因和故乡情愫，他的笔下也才会不断地流淌出那些五彩缤纷、斑斓多姿的故乡影像。

也许是我和高海平先生"同乡"的缘故——他的故乡在乡宁，我的故乡在襄汾，他是山上的"山猫"，我是山下的"地老鼠"，我们两地相隔不过一道梁、一条水而已——在他的诸多散文篇什中，我最钟情的还是他描写故乡的散文。在他温馨的笔触里，我看到的是自己童年的影子，听到的是儿时快乐的歌声，那里有我勤劳的父母，有我幼时的玩伴，还有乡亲们模糊的背影。尤其令我欣喜的是，我发现高海平近年的散文创作越来越偏向于记述故乡的民俗风情，而且他的这种民俗散文创作几乎到了炉火纯青的地步，逐渐形成了高海平独特的个性，成为当今民俗散文界的一朵奇葩。

随着白话文的兴起，民俗散文在20世纪初也蓬蓬勃勃地生长起来，鲁迅、周作人、茅盾、林语堂、叶圣陶等人都有这方面的名作问世，其中以周作人的民俗散文创作成就最大。这之后又有汪曾祺、刘绍棠、冯骥才等一大批作家涉足这个领域，民俗散文这朵鲜花越来越绽放出其鲜艳明丽的色彩。但进入本世纪以后，民俗散文的创作似乎进入了一种沉寂的状态，再也没有涌现出一批，甚至一位让大家公认的民俗散文大家。

高海平的民俗散文创作遵循了老一代民俗散文作家白描的优良传统，但他又不拘泥于此，而是加入了更加活泼的元素，文中整体使用的是规整的语言文字，却不时插入一些土味十足的晋南方言，甚至有时候加入了一些"暧昧粗鄙"但又不失高雅的"庸俗"段子，让读者在一笑之后，产生无限的遐想，如在《故乡的春》中就有这样一段描写：

> 晚上睡在炕上，总听见猫在外面蹿上蹿下，叫声不断，而且声音很别样。农人一想，不对，猫在叫春，就下意识地用粗糙的手去捅睡在身边的女人，迷迷糊糊的女人很不耐烦地问：干吗，大半夜的？男人带有诱导性地说，外面猫叫春呢！女人醒了，一骨碌钻进男人被窝里撒娇地说：你才叫春哩！

规整的语言里显出几许灵动，平实的叙述中透出几分谐趣，文章感染力因此陡然提升。

高海平的民俗散文的另一个特色是对整个民俗风情的描写几乎是一丝不落地"整体搬移"，并尽可能地从历史发源和沿革方面给予细腻的解读，让读者能够从中汲取其中隐含的种种地域文化要义，也为民俗学提供了一个完整而又栩栩如生的标准范本。如《饼子的故事》一文，不仅描写了晋南饼子的整个烧烤流程工艺和饼子对晋南人的生活影响，还不惜笔墨追述了晋南饼子的历史渊源和发展。其他如《怀念热炕头》《老家年馍》《吃席》等，也莫不如此。

高海平的民俗散文的第三个特点是现场感十足。他描写的这些民俗风情，都是亲身经历过的，他的亲人朋友、同学老师、叔伯阿姨和四方街邻，都是其中的参与者、表演者。他用儿时的故事诠释久远的民俗风情，又用丰富的民俗知识注解悠扬的乡村故事。读者读来，如身临其境，在那种从感性到理性，又从理性到感性的反复过渡中，牢牢地记住了文章着意渲染的画面，从而对这些偏僻山野的独特风俗习惯有了形而上的真切认识和体悟。

读高海平的散文，我总会感到有一种淡淡的乡愁在心间萦绕。同时在悠闲中体味到一种温馨，在个体的感受中体验到一种群体的文化心理。他的语言如熟透的果实，虽然没有绚丽的辞藻，却处处飘扬着芬芳的醇香滋味，亦如听邻家老伯讲故事，慢声细语，娓娓道来。他笔下的那些人、那些事，那些流习久远的年节风俗、庙会风俗，常常让我流连忘返，畅想无限。他的笔触涉猎范围很广，举凡天文地理、社会风情、人文历史、高山流水……他都可以举重若轻地信手拈来，用他那颗多愁善感的艺术心灵去呵护、去聆听、去感悟，然后再用他那支生花妙笔轻轻一描，一幅幅田园牧歌式的美妙画图就翩然来到读者的面前。

故乡是高海平的精神圣地，那里是他优美散文的母体，他说：

> 行走在任何一个陌生的地方，其感觉都无法与行走在故乡的土地上相提并论。那是一种很难形容的况味。唐代诗人宋之问诗云："岭外音书断，经冬复历春。近乡情更怯，不敢问来人。"这是诗人真真切切的情感表达。当你踏上那块土地时，心脏似乎都在明显地怦怦乱跳，无法自已。也不知为何，莫名其妙地……我家院子里的果树很多，有苹果树、桃树、嫁接出来

的苹果梨树……这些都不复存在了，只有屋侧的这棵梨树还健在。在我的心里，它似乎有了一种责任和担当：看家护院，舍我其谁？（《且行且吟》）

是的，为故乡"看家护院"，为故乡传承文化，舍我其谁欤？

高海平且行且吟——他行的是故乡铺给他的那条路，吟的是故乡赋予他的那颗魂。

2016.4.20.

故乡文化的魂

——《师庄尉家传奇》序

这几年,因为考察历史文化遗址,我在全国跑了不少地方。我发现,故乡襄汾的民间文化研究在整个山西省,乃至在全国,都是名列前茅、不遑多让的。这不但表现在故乡民间文化研究的人数众多——整个襄汾县林林总总的研究者就有数百个之多,而且更表现在高人迭现、佳作频出上。譬如,刚去世的邱文选先生就著有三卷本的《史坛耕耘集》,陶富海先生出版有《丁村》《平阳民俗丛谈》《丁村民宅与民俗》《陶寺遗址》《古城汾城》《古村落南贾》等,刘登云先生则有《风雨纸乡人》《邓庄沧桑》《特殊使命》《张良传奇》《元曲四大家郑光祖》《饿殍图》《大晋名臣》等一系列作品问世,还有曹文敏、薛启发、高建录、杨志刚、杜萍、吴建会……如此等等,不一而足。我这里要谈的袁焕章先生也是其中一个代表人物,《师庄尉家传奇》便是他的成果之一。

在我看来,襄汾文化有四大板块。其一是丁村文化,其二是陶寺文化,其三是古晋国的忠义文化,其四就是原太平县的四大商业家族文化。前两个暂不去说,那是举世皆知的事情。第三个古晋国的忠义文化和第四个原太平县的四大商业家族文化,其源发地都在赵康镇赵康古城一带——这里恰好就是袁先生的家乡,当然也是我的故乡。

师庄尉家位居太平县四大商业家族之首，这不仅仅是指他的活动时间而言，以其经商的规模和实力来说，也当之无愧。

我曾在《淹没的辉煌》一文中说：

> 号称"日进斗金"的师庄尉家是明清时期平阳商帮里最重要的商业家族之一。其从明末靠打铁贩运发迹至清末衰落，前后绵延300年之久，完全打破了古训"富不过三代"的神话，成为华夏大地上一朵罕见的商业家族长寿奇葩。
>
> 在这漫漫300年里，尉家曾经借给康熙帝6万两黄金，作为西征葛尔丹及西部边陲各个部落叛乱队伍的军费。清军平叛凯旋，康熙帝感激于尉家的慷慨解囊，"借金还银"，归还白银60万两。清乾隆时期在镇压平定西部叛乱时，需要大量军需物资，国库却一时空虚，乾隆就决定向民间富豪借贷，乾隆想到的第一个富商就是山西太平师庄尉家。尉家也出手阔绰，整整借给清政府150大车银子，那阵势真可以用"气吞山河"来形容。清军大获全胜后，乾隆感念于尉家的资助，特封尉家掌门尉嘉为护国员外，还赏赐了一件黄马褂，銮驾护身。
>
> 乾隆七年，尉家掌柜尉嘉到扬州视察尉家商号，碰巧结识了以卖画为生的郑板桥。进士出身的尉嘉气质高雅、谈吐不凡，立即获得了郑板桥的好感，两人大有相见恨晚之意。把酒言欢之际，尉嘉邀请郑板桥到他的老家替他教育尉家的子侄后代，郑板桥慨然允诺。郑板桥在师庄尉家做了8个月的私塾先生，后奉诏调往山东范县任县令。临走之时，应尉嘉请求，在一幅白绫上挥毫泼墨："布衣暖，菜根香，诗书滋味长。"尉嘉随后花重金聘能工巧匠篆刻在一块石碑上。郑板桥到范县上任后，还和尉家保持着书信往来，并于乾隆十四年为尉嘉书赠了"难得糊涂"真迹墨宝，劝尉嘉看透世事，不要锋芒毕露，要量力而

行。尉家这时候已达到了生意发展的鼎盛时期，门面、店铺已经扩展到清朝全部 18 个省的 13 个省份，"师庄尉家"的招牌也随之遍布大江南北。

嘉庆五年（1800 年）的 8 月 19 日，山西巡抚伯麟给朝廷上奏折曰：太原等府州之绅士、候补知府王协、举人尉维模共捐银 218.38 万两以备凯旋赏赉之需。其中北柴王家王协和师庄尉家尉维模各捐了 50 万两银子（值得注意的是，该奏折特意点出"候补知府王协"和"举人尉维模"两人名字，充分说明了尉王两大家族在晋商群伦中的领袖地位）。这"50 万两银子"是什么概念呢？根据《太平县志》载，当时，太平县衙门的捕快、轿夫、门子、皂隶等普通"公务员"的年收入是 6 两银子，太平县一年的财政收入也不过是区区 5.8 万两银子。50 万两银子就相当于一次捐了 8 万多名普通"公务员"一年的收入或者是 9 个太平县一年的财政收入。

太平县的四大商业家族绝不仅仅是故乡方圆百十公里的这点骄傲，师庄尉家和北柴王家、南高刘家，还同平阳亢氏一起被誉为平阳府四大家族——以他们为代表的那个纵横华夏、名扬天下的平阳商帮，不仅以绵延持续 500 年的壮观场景独步天下，更以同晋中商人"北票（票号）南庄（钱庄）"齐名而享誉世界。

师庄尉家的传奇故事在襄汾县域，尤其在赵康、新绛一带，可谓家喻户晓，人人耳熟能详。我自己就完全是在这个迷离传说的浸泡下长大的。但是，这种传说多半是一鳞半爪，片言只语，没有一个完整的故事轮廓，使人欲窥其真面而不能。这不能不让有心人引为憾事。

20 世纪 90 年代，邱文选先生公开发表《山西"太平"四大商业家族》一文，算是拉开了研究"太平"四大商业家族，当然也是研究师庄尉家的序幕。师庄尉家和太平县其他三大家族开始以靓丽的姿态引起世人的关注。

但是，邱先生的文章所能提供给世人的资料也很少，因此，所有的晋商研究专家都不约而同地把目光投到了由政府资助的晋中商人研究上，平阳商帮，尤其是襄汾商人的研究，就又被大家忽略掉了。

在襄汾商人的研究几乎处于停滞状态的时候，有一个人老人却始终在关注、收集着太平县四大家族的相关资料，并笔耕不辍，不断写出一些新的见解向同行讨教。这个老人就是袁焕章先生。

四年前，当我转身开始关注故乡的四大家族，尤其是要研究师庄尉家、北柴王家和南赵杨家时，有人给我介绍了袁先生，说他是这方面的专家，那年袁先生已经是77岁的高龄了。我还算虔诚的学习态度博得了袁先生的好感，他毫无保留地把他所知道的和收集到的资料几乎是倾囊而授，而且还不顾年迈体弱，亲自带我拜访了时年已93岁的邱文选先生。

袁先生给我的一堆资料中，最重要的就是这本《师庄尉家传奇》的初稿。我看完后就认定，这部书稿应该是目前所能见到的所有有关师庄尉家资料中最全面、最详细的文字解读，虽然其中也不免有些没有考证过的虚幻的传说因素在内。

但袁先生既然将它命名为"传奇"，我们就不一定非要把它考证个水落石出。这就是民间传说和历史文献中各种相关资料的一个大融合，一个再创作，可以把它看作一部话本小说，也可以把它看作尉家民间故事的荟萃。当然，对于一个严肃的学者而言，这本书也有着不菲的参考价值——只要拨开弥漫在其中的迷雾，我们还是能还原出当年尉家这个大家族的一些本来面目的。

这两年，我陆续完成了故乡四大商业家族的一系列文章，尤其是近3万言的《淹没的辉煌》刊出后，在整个晋商研究领域掀起了不小的波澜，在一定程度上颠覆了晋商研究中所谓晋中商人一枝独大的传统观念。这些文章以无可辩驳的史实把"襄汾商人"重新推到了世人面前。"襄汾商人"的研究也从20世纪90年代的水平上升到一个新的高度——当然，我所说的这一切，事实上都是建立在前人的研究基础上的，其中，袁焕章先生就是一个突出的代表。可以说，袁先生的这部书稿直接催发了拙作《诗书滋味长》，也间接催发了《淹没的辉煌》这篇长文的诞生。

襄汾文化源远流长，而能还原出襄汾历史本来面目的，正是以袁焕章先生为代表的这批文化老人。他们的不弃不馁，他们的孜孜以求，他们的无私奉献，正是我们襄汾文化可以永葆青春的魅力所在。

他们才是襄汾文化真正的魂，是襄汾文化的根！

2016.3.31.

"另眼"看到了什么？

——评《另眼看晋商》

李永福先生在其新著《另眼看晋商》（同心出版社，2013年12月版）一书的《绪论》中说：

> 受史料和实体资源的限定，从事晋商研究的专家学者重点聚焦晋中地域，清代前中期有旅蒙商的崛起，晚清则是享誉海内外的票号业。他们的学术成果相当程度上影响到一般民众的认知和判断。固化民众印象的还有当地政府对实体资源的充分开发和借助现代传媒的强势推介，尤其是"晋商故里"的文化定位，种种因素作用下，晋中商人的形象被人为地拔高。本书旨在扭转世俗的误解，即一般民众不明就里简单将晋中商人等同于晋商的错误趋向，同时为山西别地商帮正名，尤其要厘清清代中后期他们各自的发展现状，以还历史的本来面目。当然，还有矫正学术趋向的良苦用心。而所有这一切皆服务于新晋商的发展战略。

我把它看作是李永福先生这本新作的第一个特色。在此之前，以黄鉴晖、张正明、刘建生为代表的专家学者在晋商研究中都存在着或多或少的重视晋中商人而忽视晋商中其他商帮的不正常现象。我很欣慰地看到，在《另眼看晋商》中，作者以大量的翔实资料从多种角度阐述了除过晋中商帮之外的其他晋商帮派的不凡业绩，尤其是作者广征博引，从各地商帮崛起时间和发展规模等多种角度考察、论证了晋商老大哥——平阳商帮在晋商，乃至在整个华商中举足轻重的地位和作用，厘清了清代中后期晋商各帮派的发展情状，还原了平阳商帮行销天下、叱咤风云的历史本来面目，赋予晋商概念新的丰富内容。应该说，这对于矫正晋商研究领域中偏颇的学术趋向会起到一定的作用。

《另眼看晋商》的第二个特点是，作者把晋商放到了整个中国历史的框架内去观察研究，而不仅仅是把晋商当作明清时期的特定产物来对待，也就是说，作者采用了历史的、动态的研究方法，从历史的源头研究晋商现象，这让我们感到了作者厚重和扎实的学术功底。与此相联系，在具体到明清时期研究时，作者也并未具体纠缠于其中的某些"繁文缛节"和个别具体时间，而是高瞻远瞩，纲举目张，从天时、地利、人和三方面结合起来发表自己的看法，这使他的发声显得更加客观、全面和公正。

《另眼看晋商》的第三个特点是古为今用，即研究历史是为了更好地服务于现实，所以，作者最后把重点放在了当代新晋商的现状和发展趋势的研究上。作者通过对省内外，乃至国内外新晋商经营现状分析，归纳出新晋商的三种类型，并分析切中其各自的弊端，最后指出了新晋商的发展路径。

《另眼看晋商》之最大亮点就是以上所述三个特点——他的"另眼"，也就是用了一种全新的思维、全新的视角去重新解读晋商，这使得该书在某种程度上具备了一定的理论意义和现实意义。

2014.1.9.

为什么要关注这样一个特殊的群体？

——评《今夜无人入睡》

2016年春节过后，中国侨联组织"亲情中华"艺术团赴意大利和匈牙利慰问演出，由于其演出阵容布局要突出中华民族大家庭的文化特色，来自多民族的山西卫视《歌从黄河来》节目的获奖选手代表便顺理成章地被选为主体加盟。作为时任山西广播电视台副总编辑的张敬民遂被任命为"亲情中华"艺术团副团长率团出行。《今夜无人入睡》就是这17天时间里，作者在意大利的都灵、米兰、威尼斯、马尔凯、泰拉莫、罗马和匈牙利的布达佩斯的所见、所闻和所思的写实之作。

从内容上来看，这本书虽然主旨是为生活在意大利和匈牙利的华侨立传，要以点带面地全面展现这些华人的工作和生活状况，但作者又绝不仅限于此，其涉及范围很广，举凡中西方不同的政治、文化、经济、地理、历史、艺术等，无不被他信手拈来，侃侃而谈。正如作者在该书《序言》中所说：

> 我想让笔端伸出更多的触角，使文章的讲述绚烂起来，在仅仅咬定主题的同时，使内容更加丰富多彩，有机插入可能多的知识和信息点，形成360度的全方位视角，还原人在旅行中感知实物的真实状态，使读者可以"置身其中"，各取所需。

正是这样丰富多彩的内容决定了其写作形式是一种"随心所欲而不逾矩"的文体,作者恰到好处地采用了行文比较自由恣意的日记体,因为"用'最原始'的日记体来行笔,这样既符合通常旅行状态下的记录方式,又能在表达上自由自在,更显真情实感"。

读完全书后,我感觉作者做到了他想做到的这一点,而且做得极为成功。读者读到这样天马行空却又显得张弛有度的文字是一种愉悦和享受,就好像和朋友在茅庐小屋里喝酒聊天,轻松、惬意。所以,就这个意义而言,这本书可以是一本供消遣的"休闲杂志",可以是一本随身携带的旅游指南,也可以是一本让你感奋的励志书,还可以是一本了解华人在异国他乡打拼的奋斗史,如此等等,不一而足。

《今夜无人入睡》所描述的是20世纪八九十年代和本世纪初走出国门,而今天活跃在意大利和匈牙利商业领域的华人精英。这个群体如今虽然都是所在国各自领域里独领风骚的显赫人物,但大都有着不堪的过往——每一个人都历尽千辛万苦,才从最底层一步一步打拼出了属于自己的一方湛蓝的天空。

张敬民先生在书中选择这样一个脚跨东西方文化的"两栖人"群体作为他的主要描述对象,我以为对我们国家现在所从事的现代化文明建设有着一定的借鉴意义。他所要做的绝不是仅仅让读者来关注这个"两栖人"群体外在的喜怒哀乐和悲欢离合,这只是该书所要表达的浅层次内容,作者欲挖掘的更深层次的东西是要聚焦他们身上所独具的中西文化特质,进而解决在我们立足于传统文化时,如何更实事求是,如何更有效地去吸收现代西方文化中优秀的东西,为我所用,这才可能是隐藏在热闹表象下面最关键的东西。

自清朝末年我们的国门被西方列强用枪炮轰开以后,中西文化的碰撞交融一直就是个困扰国人的问题。激进派和保守派、改革派和传统派之间的交锋论战从来就没有停止过。其实,真正经受中西文明熏陶洗礼,对中西文明优劣有着深刻体会的,恰恰是身居国外却流淌着中华民族血液的这些华侨——他们从小生活在中国的土地上，在中国文化沦肌浃髓以后，又在青壮年时期移居国外，主动或被动地去接受另一个国家的文明熏陶。就这个意义而言，海外华人群体既是中西方文明交汇融合的主体，又是我们国家和西方世界进行文化交流的主要桥梁之一。所以，关注他们实际上就等于在关注当代中国如何走向世界、如何走向现代化的问题，此意义之大，绝不可等闲视之。

中国侨联从 2008 年开始，连续 8 年组织"亲情中华"艺术团赴海外演出，慰问华侨，正显示了组织者高瞻远瞩的目光和视海内外华人为一家的赤子情怀。张敬民先生用他的生花妙笔，全程记录了他们这次到意大利各大都市和匈牙利布达佩斯慰问演出的点点滴滴，记录了中西文明交流融合过程所发生的种种问题，这绝不是一本小小的休闲旅游书籍所能涵括了的内容，也绝不是一个简单的华侨奋斗史所能说明的主题。《今夜无人入睡》的意义在于张敬民先生以窥一斑而知全豹的方式记录了华侨一个时代，并为这个时代献上了他对中西方文明交流融合的思考，尽管他的思考还有待进一步深入和完善。

2016.11.27.

唤醒另一个层面上的家国记忆

——关于《家国往事》写作的一些思想碎片

我 27 岁那年，和赵跃飞先生合作，出版了我的第一本书——《黄土魂》（李琳、赵跃飞著，中国商业出版社，1994 年 6 月第 1 版），这本写中国农民苦难历程的著作，实际上是我研究生毕业论文的一个扩展。但由于研究生毕业后我就直接下海经商去了，所以在此后的近 20 年间，我几乎没有写过什么像样的东西，虽然这中间我做的都是文字的生意，但是却再没有了创作的兴趣和动力。

我的生意做得还可以，当年遍布山西各地的黄河书店就是一个很好的例证。我挣了一些钱，但我始终没敢忘记养育了我的家乡，我曾不止一次地给村里、给我的中小学母校捐钱、捐书，然而现实却给我开了一个颇具讽刺意味的玩笑：我捐给我们村小学的上千册图书后来一本不剩，全让村民给顺走了；我捐钱给村里重新修缮的泊池，也仅在两三年后就成了杂物垃圾和残枝败叶汇集的臭水沟。那几年，每次回归故里，一看到曾经是我儿时乐园的泊池如今竟脏水四溢、蚊蝇乱飞，我心里便是说不出的愤怒和悲伤。惨痛的经历让我意识到，故乡的落后是全方位的，我的父老乡亲们最需要的可能不是物质上的捐赠，而是精神境界的提升，是一种唤醒灵魂的精神力量。

四五年前，我的生意逐渐稳定下来，有了一些空闲时，我忽然莫明其妙地产生了一种写作的冲动——那是一种久违了的很熟悉、很温馨的感觉。但对于写什么，我那时并没有一个明确的目标，但大抵是抱着一种感恩回馈的态度来写作的，所以，我在那个阶段写得最多的就是老师、家人和自己儿时的一些趣事。直到有一天，写《古南赵村的背影》时，我才意识到，如果能挖掘出家乡的历史文化，把她形诸文字，那就等于找到了故乡的根祇，可以增强家乡人的自豪感和认同感，这远比给他们几万、几十万钱财有意义得多！事实上，当我最初几篇关于我们村、我们镇的文章，诸如《赵康古城》《晋商的绝响》《诗书滋味长》《一代巨富的升降标杆》陆续见报后，还真是引起了不少乡人的兴趣。我每次回到村里，那些上了年纪的文化人总要想方设法跟我聊聊过去的一些事情。一个叫袁焕章的77岁老人甚至把我那篇1万多字的《诗书滋味长》全文复印了百十份，站到集市上去一份份地送人。

我在感慨之余，就把那一年写的七零八碎的文章拼凑在一起出版了——这就是那本文体和内容都比较庞杂的《感喟秋雨》。《感喟秋雨》的出版让我结识了一批家乡文化名人，如邱文选、刘润恩、高建录、杨志刚，等等。我在和他们交往的过程中，意外地得到了一批家乡珍贵的文史资料，我这才知道，我所在的襄汾县和临汾市原来是一个历史久远、人文荟萃的钟灵毓秀宝地。我为自己以前对她肤浅的认知而感到羞愧。我那时就暗暗下定决心，要对整个襄汾和临汾的历史文化进行一次认真的梳理，挖掘出家乡文化的亮点，写出一部能经得起历史检验的有价值的"大书"，以此反哺生我育我的这片土地，唤醒乡人沉睡已久的家国记忆。

之后，我用了一年多的时间进行调查、采访、研究，最后在2014年1月由西苑出版社出版了那部来之不易的著作，这就是《中华祖脉》。《中华祖脉》的出版，在襄汾、在临汾，乃至在整个晋南的文化界都引起了不小的响动。《临汾晚报》用了整整一年时间来连载，《光明日报》刊发了原山西大学校长、著名科学哲学家郭贵春先生的评论文章，称这本书为"重新观照华夏文明源头的坐标"，甚至94岁的乡贤邱文选先生和75岁的曹文敏先生也在报刊上撰文为我唱赞，我还先后收到了几个规格很高的根祖文化学术研讨会的邀请函，这既出乎我的意料，又让我有些受宠若惊。但我这时还算是比较冷静，一是因为我有了一个更大的写作计划，我想把我的写作范围由临汾、晋南扩展到整个山西，立足于山西而放眼全国，放眼世界；二是我在写《中华祖脉》的过程中发现，我们的家国记忆缺失了太多的东西。家国，或者说是国家，那是家和国共同组装起来的一个并列词组。家和国是须臾不可分割的一个事物的两个方面。但是我们的家国记忆，也就是所谓的国家正史却只有国的记载，而少了家的记忆。活跃在历史大舞台上的主角大都是帝王将相、英雄豪杰和才子佳人，而普通百姓甚或连作为一个配角在舞台上蹦跳一下的机会都没有。

我也是在那时才认识到，我们的传统文化实际上是由两部分组成的。一部分是正统文化，或者叫庙堂文化，那是统治阶级赖以治理天下的理论武器。这部分文化包括了被统治者认定的正史和各类经史子集；另一部分是民间文化，或者叫乡野文化，那是普通百姓借以安身立命的伦理基础。这部分文化包括了各地的礼仪乡规、民俗传说、家谱族谱和一些地方志等。几千年来，中国历代王朝不断地兴亡更替，更替兴亡，楚国的屈大夫还在念叨"帝高阳之苗裔兮，朕皇考曰伯庸"时，后唐的李后主已在悲叹"小楼昨夜又东风，故国不堪回首月明中"了。不管是李家天下，还是赵姓王朝，不过都是过眼烟云，一枕黄粱，"一江春水向东流"而已。世界上唯一留存下来，且还在不断发扬光大的5000年文明就是永远打不死、压不跨的酱缸式的中国文明，而这种文明显然不是属于曾为正统的刘家或李家，也不属于一度辉煌的赵姓或朱姓，一言以蔽之，她不属于高高在上的庙堂文化，而完完全全是沦肌浃髓于成千上万黎民黔首身体里的乡野文化。

还有一个问题是，即便所谓的正史，也有相当一部分是恍惚迷离的不实之词。可以想象，那些在帝王大棒下蹒跚而行的御用文人，是怎样胆战心惊地提着那支如椽大笔颤颤巍巍地给他们的主子涂脂抹粉、梳妆打扮呵！

这样一来，历史就在霉烂中发出了一股刺鼻的馊味儿。其实，历史不仅仅是北京城里的长安大街，它还是偏僻乡村里的羊肠小道；历史不仅仅是胜利者肆无忌惮的纵声大笑，它也是失败者椎心泣血的击筑悲歌。认识到这些问题后，我在动手写《家国往事》时，就给自己定了一条规矩，一定把自己的认识建立在乡野文化和庙堂文化结合的基础上，多方巡走，多方考察，以逆向思维来看待一些传统定论的东西，让一向沉默的乡野文化发出自己的声音，唤醒另一个层面上的家国记忆，把真实的历史呈现给大家。

我这样一种行走式的写作方式，还是得到了很多人的认同，譬如作家蒋泥就说："据我所知，在整个写作过程中，琳之都在不断奔波，从民间和田野调查开始，有的甚至填补了学术上的空白，让专门研究这段历史的学者引为同道。这和坐在书斋和图书馆里翻阅古人书籍写出来的文章有着天然的差异。"（《李琳之的诗人情怀》，见 2015 年 11 月 11 日《中华读书报》）

正是基于这样的思想认识和写作方式，《家国往事》呈现出了和《中华祖脉》完全不一样的模样：如果说《中华祖脉》是我对传统文化发自肺腑的讴歌，那么《家国往事》更多的则是我对传统文化的反思；如果说《中华祖脉》的写作对象主要是中华民族的"圣人""伟人"，那么《家国往事》的写作对象则主要是被主流文化排斥的边缘人；如果说《中华祖脉》的笔调是温馨的、和煦的，那么《家国往事》的笔调就是悲悯的、冷峻的。

文学评论家杨占平先生在我的作品研讨会上，曾对《家国往事》的批判精神做过一个评论，我觉得比较中肯。他是这样说的：

> 李琳之的作品非常有个性……这里面的个性集中表现在他的思想性……我觉得他有一种颠覆的，或者说是怀疑的精神，这对于一个大散文写作者来说，非常可贵。而且这也是他能够写出来，能够一步一步坚持往下走的一个重要原因。他就是以这种怀疑精神、颠覆的精神，来表达他自己的个性。

就是凭借这种"颠覆的,或者说是怀疑的精神",我才让那些被庙堂文化长期排斥的边缘人群和误读的历史人物在《家国往事》里跳出了属于他们自己或悲壮或激昂的舞蹈节奏。原《山西档案》总编辑赵跃飞先生就说:

> 《家国往事》……还原了个体家族史的毛发血肉,写出了一个又一个曾经活生生的家人被历史的洪流卷席、被抛掷、无法自控的命运!从一个家人、一个家庭、一个家族的微观命运,折射出一个群体、一个民族、一个国家被滚滚洪流淹没的真实的宏观历史样态……琳之写的家史,就是20世纪中国底层百姓呈现出的"花已向晚,飘落了灿烂,凋零的世道上命运不堪。愁莫渡江,秋心折两半,怕你上不了岸一辈子摇晃"生存状态的活体细胞检测。(《20世纪中国底层百姓的一次"活检"》,见2016年1月22日《中国科学报》)

作家高海平先生也在《光明日报》撰文指出:

> (《家国往事》)一是对国家和民族的深沉思考。作者选取了三国时期的重要人物关羽和汉朝的王莽进行了理性的剖析,重新给这两个人物进行了历史定位,特别是对王莽的认识,很大程度上有为其正名的意味。还有对春秋战国时期屠杀40万大军的长平之战的解读、对长城重要关隘雁门关的描写等。对事件的陈述,对人性进行深入的反思,都颇有胆识和洞见,体现了作者独特的历史观和价值观。二是对晋商概念的重新阐释,以及对自己家族的描写。作者用饱满的笔墨描写了山西襄汾商人曾经的辉煌历史,提醒世人真正的晋商应该包括晋南平阳府的亢家、襄汾太平县的四大家族等。仅仅把晋中的祁县、太谷、

平遥视为晋商的全部是有失偏颇的，是对历史上晋商的误读。……作品隐隐透出的悲悯之情已经升华到了历史的高度，升华到了精神的高度。（《格局·情怀·诗意》，见 2015 年 9 月 15 日《光明日报》）

赵跃飞和高海平二先生对《家国往事》的剖析，实际上是对我写作这本书思想理念的一次深度解读——

不管是写我的家族还是写故乡的大商，不管是写被历史神化的关羽，还是写被正统妖魔化的王莽，我都是在用自己的努力去试图唤醒另一个层面上的家国记忆。

2016.8.29.一稿
2016.9.5.终稿

中国历史因这9个山西女人而改变

  山西是中华文明的源头与核心所在地，又是中国北方民族融合的前沿阵地，特殊的地理位置和深厚的文化底蕴，不仅养育出许多呼风唤雨的帝王将帅、文章巨贾，还哺育出了很多影响中国历史的巾帼枭雄、艺苑奇葩。千百年的无情岁月虽然已经将她们送进了遥远的时空隧道，但在广袤的黄土地上仍然留下了她们的斑斑足迹。

一、骊姬

  春秋时期晋献公五年，即公元前672年，晋献公出兵攻打骊戎（古代少数民族。西戎的一支，姬姓。在今陕西省临潼县骊山一带），历经9年，最终灭了骊戎国。晋献公将骊戎之君的女儿骊姬掳掠回国，纳为后宫。骊姬很快就赢得晋献公专宠，立为夫人，还被默许参与朝政。后来，骊姬生了一个儿子，叫奚齐。奚齐的诞生催发了骊姬的勃勃野心——她想让奚齐继承晋国君位，她做垂帘听政的"皇太后"。

  但要想让奚齐顺利登上晋国君位非常困难，因为奚齐还有三个同父异母的哥哥：申生、重耳和夷吾，申生作为老大，是当然的太子。即便申生意外死亡，或被废掉，还有其他两个长兄是太子的候选人，也轮不到奚齐。骊姬十分明白这一点，不过疯狂的贪欲和权欲已经烧煳了她的脑子——不择手段，孤注一掷最终成为了她的选择。她决定除掉申生、重耳和夷吾，为儿子未来踏上国君之位扫清障碍。

优施是个八面玲珑、擅于见风使舵的小人，深得晋献公宠爱。骊姬为实施自己的阴谋诡计，就和优施勾搭在一起，设置陷阱，栽赃陷害申生兄弟三人。

骊姬问优施："我想要让主公立奚齐为太子，但是担心申生、重耳、夷吾他们反对，怎么办呢？"

优施说："把他们早点安排好，让他们知道自己的地位已经到顶点了，就会产生轻慢国君的心。这样一来，就不难对付了。"

优施建议先从太子申生下手。

骊姬就又拉拢上晋大夫梁五和嬖五，叫他们对晋献公进言："曲沃（今山西省闻喜县东北）这个地方，是晋国祖庙所在，最好派太子申生去镇守，蒲城（今山西省乡宁县及周边一带）和南北屈（今山西省石楼县东南），是边防要塞，最好派公子重耳、夷吾分别防守。"

晋献公不知是计，遂派申生镇守曲沃，派重耳镇守蒲城，派夷吾镇守南北屈，只留下奚齐与另一个更小的儿子卓子二人在身边。

优施见略施小计便初见成效，就教骊姬继续下一步阴谋——让骊姬半夜三更在献公面前哭诉："申生很会收买人心，恐怕要对您行凶，夺取王位。"

献公虽然不相信骊姬的胡言乱语，但经不住她一次又一次地在枕边吹风，渐渐地起了疑心。

骊姬和优施阴谋得逞，开始实施第三步计划。

有一天太子申生从曲沃送来一块祭肉给晋献公，骊姬却唆使手下在暗中给祭肉下了鸩毒，然后加罪于太子。晋献公年老昏迈，偏听偏信，竟真的杀死了申生。骊姬还不满足，又诬陷重耳、夷吾也参加了申生的阴谋，晋献公不分青红皂白，就要治两位公子的罪。重耳、夷吾知道是骊姬在迫害他们，有言难辨，遂先后逃到了狄国（现在的吕梁山区）和梁国（今陕西省韩城市附近）躲避。

骊姬的阴谋得逞，儿子奚齐成为新的太子。

晋献公二十六年，即公元前652年，献公病死，奚齐继位。但没想到，奚齐被晋大夫里克等一班愤愤不平的大臣杀死。骊姬作为罪魁祸首，也身首异处、血溅后宫。

之后夷吾回归，这才有了后来晋惠公夷吾的"小人治国"，也才有了后来重耳逃亡19年回国即位的"文公称霸"——这件事直接改变了春秋时期的天下格局。

唐代诗人岑参曾在观瞻骊姬墓后做诗一首，对骊姬和献公作出如下评价：

> 骊姬北原上，闭骨已千秋。
> 浍水日东注，恶名终不流。
> 献公恣耽惑，视子如仇雠。
> 此事成蔓草，我来逢古丘。
> 蛾眉山月苦，蝉鬓野云愁。
> 欲吊二公子，横汾无轻舟。

（《骊姬墓下作隔河相去十三里》）

二、卫子夫

卫子夫，大约生于公元前2世纪，具体生年不详，死于公元前91年。其名失考，字子夫，中国汉代平阳（今山西临汾）人，是汉武帝第二任皇后、大将卫青的同母异父姐姐。卫子夫生有一男三女，男系戾太子刘据，三女分别是卫长、诸邑、石邑三位公主。

刘据生于元朔元年，即前128年。6岁时因是长子被立为皇太子。刘据成年后，汉武帝每每在巡游天下时，将国事交付太子刘据处理。刘据因为熟知朝中内情屡屡平反冤案，得罪了江充、韩说等汉武帝的一班宠臣。征和二年即前91年，江充等人制造"巫蛊之祸"，诬陷太子刘据谋害武帝。武帝误信谎情，欲治太子刘据谋反之罪，刘据不能自明，起兵讨伐江充、韩说一帮奸贼。武帝龙颜大怒，发兵镇压。刘据兵败后带着俩儿子逃跑，被捉住一并处死。太子的母亲卫子夫，及其娘家老老小小也因此统统被诛杀，只有一个襁褓中的孩子被狱吏冒死救下，就是以后的汉昭帝。

　　武帝晚年做了很多荒唐的事，但让他最后悔的就是处理"巫蛊"案。他死前突然良心发现，感到自己晚年的昏庸政治给国家和亲人造成了很严重的后果，于是在安抚流民的同时颁下《轮台罪己诏》：

　　　　朕即位以来，所为狂悖，使天下愁苦，不可追悔。自今事
　　　有伤害百姓，糜费天下者，悉罢之！

　　司马光在《资治通鉴》里评价说，汉武帝晚年的昏庸无道与秦始皇一般无二。

　　卫子夫母子自杀18年后，冤案才得以昭雪，宣帝刘询以皇后礼仪重新厚葬了她，追谥号曰"思"，史称孝武卫思后。

　　卫子夫作为汉武帝皇后，长达38年，是中国历史上在位时间第二长的皇后。在这38年中，卫子夫将汉庭后宫管理得井井有条。历朝历代司空见惯的后庭妃嫔由互相嫉妒引发勾心斗角，乃至互相残害的恶劣事件，在这里没有出现一起。这在一定程度上免除了汉武帝的后顾之忧。司马迁在《外戚世家》里记载了四朝十余名后妃，只有卫子夫赢得了他的不吝赞美。

　　卫子夫的发迹，不仅改变了自己的命运，也影响了整个国家的走势。因为她的上位，她的弟弟卫青和外甥霍去病才得到了施展才能的机会，率领汉军对匈奴的征伐取得了一系列胜利；同样因为她命运的改变，另一个外甥霍光才能得以身奉四帝，躬辅三朝，受遗命，佐幼帝，行遗策，兴废立，成为使西汉经济军事实力达到巅峰的头号功臣。

　　客观上讲，如果没有卫子夫，就不可能有驰骋疆场的大将卫青、霍去病的横空出世，也不可能有霍光这个忍辱负重、兢兢业业四朝元老的诞生，

当然也不会有太子刘据及其以后被迫起兵的史实,历史的天空可能会为此暗淡许多。

三、贾南风

贾南风(256~300),即惠贾皇后,小名旹,平阳襄陵人(今山西襄汾襄陵镇)。西晋时期晋惠帝司马衷的皇后,西晋王朝开国元勋贾充的女儿。《晋书》称贾南风"种妒而少子,丑而短黑","短形青黑色,眉后有疵",虽然可能含有因其事迹与评价而加以丑化她的因素在内,但一般认为贾南风的姿色确实不怎么出众。惠帝时期一度专权,是西晋时期"八王之乱"的始作俑者。后被赵王司马伦处死。

晋武帝司马炎的长子司马衷智力低下,为此司马炎几次差点废掉司马衷的太子身份。贾南风虽然其貌不扬,但却智力超常,善于谋划。她在成为太子妃后,在晋武帝考察太子时,密请他人为司马衷解答难题,瞒天过海,终使司马衷顺利通过父亲司马炎的考试,太子地位得以保留。

太熙元年即290年,晋武帝司马炎驾崩。司马衷登基即位,史称晋惠帝。贾南风顺理成章晋升为皇后,杨芷被顺位为皇太后。

晋惠帝即位之初,朝廷大权被皇太后杨芷的父亲、时任太傅的杨骏一手把持,贾南风并未得到什么实权。贾南风对于太傅杨骏和皇太后一手遮天,十分不满。她韬光养晦,暗中积蓄力量,时刻准备着取而代之。

贾南风精于权谋,在经过一次次的明争暗斗后,永平元年即291年,她借汝南王司马亮和楚王司马玮之手,诛杀了杨骏及其势力,并夷其三族。贾南风随后又唆使傀儡皇帝司马衷废皇太后杨氏为庶人,既而将其迫害致死,对杨家外戚的势力来了一个斩草除根。

贾南风阴谋得逞,立即过河拆桥,对斩杀杨骏有功的楚王司马玮痛下杀手,司马玮到死才明白自己只不过是贾南风用来咬死对手的一只疯狗而已,"狡兔死"之日,即是"走狗烹"之时。

贾南风横扫一切政敌,站到了西晋政权至高无上的位置上,那个名义上的皇帝司马衷,只是贾南风随意摆布的一具木偶罢了。她开始大肆任用亲信、旧党，贾氏家族一时权势熏天，风光无限。

后来，随着太子司马遹逐渐长大，因政见、权利分配等问题，作为皇后的贾南风与太子产生了不可调和的矛盾，贾南风遂决定除掉太子。299年，贾南风设计让潘安——就是历史上那个著名的美男子，事先写好一篇要晋惠帝退位的文章，再找人灌醉太子，然后让太子抄写下来。太子司马遹醉得一塌糊涂，抄了一半就抄不下去了。贾南风于是亲自上阵，模仿太子的笔迹，将后半篇文章抄录上去，随即呈送给晋惠帝。

头脑简单、四肢发达的晋惠帝，哪里知道其中的玄机！当下龙颜大怒，就要处死太子。有些耿直的大臣，感觉到了一丝不对，遂坚决劝阻。贾皇后看硬上弓不行，遂变通，请惠帝先下诏废除司马遹太子身份，将其囚禁在洛阳郊外的金墉城，随之再派人把司马遹杀害。

贾南风一手遮天、乱杀无辜的行径引起众怒。朝中大将人人自危，惶惶不安。晋朝的司马氏宗室诸王看到此情此景，深感西晋的大好江山有可能葬送在这个白痴皇帝和专横跋扈的女人手里，于是，在永康元年即300年4月，梁王司马彤、赵王司马伦等率兵入宫，发动政变，将贾南风废为庶人，并一举荡平了贾南风的党羽势力。之后，赵王司马伦将贾南风杀掉，矫诏自封相国。

次年，赵王司马伦干脆废掉晋惠帝，自立为帝。

司马伦自立为帝，引起朝中更大混乱。晋朝几乎所有宗室都卷入了争夺皇位的残杀中，你来我往，互相攻伐，整个国家都处在血雨腥风之中。战争时长竟达16年之久。因参战各方，以其中的八个亲王为代表，故史称"八王之乱"。

"八王之乱"造成的直接后果是西晋灭亡。

塞外众多游牧民族趁西晋"八王之乱"、国力衰弱之际，纷纷进兵中原，建立多个胡人政权。这就是历史上著名的"五胡乱华"。"五胡"主要指匈奴、鲜卑、羯、羌、氐五个胡人大部落，但事实上"五胡"仅是西晋末年乱华胡人的五个代表，数目远非五个。

"五胡乱华"之后是东晋十六国、南北朝……中国从此陷入了300多年的分裂割据局面。

四、娄昭君

遍观中国历史,能够把一个落魄的普通役卒改造成一个吞天纳地的新王朝奠基人,还先后生养四个皇帝,以皇太后的身份实际控制朝政数十年,大概只有南北朝时期北齐的武明皇后娄昭君(501~562)一个人可以做到了。

娄昭君是代郡平城(今山西大同)人,出身显赫,祖父是北魏真定侯娄提,父亲是追赠为司徒的娄内干。

娄昭君少时貌美聪慧,很有主见,很多豪族大家都想聘娶她,但她一个都看不上。《北齐书·卷九·列传第一》记载,娄昭君有一次带着侍女外出经过城墙时,无意间看到正在修城墙的兵役当中,有一个人虽然衣衫褴褛,但相貌清奇,"目有精光,长头高颧,齿白如玉",不觉惊呼:"此真吾夫也!"于是打发婢女向此人通告心意,又几次送去自己的私房钱,让他前来下聘礼。娄昭君父母起初死活不同意女儿嫁这么一个贫穷低贱之人,但拗不过女儿,只好顺遂她的心愿。

娄昭君所嫁之人正是日后成为叱咤风云的北齐奠基人高欢。高欢是个破落豪门子弟,虽然胸怀凌云之志,但彼时只能混迹于兵役之中权且打发日子,连个小小的百夫长都当不上,遑论其他!直到娄昭君委身下嫁,带去诸多丰厚的嫁妆,高欢这才一朝翻身,在夫人娄昭君的大力支持下,倾尽家产结交四方豪杰。

高欢自此平步青云,先是参加杜洛周起义军,归顺葛荣,成为亲信都督。后降尔朱荣,并收编六镇余部,出任晋州刺史。532年再起兵消灭尔朱氏残余势力,以大丞相之职实际控制北魏朝政。534年10月,高欢逼走孝武帝,立元善见为帝,是为孝静帝,迁都邺城(今河北省邯郸市临漳县境内的漳河岸畔),史称东魏。高欢自居晋阳(今太原西南),遥控东魏朝政。

娄昭君懂事理,识大体,里里外外给了高欢诸多的帮助和方向上的导引,让高欢钦佩不已。有次高欢在娄昭君临盆前不得已率部西征,恰好娄昭君深夜产下龙凤胎，左右认为母子三人都面临死亡危险，要去追回高欢。娄昭君不同意，喘着气说："王出统大兵，何得以我故轻离军幕？死生命也，来复何为！"（《北史·列传·卷二》）高欢后来听说此事，感慨良久。

东魏天平四年即537年，高欢在和西魏丞相宇文泰的沙苑之战中不幸败北，侯景给高欢出主意说，兵不在多而在精，发精锐骑兵两万，一定能够战而胜之。高欢认为有理，就和娄昭君商议出兵。娄昭君认为那是一着险棋，若按侯景之言进军，根据侯景平常的为人，此人恐怕会一走了之。高欢因此停止行动。事后证明，娄昭君的判断是正确的。547年，高欢刚去世，侯景就公开声称："高王在，吾不敢有异；王没，吾不能与鲜卑小儿（指高欢子高澄）共事。"（《北齐书·本纪第二神武帝》）随后叛降西魏，后又投梁，反梁，逼死梁武帝，废梁建汉，自立为帝。

高欢执掌东魏大权后，虽然荣极一时，但其处境其实很困难。彼时，东魏西与西魏对峙，争战不已；南与梁朝虎视眈眈，麻烦不断。北方的柔然已称雄漠南，军事实力强大，东、西魏均无力与之抗衡。高欢不想东魏再结仇敌，便欲同柔然和亲，以熄干戈之争。高欢遣使柔然，提出将东魏宗室女兰陵长公主嫁与柔然统领阿那环，同时亦为儿子求婚阿那环之女蠕蠕公主。但阿那环提出得让高欢自己娶蠕蠕公主，而且必须为正室。

娄昭君在高欢心目中的地位和作用无可替代，但为了国家安全，高欢又无可奈何，一时沉吟不决。娄昭君得知此事后，主动劝说高欢："国家大事，愿不疑也。"（《北齐书·卷九·列传第一》）及至蠕蠕公主嫁过来，娄昭君以正室让之，自己委曲求全，从容处置。高欢自觉心中有愧而向她谢罪，娄昭君说："彼将有觉，愿绝勿顾。"（同上）意思是说，这样做她将会发觉的，请您不要再顾念我。

正是由于娄昭君的深明大义，不惜自降身份，方使得这桩和亲婚事能够顺利进行并保持下来，从而保障了东魏与柔然此后十余年的和平相处，为东魏韬光养晦、积蓄力量、提升国力赢得了宝贵的时间。

高欢成为东魏重臣后，娄昭君仍然遵从俭约、低调的处世原则，随从不过十余人。她性情宽厚，姬妾和侍从们，都得到她的恩惠。对诸姬妾孩子，也当做亲生的一样对待。《北齐书·卷九·列传第一》说：

> 慈爱诸子，不异己出，躬自纺绩，人赐一袍一袴。

武定五年即547年，高欢病死，长子高澄继任其位。高澄继位不久被刺杀，弟弟高洋执政。高洋上台伊始，即欲逼魏禅让。娄昭君急忙劝阻说："你父兄如龙似虎，面对唾手可得的天子之位都不敢往前一步，终身面北称臣，你是何人，还想仿效舜禹行禅让之事！"娄昭君明察秋毫，明白儿子当时称帝将会处于极为被动的处境，因为当时西有西魏，北有突厥、柔然，南有梁朝，若贸然称帝，就会成为三方夹击的目标，极为危险。高洋认为母亲所言有理，也就不再声张此事了。一直到三年以后，即550年，各方局势稍有缓和时，高洋才受禅登基，建立北齐政权，改年号为天保，史称文宣帝，尊崇母亲娄昭君为皇太后。

高洋即位后，一改常态，整日沉醉于酒色之中，致使皇太后娄昭君十分生气。一次竟举起手杖直敲高洋。高洋自恃有皇帝之尊，口出不逊，气得娄昭君当场昏厥过去。高洋酒醒后，知道酿成大错，遂痛鞭自己，下决心戒酒。

天保十年即559年，文宣帝高洋驾崩，皇太子高殷继位，尊奉祖母娄昭君为太皇太后。尚书令杨愔等人接受文宣帝高洋遗诏辅政，独揽大权，决意削减皇族诸王权势，引起以娄昭君为首的皇族非议。娄昭君令六子常山王高演率众发动政变，处死杨愔等人，并废黜高殷帝位，降封为济南王，迁居别宫，改立高演为帝，是为孝昭帝。娄昭君再度成为皇太后。

然而，天有不测风云，两年以后，即561年，孝昭帝高演因坠马事故重伤而意外离世，老年娄昭君在再一次经受丧子之痛后，下诏立第九子高湛为帝，是为武成帝，娄昭君仍为皇太后。

就在一年后的5月，风云一世的传奇女子娄昭君撒手人间，终年61岁。

武成帝给娄昭君上谥号神武明皇后。

娄昭君死后 17 年，北周攻打北齐。娄昭君和丈夫高欢一手筑起的北齐帝国大厦，顷刻间灰飞烟灭。

五、独孤皇后

独孤皇后（544～602），又称文献皇后，原名独孤伽罗，山西大同人。

独孤皇后之所以后来能成为隋文帝的皇后，还得从她父亲独孤信说起。534 年，北魏孝武帝与权臣高欢决裂，因势单力孤，不得已率众入关中投奔宇文泰，北魏遂分裂为东魏和西魏两国。追随孝武帝到关中的众大臣中，有一位曾经是战功赫赫的北魏名将，就是独孤信。到西魏后，独孤信以其大度睿智、骁勇善战和忠贞不二备受推崇，成为西魏朝中极具势力的八大朝臣之一。不过，独孤信在历史上大名鼎鼎，并不在于他的战功，也不在于他的政绩，而在于他善于审时度势，看人明察秋毫，把她的三个女儿都培养成了母仪天下的皇后和皇太后。

独孤信将大女儿嫁给了宇文泰的长子宇文毓，宇文毓后来成为北周的第二个皇帝周明帝，大女儿就是明敬皇后；将四女嫁给同为西魏八大朝臣之一的李虎之子李昞，李昞的儿子便是后来唐朝开国皇帝的李渊，独孤信的这个女儿直接越级，被李渊尊为皇太后，史称唐元贞皇后；独孤信将小女儿独孤伽罗嫁给了也位列八大朝臣的杨忠的儿子杨坚，杨坚便是创立隋朝的隋文帝，独孤伽罗遂成为隋朝的开国皇后，史称文献皇后。

独孤信这三个杰出的女儿中，独孤伽罗更出色一些。她高瞻远瞩、顾全大局，又柔顺恭孝、言行得体，备得隋文帝尊爱。独孤伽罗喜欢读书，识古达今，知识渊博。在生活上，质朴低调，不事奢华；在国事上，为杨坚出谋划策，运筹帷幄。等杨坚在战事、政事的处置上稍有不妥时，又能千方百计忠心苦劝。正是在她这个千古难觅的"贤内助"帮助下，杨坚最终推翻北周，建立隋朝，统一全国，结束了中原大地 300 多年割据的混乱局面。

有两件事情特别能说明独孤伽罗对杨坚在辅政中所起到的作用。一件事是独孤伽罗的勤俭节约。开皇初年，突厥和隋朝有了商业上的互动。突厥出售给隋朝的一筐明珠，索价800万钱。有人要给独孤皇后买下来，皇后说："非我所须也。当今戎狄屡寇，将士疲劳，未若以800分赏有功者。"（《隋书·文献皇后》）让满朝文武佩服不已。

另一件事是极力阻止娘家人即外戚参政。独孤皇后对历史书籍涉猎颇多，深知外戚参政会给国家带来的祸害，因此在她作为皇后的文帝一朝，她的娘家人没有一个身居高位要职的。独孤皇后对娘家人和其他大臣一样对待，赏罚分明，绝不偏袒。《北史·隋文帝文献皇后传》记载，独孤皇后有一个叫崔长仁的表兄，犯罪当死。按照当时的律法和习俗，以皇后之亲可以予以赦免，但独孤皇后大义凛然："国家之事，焉可顾私！"坚决要求把崔长仁斩首。独孤伽罗这种母仪天下的风范，不但赢得满朝文武的赞许，也博得隋文帝的尊重。

独孤伽罗个性和原则性极强。也许是她的出身使她较少受到汉儒文化影响的缘故，她不屈从于儒家"三从四德"的说教，而敢于坚持女人应有的地位，敢于向丈夫——高高在上的皇帝说"不"。有史家称她是中国最早提倡一夫一妻制的人，并且极其认真地身体力行，这其中不乏溢美，但也确实说出了她的个性和追求。

《隋书·列传第一》云：

高祖与后相得，誓无异生之子。

这句话的意思是说，隋文帝杨坚和皇后互敬互爱，文帝发誓再不和其他女人生孩子。据史书记载，杨坚在和独孤伽罗相守的一生中，除了一次偶然"失足"外，真还没有"出轨"的记录。杨坚的5个儿子皆为独孤皇后所出。在几千年的中国历史上，作为至高无上的天子皇帝，在这一点上，杨坚虽不能说是唯一，但也可以说是极为罕见的区区几个洁身自好的皇帝之一了。能做到这一点，除了夫妻两人的感情笃厚和隋文帝本人的严格自律外，独孤伽罗的威严和说一不二的性格也是其中重要的因素之一。

《隋书·文献皇后》记载，仁寿年间，杨坚到仁寿宫度假，偶尔不经意间看到一个气度不凡的绝色宫女，引得他心旌摇荡，不能自已。遂派人打听，原来这个宫女是北周旧将尉迟迥的孙女。尉迟迥在杨坚打算称帝时，曾起兵进攻杨坚，被杨坚击败。这个孙女就是当年的战利品。一直不近女色的杨坚见其倾国倾城的如花美貌，一时把持不住自己，当晚即招之临幸。二人柔情蜜意，大有相见恨晚之意。但这个情况当夜就传至皇后的耳中，第二天当杨坚上朝时，独孤伽罗竟派人把这个宫女给活活打死。杨坚听到这个消息，如五雷轰顶，遂纵马出城，边哭边跑，一直跑进深山中，"单骑从苑中出，不由径路，入山谷间二十馀里"。大臣高颎和杨素赶紧带人追寻过去，苦求他勿因儿女情长，耽误国事。杨坚泪流满面，可怜兮兮地说："吾贵为天子，而不得自由！"

独孤皇后不仅要求贵为皇帝的丈夫"从一而终"，对周边的人也以同样的标准来衡量。几部有关她的史书都说，凡是诸王及朝臣中娶了妾，并且使妾怀孕者，她一定会让皇帝予以严厉斥责，有的还要给予降职等处罚。譬如那位苦劝杨坚回宫的高颎，就因为"虐妻"，以至于夫人早死。很不幸的是，他的小妾彼时还为他生了个孩子。这让独孤皇后很生气，最后硬是让皇帝罢了他的官职。

据记载，太子杨勇被废，不能善待夫人也是其中重要原因之一。杨勇的东宫养有很多内宠。后来太子妃元氏暴亡，太子却使爱妾云氏暗结珠胎。独孤皇后便以太子纵容云氏害死元氏为理由，力主废掉了太子。次子晋王杨广知道父皇母后喜欢节俭，便投其所好，既质朴勤俭又专宠妻子萧氏一人，因此博得母后的欢心和鼎力支持，最后成功晋身太子之位。

仁寿二年即公元602年8月，独孤皇后病亡，终年59岁。已过耳顺之年的隋文帝杨坚没了约束，开始宠幸后妃，终因纵欲过度，不到两年工夫，便卧床不起。《隋书·文献皇后传》记载：

> 宣华夫人陈氏、容华夫人蔡氏俱有宠，上颇惑之，由是发疾。及危笃，谓侍者曰：使皇后在，吾不及此云。

意思是说，宣华夫人陈氏、容华夫人蔡氏以其风流文雅获得隋文帝的宠溺，由此引发疾病。至其生命垂危之时，才后悔地对伺候他的人说："皇后要是在的话，我也不至是现在这个样子啊！"

不管后人如何评价，以"御夫、御子、御国"著称的独孤皇后病逝后，她曾为之付出诸多心血的家国江山，仅17年后便轰然倒塌，分崩离析。

仁寿四年即604年8月，杨坚离奇死亡（传说是晋王杨广为争帝位而痛下杀手，但无确证），杨广成为隋炀帝。

杨广继位之后，穷兵黩武，民不聊生，全国各地起义风起云涌，此起彼伏。

公元619年，隋亡。

六、武则天

武则天（624～705）创造了中国历史上几个"最"，首先，她是中国历史上唯一一个被正统承认的女皇帝，之所以说是被正统承认，是因为唐高宗时代曾出现另一个民间起义的女皇帝陈硕真；其次，67岁即位，是继位年龄最大的皇帝，登基称帝时，还"诏行所造新字，以曌为名"，意指日月凌空，普照大地；再次，武则天终年82岁，可谓是中国历史上寿命最长的皇帝之一。

武则天在655～683年唐高宗时为皇后，683～690年唐中宗和唐睿宗时为皇太后，690年自立为武周皇帝，改国号"唐"为"周"，定都洛阳，并号其为"神都"，史称"武周"或"南周"。武氏认为自己好像日、月一样崇高，凌挂于天空之上，因此称帝后上尊号"圣神皇帝"，退位后中宗上尊号"则天大圣皇帝"，生前还让人在自己墓前立了一通无字碑，意谓她的功过是非任由后人去书写评价。

武则天本名珝，生于利州（今四川省广元市）。因其父荆州都督武士彟故里为并州文水，就是今山西省文水县城北部南徐村，按照古代从父的说法，武则天自然是文水人。《新唐书》《旧唐书》《资治通鉴》等都称武则天是"并州文水人"。《旧唐书》里说，武则天提拔崔神庆当并州长史，在他赴任前曾对他说："并州，朕之枌榆。"枌榆即是故乡的意思。

武则天有很浓的桑梓情。由于其众多亲戚及祖庙先坟均在并州，所以她对并州表现出了一种特别的关怀之情。在她升为皇后的第五年，曾和唐高宗一同到并州，宴请"亲族邻里故旧于并州朝堂"。她称帝后，多次接见并州的父老乡亲，甚至将并州升格为北都，并且仿效汉高祖刘邦惠及故乡的先例，为并州当地百姓世代免除赋税。另外，武则天还特意下诏，将并州管辖区内的80岁以上老人，全部授予"郡君"。所谓"郡君"，在当时是一个相当于进士的荣誉称号。山西民间有句俗语"八十的老儿赛进士"，便由此而来。

文水县南徐村至今还保留着有一座始建于唐天宝年间、占地达26000平方米面积的武则天庙。

武则天出生于一个注重文化传承的官宦之家，为她以后飞黄腾达、一展雄姿奠定了牢固的基础。她自幼聪明伶俐，能言善辩，且胆识过人。其父武士彟自她很小时，就教她读书识字，使她博闻强记。史载，武则天十三四岁时，已经博览群书，通达博闻，其诗词歌赋也奠定了一定基础，并且写得一手卓荦不群的好书法。《全唐诗》录其诗有58首，由此可见其文学功底之深厚。

桀骜不驯、视功名如粪土的诗仙李白，把武则天奉为唐朝"七圣"之一。

武则天是非功过众说纷纭，但她于实际控制朝政和在位期间所取得的成绩却是有目共睹的。

首先，武则天打击了保守的传统权贵势力，为她的顺利施政铺平了道路，也给整个唐朝带来了勃勃生机。武则天成为皇后之后，把她的主要政敌，譬如长孙无忌、褚遂良等门阀贵族一个个的都毫不留情地清除到朝政之外，甚至贬逐到边远地区。当时，这些关陇贵族和他们的依附者已经成为一种既得利益的保守力量，压制了新生事物的出现，使整个国家上下都陷在一种死气沉沉的局面中。清除这些异己势力，虽然不能说是武则天完全出于公心，但实际效果却是终结了这些门阀世族从北周以来长达一个多世纪的统治，为当时的社会进步和经济发展创造了一个良好的环境。

其次，武则天采取了一系列措施，促进了经济的繁荣和发展。"劝农桑"的政策，早在贞观年间就提出过了，但是由于诸多原因，没能完全贯彻下去。武则天独揽大权以后，命臣下编撰了以"劝农桑，薄赋役"政策为核心的《兆人本业记》，颁发到州、县，令县官作为劝农的参考。武则天还采取措施整治地方吏治，加强对官吏的监察，以促其注意发展当地经济。对于农民，武则天也采取比较宽容的政策，激发了农民种田打粮的积极性。武则天这一系列措施，促进了整个社会的繁荣和稳定，农业、手工业和商业都有了长足的发展。人口也由唐高宗初年的380万户（古代基本上是以一个家族为一户，有些大的家族有数十人之多）增加到615万户，平均每年增长9.1%。这在古代是一个是一个很了不起的数据，充分反映了武则天时期社会经济繁荣发展的客观情况

再次，成功的外交政策保证了边疆和国内稳定的和平形势。武则天执政前后，唐朝的边疆一度处于紧张状态。西边，西突厥攻占了安西四镇，吐蕃也在青海一带对唐进行骚扰袭击；北边，原先臣服的东突厥和东北一带的契丹开始进击中原，一度打到河北中部。武则天一方面下令坚决反击，收回安西四镇，打退了突厥、契丹的进攻，同时在边疆地区设立军镇，常驻军队，屯田建设，时刻准备着打击来犯之敌；另一方面，她采取温和的民族怀柔政策，与各方少数民族和平相处，从而稳定了边疆形势，为国内社会经济的繁荣发展创造了各种有利的条件。

第四，武则天继续了沿用了科举制度和宽容、多元的文化政策，有力地推动了文化的大发展。她重视科举，实行科考制度，使得一大批有才能的下层人士得以进入国家执政、乃至决策系统，等于打破了壁垒森严的等级制度，为整个社会的上下交流、平衡发展，提供了一个良好的保障机制。

这样的制度极大地刺激了一般人的读书学习的热情。后来开元、天宝年间"父教其子，兄教其弟"，"五尺童子耻不言文墨"的社会风气，就是从武则天时期开始的。读书入仕的热情带来文化的全面普及，一大批著名的诗人、文学家应运而生，如崔融、李乔等都是这个时期涌现出来的。

武则天虽然实行的是大一统政策，但她继承了贞观之治以来宽容的文化政策，采取儒、释、道三教并存的策略，给当时唐朝的文化交流创造了一个无比宽松的环境。大规模地兼容域外文化，采撷其英华精粹，大大丰富和提升了汉民族文化的生命力。尤其是海上和陆上丝绸之路的开通，让大唐和西亚、中亚，乃至欧洲，都有了互动往来，有力地促进了大唐文化经济的繁荣和发展。

武则天当政时期，史称"贞观遗风"，对后世文化发展产生了持久而广泛的影响力。

七、杨玉环

杨玉环（719～756），祖籍弘农即今河南阌乡，后徙居蒲州，也就是今天永济市的独头村。其父杨玄琰在蜀州（今四川荣庆县）司户任上时，生下她。杨玉环幼年成长于永济，因父亲早逝，后被在河南做府士曹的叔父杨玄珪收养，又转居于河南。

杨玉环本人很单纯，没有什么权力欲，对政治也不感兴趣。她入宫后，没有陷入权力斗争的漩涡，而是把主要的精力都用在歌舞玩乐和极尽奢华的享乐，以及为唐玄宗而与梅妃等人争风吃醋之上。

在中国古代四大美女中，杨玉环以"羞花"之貌著称。这个典故来自于白居易的《长恨歌》。据说，杨玉环被选进宫后，思念家乡。一天，她去花园散心，看见盛开的牡丹、月季……想着自己被关在宫内，行动不得自由，便对着盛开的花说："花呀，花呀！你年年岁岁还有盛开之时，我什么时候才有出头之日？"说着就哭了起来。她爱怜地抚摸了一下其中一朵花，那花瓣立即收缩，卷起绿叶低下了头。这一幕，恰巧被一宫娥看见。宫娥就到处说，杨玉环和花比美，花儿都含羞低下了头。此事一传十，十传百,就传到了唐玄宗李隆基的耳朵里。玄宗喜出望外,当即传旨杨玉环见驾。杨玉环轻施粉黛后晋见,让玄宗惊为天人。从此集万千宠爱于一身,很快就升为贵妃,入住兴庆宫,其仪体居然与皇后相同。

关于杨贵妃的美貌,古往今来,不知有多少文人写了多少赞美的诗篇!其中最具代表性的当数诗仙李白奉诏而作的《清平调》:

> 云想衣裳花想容,春风拂槛露华浓。
> 若非群玉山头见,会向瑶台月下逢。

唐朝的另一位大诗人白居易在《长恨歌》中对杨玉环的赞美更让遐想无限:

> 回眸一笑百媚生,六宫粉黛无颜色。

如此一个风情万种、楚楚动人的尤物,遇上一个风流倜傥、纵情声色的皇帝,那还不碰得天崩地裂、日月失色?何况,杨玉环不但资质丰艳、貌美如花,而且擅长歌舞、晓通音律,再加上她童心未眠、聪明灵活,每每让玄宗欲罢不能,真是含在嘴里怕化了,捧在手里怕摔了。两人朝朝歌舞,夜夜得欢,"从此君王不早朝"。

随着杨玉环晋身贵妃,玄宗爱屋及乌,将杨府一家都封官晋爵。杨贵妃的堂兄杨国忠出身弘农杨氏河中房,早年落魄,在杨玉环得宠后飞黄腾达,短短几年之内就升至任宰相,封卫国公,身兼40余职。杨家出入禁门不问,京师长吏为之侧目,一时风光无限。白居易在《长恨歌》中如此写道:

> 姊妹弟兄皆列士,可怜光彩生门户。
> 遂令天下父母心,不重生男重生女。

民间则传唱：

> 生男勿喜女勿悲，君今看女作门楣。

杨国忠得势后，玩弄权术，陷害忠良，搞得朝中怨声载道，民不聊生。国家经济凋敝，国库入不敷出。但朝廷的花费却因为玄宗和杨贵妃的奢侈而日益增多。诗人杜牧曾赋《过清华宫》一首，辛辣地讽刺了这一现实情况：

> 长安回望绣成堆，山顶千门次第开。
> 一骑红尘妃子笑，无人知是荔枝来。

华清宫曾是唐玄宗与杨贵妃的游乐之所，《新唐书·杨贵妃传》载：

> 妃嗜荔枝，必欲生致之，乃置骑传送，走数千里，味未变，已至京师。

仅仅为了杨贵妃可以吃到新鲜的荔枝，唐玄宗便大张旗鼓，不惜物力财力，劳役众人千里传送，以至于许多差官、驿马都累死、倒毙于四川至长安的路上。

政治腐败、经济衰退、人心动荡，终于导致了长达12年、波及全国的"安史之乱"。"安史之乱"发生以后，唐玄宗携着杨贵妃和文武大臣仓惶西逃，安禄山率兵紧紧追赶。逃至今陕西兴平马嵬驿时，太子李亨联合将军陈玄礼和宦官李辅国以军士不满为名，杀了杨国忠，逼迫唐玄宗让38岁的杨贵妃自缢。大臣们质问明皇："国破家亡，社稷难存，你是要江山还是要贵妃？贵妃不死，我们各奔西东！"

玄宗万般无奈，只得含泪赐贵妃一死，使其自缢于梨园的梨花树下。一代芳华，至此香消玉殒，徒留世人悲叹。

"安史之乱"是唐朝社会所遭受到的一次空前浩劫,《旧唐书》记载:

> 宫室焚烧,十不存一,百曹荒废,曾无尺椽。中间畿内,不满千户,井邑榛荆,豺狼所号。既乏军储,又鲜人力。东至郑、汴,达于徐方,北自覃、怀经于相土,为人烟断绝,千里萧条。

杜甫有诗云:

> 寂寞天宝后,园庐但蒿藜,
> 我里百余家,世乱各东西。

两年后,唐军虽然收复长安、洛阳两京,国家得以重新安定。但自此元气大伤,再也没能恢复过来。

永济市独头村现在还保存着杨玉环两处遗迹,一是杨玉环故居,位于独头村东100米处,是一座独宅三进院落,面积近百亩。另一处被称作贵妃池,位于杨玉环故居之东望河亭下。传说,杨玉环虽然天生丽质,但患有秃发病,头发又稀又黄。有高人指点杨玉环说,此处的咸水池可治秃发病,她便长年累月在这里洗头,后来果然长出了一头如云鬓发。

八、萧太后萧绰

萧绰(953~1009),即《杨家将》故事里面大名鼎鼎的辽国萧太后,应州(今山西应县,一说为北京)人,小字燕燕,乃辽国宰相萧思温之女,仪容出众,聪慧灵敏。萧绰的父亲萧思温曾因拥立辽景宗有功,被封为北院枢密使、北府宰相、尚书令、魏王,在辽国一众大臣中具有举足轻重的作用。

《辽史·卷六十三列传第一》记载:萧思温曾经仔细观察他的几个女儿扫地情景,结果发现只有萧绰打扫得最为彻底最干净,于是高兴地说:"小女将来一定能干成大事!"

也许正是由于这个特殊的背景，辽景宗即位后，16岁的萧绰就被选为贵妃，仅两个月后，又晋身为皇后。然而好景不长，萧思温在第二年被政敌刺杀。但突然飞来的横祸并没有让萧绰倒下，反而进一步锻炼提升了她强大的心脏功能。

景宗自幼身体羸弱，经常卧床不起，萧绰就逐渐开始帮他处理一些朝中大事。萧绰的圆润、沉着和统御大局的能力让景宗十分钦佩，于是就将朝政全盘托付于萧绰去处理。保宁八年即公元976年2月，辽景宗传谕史馆学士——此后凡记录皇后之言，"亦称'朕'暨'予'"，并"着为定式"，实际上是将萧绰皇后的地位升到与自己皇帝地位等同的程度。

萧绰在景宗的支持下，独揽了辽国的一切日常政务，不过，如果有重要的军国大事，她则会召集蕃汉大臣共商，最后再综合各方意见做出决定。萧绰的执政统御能力在这种历练中得到明显的提升，也让朝中一众文武大臣佩服得五体投地。

在萧绰的治理下，辽国日渐强盛，经济和军事都达到了一个空前的高度。

乾亨四年即982年9月，景宗病逝于大同城西的焦山行宫，年仅12岁的长子圣宗即位，萧绰被尊为皇太后，临朝称制。

萧绰对景宗病逝、幼子即位早就未雨绸缪，胸有成竹。她抓住了事物的主要矛盾——将三个最有权力的大臣笼络在自己的周围，让他们心甘情愿地俯首听命于她。

她笼络的第一个大臣就是南院枢密使韩德让。萧绰加封韩德让开府仪同三司，兼政事令，实际上等于给了韩德让一个监国摄政地位。

《皇朝事实类卷》记载，萧绰与韩德让自幼有婚约，在辽景宗逝去不久，萧绰曾私下对韩德让说："吾尝许嫁子，愿谐旧好，则幼主当国，亦汝子也。"统和六年即983年9月的一天，萧绰没有在皇宫，而是移驾至韩德让的帐室中大宴群臣，并且对众人厚加赏赉，还"命众臣分朋双陆以尽欢"。后人认为这场宴会是萧太后与韩德让自己举办的婚宴，所以才有了韩德让娶了萧太后的传言出现。不管这个传言是真是假，作为大辽最高主宰的太后能够在臣下的帐室中大宴群臣，本身就说明了萧绰与韩德让的关系非同一般。

萧绰笼络的第二个大臣是北院大王耶律休哥。萧绰将耶律休哥安排在南京（今北京）留守，总管南面军事，加强边防。

第三个大臣是她自己的侄女婿耶律斜轸。萧绰将耶律斜轸加封为北院枢密使，管理内政事务，尤其是严管贵族。

举一纲而万目张。有了这三个重臣的鼎力相助，太后萧绰开始大刀阔斧地实施她的变革计划——她听从韩德让的建议，给宗室亲王颁布命令："诸王归第，不得私相燕会"（脱脱等《辽史·卷六十三列传第一》），剥夺了他们的兵权，再分隔开后各个击破，消弭了内部兵变的一大隐忧。

萧绰虽是女流，但心胸宽广，纳谏如流，听到好的建议必定采纳。同时赏罚分明。她给许多有功的大臣加官进爵，还纠偏平反了很多冤假错案。譬如，她曾下令，凡是结案发落而有冤枉者，可以到御史台上诉，还曾多次亲自审讯滞狱。萧绰的心胸宽广还表现在，她能够注重民族关系的融合，尽力做到民族平等对待。譬如，她重用的首席大臣韩德让就是汉人，她还把把以前契丹人和汉人发生纠纷时重责汉人，改为契丹人和汉人同罪同罚，以调整两族关系。

统和四年，即 986 年，宋太宗认为辽圣宗年幼女人摄政，正是战而胜之的好机会，便大举北伐，意图收复石敬瑭献给契丹的燕云十六州。萧绰沉着应对，调度有方，最后大败宋军。宋太宗不得已下令全线撤退。就是在这次撤退途中，声名赫赫的杨家将掌门杨业被辽军在今怀仁县金沙滩俘获，杨业坚决不降，绝食而亡。

统和二十二年即 1004 年秋季，辽国大举伐宋。除了在瀛州（今河北省河间市）遭到宋军顽强抵抗外，辽军势如破竹，仅两个月就攻到了宋都开封门户澶渊。宋真宗御驾亲征，到达澶渊前线，鼓舞了宋军士气。辽大将先锋官萧达凛在前线察看地形督战时，被宋军射中头部，当晚死去。辽军士气受挫，又是孤军深入，畏战情绪一时弥漫了整个军营。然而宋真宗求和心切，没有乘机发起攻击。萧绰充分利用了宋真宗这种心态，与宋朝展开谈判，达成澶渊之盟。

统和二十四年即1006年，辽圣宗率群臣给萧绰上尊号"睿德神略应运启化法道洪仁圣武开统承天皇太后"。三年后，萧绰归政于圣宗。同年12月，萧绰病逝于行宫，享年57岁。

萧太后萧绰自从入宫立为皇后，辅佐景宗13年，辅佐圣宗摄国政27年，共计在辽国政治舞台上统治了40年。

有史家评论说，萧绰就是辽国的武则天。她的执政能力、执政时间和所取得政绩均不在武则天之下。辽国在她实际统治的40年间，达到了鼎盛时期，形成了疆域辽阔、经济繁荣的盛世局面。但萧绰显然比武则天更为睿智和通达，她没有像武则天那样逆潮流而动，为了个虚名去登皇帝的宝座，而是顺利地还政于辽圣宗，避免了因争夺皇位而可能出现的流血场面，是为辽国之大幸、天下之大幸！

九、萧挞里

提萧挞里（？~1076）这个名字，可能知道的人不多，但是说到应县木塔，很多人应该都不会陌生。萧挞里正是应县木塔的倡建者。当辽金时代，中国大地上无数个辉煌一时的帝王将相、才子佳人，都被历史的尘埃把他们的足迹荡涤得一干二净的时候，萧挞里却凭着她亲手"绘制"的举世闻名的应县木塔，拉近了后人和她之间的距离。

萧挞里是应州（今应县）人，辽兴宗耶律宗真的皇后，道宗耶律洪基的母亲。从各种典籍画册可以得知，萧挞里仪态端正，容貌美丽，气度非凡，宽厚仁慈，在日常生活中慈祥谦恭，几乎赢得宫廷内外所有人的称赞和尊重。更为奇葩的是，萧挞里不仅能歌善舞，色艺双全，而且武功高强，智勇双绝，常猎杀猛兽和带兵驰骋疆场。

萧挞里家族可谓辽国盛极一时的权贵家族，"一门多后妃之贵，四方秉王侯之权"。她的姑母萧耨斤为圣宗后，她是兴宗后，表妹萧观音是道宗后，亦即她的儿媳——作为以契丹族为主体建立的辽国，没有汉儒那么严格的人伦观念。她的父亲萧孝穆被封楚国王，她的兄弟萧知足、萧无曲分别被封陈王和齐王。

应县木塔本名释迦塔，是作为皇后的萧挞里请求自己的丈夫辽兴宗给娘家人建立的一座家庙。木塔一层的照壁板上现在还保留着六幅供养人画像，正是萧氏家族的代表人物。南面三女像分别为圣宗皇后萧耨斤、兴宗仁懿皇后萧挞里、道宗宣懿皇后萧观音，北面三男像分别为为晋国王萧孝穆及其长子陈王萧知足、次子齐王萧无曲。

岁月匆匆流过1000多年，但我们仍可从肖挞里的画像中，读出她当年端庄秀丽的绰约风姿：

>　　首饰花冠，金步摇。薄鬓、素妆，绛袍、大袖，交领、素纱中单，穿裳着履，披制彩缕，组绶缨络，白帕包手，捧圆盘，盛须弥山鲜花。袍袖上见羽翼状物。（《辽金史论集·契丹仁懿皇后与应州宝塔寺释迦塔》）

萧挞里是在景福元年即1031年12月，辽兴宗即位后入宫为妃的。第二年8月，生长子耶律洪基，也就是后来的道宗皇帝。

年轻气盛的兴宗即位后放荡不羁，整天游玩狩猎不理朝政，引起母后萧耨斤的不满。

这种不满，其实另有缘由。

辽圣宗开泰五年即1016年，时为宫女的萧耨斤生下儿子耶律宗真，但被婚后无子的皇后萧菩萨哥占为己有，当做儿子来抚养，还不准与萧耨斤见面。这让已晋身元妃的萧耨斤耿耿于怀。

辽圣宗太平十年即1030年农历6月，辽圣宗耶律隆绪病危，遗诏耶律宗真继位，皇后萧菩萨哥为皇太后，耶律宗真生母萧耨斤为太妃。临死前，圣宗特意嘱咐耶律宗真说："因为皇后萧菩萨哥没有儿子，才命你为后嗣，继承皇位。我死后，你们母子千万不要杀害萧菩萨哥。"

然而圣宗耶律隆绪尸骨未寒，萧耨斤就设计将萧菩萨哥逐出宫廷，弄到上京（今内蒙古自治区赤峰市巴林左旗林东镇南）软禁起来，并在两年后派人刺杀萧菩萨哥。萧菩萨哥对刺客说："天下人都知道，我是无辜的。容我洗浴更衣之后再杀我。"刺客心生怜悯，让萧菩萨哥进入内室洗漱。结果，萧菩萨哥在内室上吊自尽，享年49岁。

这件事让兴宗颇感内疚，觉得对不起养育了自己的萧菩萨哥，因而对生母萧耨斤产生了诸多的怨恨情绪。

萧耨斤深知儿子的脾性，便密谋废黜兴宗，另立少子耶律重元，但由于耶律重元向兴宗密告而致使母亲阴谋破产。兴宗一怒之下，收缴了母亲的符玺，从母亲手中夺回政权，将她打发到庆陵七括宫（今内蒙古自治区巴林左旗西北）去为先祖守陵。

在兴宗绝地反击、反夺权过程中，萧挞里与父亲萧孝穆心无旁骛，全力支持兴宗，为兴宗的最终取胜立下汗马功劳。萧挞里在后宫的地位因此急速提升，兴宗反夺权事件后不到一年，萧挞里即被立为皇后。

兴宗夺回政权，虽不再游手好闲、放浪形迹，却又沉溺于佛事，不能自拔。朝中无人敢谏。这时，宽容温和又通达识理的萧挞里站了出来，《契丹国志·后妃传》说她：

> 每伺帝有所失，随即匡谏，多有弘益。

辽兴宗后来浪子回头，变得勤恳敬业，作为皇后的萧挞里起了很大的作用。兴宗为此不断加封萧挞里：重熙十一年即1042年，加封皇后为"贞懿宣慈崇圣皇后"，大赦天下；重熙二十三年即1054年，再次加封皇后为"贞懿慈和文惠孝敬广爱崇圣皇后。"

辽兴宗时代，北方是各民族相互倾轧、战火绵延最严重的地区，各民族的普通百姓都希望过上和平安宁的日子，因此，大辽全国上至皇帝后妃、王公贵族，下至商贩小卒、黎民百姓，都开始敬重慈悲为上的佛教，信佛蔚然成风，各地建庙立寺不绝如缕。甚至很多家族都建起了家庙家寺，为祖先亡灵祷告，为后人生活祈福。时逢皇后萧挞里的父亲、辽国栋梁之臣萧孝穆去世，萧挞里遂依当时的社会风尚，请求兴宗建家庙为其父祈祷，兴宗慨然允诺，并着手筹建。这个宏大精美的纯木质工程先后延续了12年，至1056年才告竣工。道宗赐名"释迦塔"。1000多年以来，这座举世闻名的木塔虽历尽无数的风霜雪雨、战火风云，却至今屹立三晋大地，向后人不断诉说着萧挞里和辽国的悲欢故事。

萧挞里被再次加封不到一年，兴宗因病早逝，其长子耶律洪基即位，改元清宁，是为道宗皇帝。萧挞里晋身皇太后。

道宗即位后，太后协和辅政，举贤爱才，得到朝野广泛称赞。

清宁九年即1063年秋天，皇太叔耶律重元与其子耶律涅鲁古等人密谋作乱，意图夺取皇位。此时年事已高的萧挞里，从秘密渠道获知这一情报，立即将此事告诉辽道宗，要他提前做好粉碎叛乱阴谋的准备。道宗怀疑有人诬告，萧挞里凭丰富的政治经验劝他，这是事关社稷传承的大事，应当及早谋划。道宗由此提高了警惕，做了相应的反击准备工作，最后击溃叛党，保住了朝政和国家的安定。

三年之后，太后萧挞里安详地闭上了眼睛，谥号"仁懿太后"。

萧挞里从皇后到皇太后，入主后宫40余年，先后两次帮助丈夫和儿子荡平政变阴谋，使澶渊盟誓后在中国大地上出现的新的南北朝政治格局得以延续。

毫无疑问，上述9个山西女人都对中国历史进程产生了一定影响。除此之外，还有一个特殊的政治女强人也疑是山西人。这就是臭名昭著的慈禧太后。

慈禧太后（1835~1908）是中国晚清政治舞台上的重要人物，实际统治清朝近半个世纪，但她的出生地及童年经历多年来却一直是个谜。原山西长治市史志办副主任刘奇经过长期的调查、考证，得出的结论是，慈禧出生于山西长治市一王姓汉族贫穷农民家庭，出生不久被送给农民宋氏，后被时任潞安知府的惠征收为养女。

"慈禧生于长治"的依据分口碑、文字资料和实物三大类50余项证据，主要有38项（件）。慈禧生于长治最主要的证据是长治县西坡、上秦二村民众及附近各村老人对慈禧生于山西长治众口一词的口述传承。另外，考证发现，西坡村王氏家谱中有关于慈禧身世的记载，还发现了慈禧出生遗址和慈禧生母的坟墓；上秦村发现了慈禧生活过的"娘娘院"，宋家祖传的光绪、宣统年前清廷制作的两个皮夹式清朝帝后宗祀谱，慈禧给宋家的残信和照片，等等。

此外，慈禧生活行为中的许多相关表现也能证明她是长治人，比如，慈禧喜欢吃长治人爱吃的小窝头、团子、玉米糁粥，爱看长治地方戏剧"上党梆子"等。

已故山西大学教授姚奠中认为，刘奇等编辑出版的《慈禧童年》及《慈禧童年续编》"初步解决了慈禧童年这个历史空白问题"；原中国人民大学历史系主任王汝丰教授为刘奇主撰的《慈禧童年考》所作序中写道，"本书言之有据，并非凭空臆断。"

关于慈禧是长治人的多篇学术论文也先后刊登在《山西档案》《山西大学学报》《满族文学》等专业刊物上，并得到了很多学界专家的认可。

除慈禧太后以外，还有一个传说是汉末时期的美女貂蝉，也疑是山西人。中国历史上名闻遐迩的"四大美人"西施、王昭君、貂蝉和杨贵妃分别有沉鱼、落雁、闭月、羞花之貌，貂蝉以闭月闻名。民间传说貂蝉午夜拜月，月里嫦娥看见貂蝉美貌，自愧不如，匆匆隐入云中，是为"闭月"。

貂蝉是汉末三国纷争中一个极其重要的人物。东汉末年，董卓专权，朝政腐败不堪。身为司徒兼尚书令的王允派貂蝉巧施"连环计"，促使吕布杀死董卓，天下从此群雄并起，战乱不已，并最终形成三国鼎立之势，对中国历史的发展造成了很大影响。

相传忻州市东南行三公里处的木芝村即为貂蝉的故乡。当地乡志记载，该村原盛产木耳，旧名木耳村，后因村中槐树下发现一株千年灵芝，遂改名叫木芝村。木耳村外曾立有"貂蝉故里"石碑，村中原有街牌楼、前殿、后殿、王允街、貂蝉戏台和貂蝉墓等古建筑。至今尚有废墟遗存。忻州自古以来还流传有"忻州无好女，定襄无好男"民谚，意谓忻州自从出了貂蝉，定襄出了吕布后，当地风水都被这两人给占尽了。

但历史上有无貂蝉这个人，却是一件疑案。尽管《三国志平话》《三国演义》等一类话本小说，都屡有提及，民间也有纷纷扬扬的传说，但在正统的史书典籍中，均未提及有貂蝉这个人。

历史上诸多的山西女人不独能在政治舞台上刻下自己的印记，还可以在文学、艺术等领域呼风唤雨、兴风作浪，给后人增添几份瑰丽的遐想。譬如，以《团扇歌》《自悼赋》等而青史留名的西汉末年女才人、汉成帝的妃子班婕妤，其籍贯是楼烦，也就是今山西宁武县。班婕妤取得的文学成就很高，南朝文学批评家钟嵘《诗品》就将班婕妤列入上品诗人18位之列。晋代博玄赋诗赞她：

斌斌婕妤，履正修文。进辞同辇，以礼臣君。纳侍显得，说对解份。退身避害，云逸浮云。

再譬如，在书法史上留下不朽名声的东晋书法家卫夫人，其本名铄，字茂漪，自署和南。生于272年，死于349年，河东安邑（今山西夏县）人。著有《四体书势》。晋人钟繇称颂卫夫人的书法：

碎玉壶之冰，烂瑶台之月，婉然若树，穆若清风。

唐代韦续也给予她很高的评价：

卫夫人书，如插花舞女，低昂芙蓉；又如美女登台，仙娥弄影；又若红莲映水，碧治浮霞。

遗憾的是，卫夫人书法作品没能流传下来，不能不说是一件憾事。

总的来说，在中国两三千年以来以男权为统治地位的封建社会中，能有如此众多的山西女人登上历史舞台，叱咤风云，挥斥方遒，进而改变中国历史的固有秩序和格局，既是一种偶然，也是一种必然，在中国恐怕再无第二个省份可与之相媲美，山西人杰地灵，由此可见一斑。

2014.8.14.一稿

2018.5.9.终稿

"华夏之源"纪行

接受袁静导演采访

2017年3月20日，北京，晴。

下午接一陌生电话，对方是一位女性，自称是中央电视台10频道的工作人员，叫袁静。她说，他们正在筹拍一部三集系列文化纪录片《华夏之源》，宋献伟向他们这个摄制组推荐了我，说我在这方面有一定的造诣，她希望能到我家来采访我一下。

宋献伟？这个名字我不大熟悉，但前两天我的老朋友、现供职于山西电视台的申学山先生曾经来电话告我，说中央电视台计划拍一部反映山西作为"华夏"和"中国"源头的纪录片，主创人员去他们台，请他们举荐两个这方面的专家。他知道我一直在从事这方面的研究，并且出版有《中华祖脉》一书，就和曾担任过山西电视台纪录片中心主任的宋献伟一起把我推荐了上去。

对方大致说了一下他们拍这个片子的计划，想咨询我一些相关方面的事情。我请她把该片的策划案发过来，我有了大致的了解后，才能给出建议。我们互相加了微信，她把策划案传了过来：

《华夏之源》策划案

策划缘起

"地下文物看陕西，地上文物看山西"，山西素以古城与石窟为世人所知，可是随着实地考古的不断深入，山西给世人带来了更大的惊喜。山西从史前文明的旧石器时代发端，贯通了上下5000年的华夏文明。其历史文化脉络清晰，框架完整，文明进程从未间断，影响深远，其中旧石器早期遗址全国发现了200余处，山西就有157处（徐华西等《从"山西现象"看文化强省》，见2005年10月11日《光明日报》），中国古人类的第一把石斧、第一堆圣火都出现在山西境内。

人类始祖的活动遗迹，"三皇五帝"的传说逸事，在山西的岩画和陶片中都能窥得真迹。

2001年，山西高平羊头山发现一块唐代石碑，这是目前发现的中国最早记录炎帝信息的石碑——文中有"此山炎帝之所居也"内容。同时记载了炎帝在此尝百草、种五谷始创农耕社会的相关内容。同一年，山西吉县柿子滩岩画的发现引起了学者对当地伏羲女娲的关注。岩画的女性造像意涵了先民的信仰元素，与当地伏羲女娲考古、传说相辅相成。研究认为，这是民众的信仰外在表现式微，逐渐转化为口头传说与生活习俗，内化为民俗心理的表现，侧面证明了伏羲女娲在山西境内的活动遗迹。

这些考古发现让山西成为了"文明摇篮""华夏之根"，成为了古中国的源流之地。当现代的山西因为资源型经济大起大落之际，古中国的文明之光促使人们以新的目光去重新认识、发现这片土地，了解人类的起源进化，了解中华文明的来龙去脉。

但是，"5000年文明看山西"，究竟怎么看？严谨条理的考古科学如何化繁为简成为一个个具体可感的形象细节？血脉相承的根祖文化如何影响着一代又一代的普通百姓？为此，特别策划三集纪录片《华夏之源》，真实记录现实，还原历史细节，以现实关照历史，在每一个动人的故事里，看见5000年山西的厚重磅礴。

主题阐述

展示山西作为"文明摇篮""华夏之根"的厚重磅礴以及它对中华文明产生的巨大的辐射力、渗透力和影响力。

形态设想

1. 纪录片三集，每一集时长55分钟，以现实记录拍摄为主，以现实关照历史，在现实中展示遗迹、遗存。

2. 每集55分钟，由8个小段落故事组成，一个主题，散点透视，尽最大可能保留住每个故事的精华，快节奏叙事，展现文化、历史。

3. 最终反映的是山西这个地方，5000年的山西什么样？要选择典型人物、典型故事，以点带面，展示主题。

分集内容设想

第一集《百谷耕泽》：以山西境内的炎帝遗存、故事传说引申开去，从现有的农耕习俗、传统、活动入手，展示并阐述炎帝时期的农业文明是中华民族农业文明的开端以至于对现在的影响。

农耕文明是人类史上的第一种文明形态。原始农业和原始畜牧业、古人类的定居生活等的发展，使人类从食物的采集者变为食物的生产者，是第一次生产力的飞跃。

农耕文明决定了中华文化的特征。中国的文化是有别于欧洲游牧文化的一种农耕文化类型，农业在其中起着决定作用。聚族而居、精耕细作的农业文明孕育了内敛式自给自足的生活方式、文化传统、农政思想、乡村管理制度等，与今天提倡的和谐、环保、低碳的理念不谋而合。

炎帝神农氏是中华农耕文明的始祖，传说中的炎帝故里有很多处，而高平无论是出土文物、地上文物还是民间传说，都是最丰富的。"四月八，神农活，炎黄子孙都记着，祖先种地全靠他。"这首民谣至今仍流传在高平民间，当地人把四月初八这一天作为炎帝生日来进行盛大的祭祀活动。

在中华大地上，农耕时代长，这正是人和人的关系最为密切的时代，也是人和大自然关系最密切的时代。农耕社会，特别是原始农耕，一个人是种不了地的，需要多人合作。整个部落一起耕作，这就培育了以"和"处理人际关系的伦理规则文化。农耕生活所产生和成长的文化核心最适于人作为一种有灵性的动物在这个地球上生活、繁衍、延续。长期的农耕生活是中华农业文明能够产生、壮大的根本原因。

第二集《以德配天》：以尧、舜、禹的各种传说以及民俗活动为表现内容，以临汾陶寺考古发掘遗址为核心，展示中国最早的政治文明。山西，留存最早的王朝背影。

在距今4300年前后，相当于古史的尧舜时代，山西南部已经成为当时诸多邦国的中心。古史记载"尧都平阳，舜都蒲坂，禹都安邑"，即今临汾、永济、夏县，说的是中华民族最早的英雄们在汾河下游创业建都的历史。史书中最早出现的"中国"一词，指的就是上古尧舜时代的山西南部。

2015年6月18日，中国社会科学院向全世界郑重发布了一项重大考古发掘成果——尧的都城就在临汾陶寺。从1978年开始对陶寺进行考古挖掘，历经38年，这项成果的公布，是第一次从考古学意义上证明传说中的尧、舜、禹时代可能实际存在，证实了华夏文明确实有5000年的历史。

陶寺城址面积280万平方米，相当于4个紫禁城，标示着当时不仅出现了城市，而且很发达；出土扁壶上朱书"文""尧"二字，证明了汉字的使用；出土的彩绘蟠龙纹陶盘是帝尧邦国的"国徽"，也是中国最早的龙图腾，与《竹书纪年》记载的"赤龙生尧"相吻合，说明在陶寺文化早期，龙已和帝王联系在了一起，使中华民族"龙的传人"言之有据；出土的铜铃、铜环证明了当时的冶炼浇注技术；礼乐器、玉器、彩绘木器、彩绘陶器证明了礼乐制度的形成；仓储区以及"仓形器"和耒耜的出现，间接揭示了农业的发展情况；祭祀观象遗迹的发现，象征着国家权力的存在；"金字塔"形墓葬格局，反映了当时已经有了"王者"和臣僚，体现了国家管理职能。陶寺具备城池、冶炼术、文字三大要素，不论国内还是国外，没有哪一个遗址能像陶寺遗址这样全面地拥有所有的文明要素和标志。

证实"尧都平阳"的关键证据之一还有陶寺观象台，这是迄今为止发现的世界上最古老的观象台，比英国的"巨石阵"还要早400多年。

第三集《国之大美》：以山西境内众多的历史遗迹、出土文物为表现对象，展示这块中华文明发祥地创造的艺术文明在卓绝的艺术审美层次上对华夏5000年文明产生的巨大的辐射力、渗透力和影响力。

织物、配饰、民居、用品，尧舜时期的先民用自己最朴素的审美和对美的追求的本能，留下了我们今天可见的最早的艺术品。

柿子滩发现的最早的岩画、陶寺遗址出土的最早的文字、还有数以万计的青铜器、陶器、石器、骨器、玉器等遗物——尧舜时期的艺术成就璀璨夺目。更重要的是，它为后世的艺术审美奠定了良好的基础和规范。此后无论是自成体系的木构建筑，还是巧夺天工的雕刻艺术，都源自尧舜时期的星星之火。

策划案发过来之后，袁静对我说：给您添麻烦了。因为下周就要去拍，所以想请您给点意见和建议，"接姑姑"这个活动如何联系华夏之源？

我答复：好的，不客气。我先看看你们的策划案，有不明白的，我再咨询您。

——还有就是讲几千年前的事，如何与现代结合？

——知道了。我考虑一下。

——请您费心，周三我再跟您约见面时间，多谢啦！

——好的。

我随后把《中华文明源头在山西的九大文化标识》（原载《家国往事》，李琳之著，中国文联出版社，2015年7月第1版）这篇文章给袁静转发过去，并对她说：您可以看看我这篇文章，也许对你们这个片子有一些启示作用。

袁静回复说：好的，收到！

2017年3月23日，北京，晴。

按照事先约定，袁静今天上午来访。这是一个看起来文静素雅、端庄大方的年轻导演，30岁左右的样子。细聊后得知，她是《华夏之源》的执行总导演，我回答了她提出的几个问题，一是几千年前的事情对于现在有什么意义；二是"接姑姑"这一风俗习惯怎么和现在联系。我同时给她提出了几点建议，一是要把远古"三皇五帝"分别看成是几个延续了几百年甚至上千年的部落或部落首领的集合体；二是拍第一集《农业文明》要联系伏羲时代的初期农业；三是这个片子少了盐池和蚩尤是个缺憾，应该补上；四是要把握住中华早期文明"多元一体"的特点。另外，我指出了策划案中"神农炎帝是中华农业文明的始祖"的说法是错误的，正确的说法应该是"神农氏炎帝是中华早期农业文明的发扬光大者，或者说是集大成者"。（作者注：我后来把这次访谈落实成文字《答〈华夏之源〉执行总导演袁静女士的几个问题》一文，收录在我于2017年6月出版的《祖先，祖先》一书中。）

谈话持续了近3个小时，结束时正赶上午饭时间。我提出请她一起吃个午饭，袁导说，家里还有个3岁的孩子，坚辞不就。我只好驾车把她送到地铁站，她乘地铁回去。

参与《华夏之源》编导组的讨论

2017年6月16日，北京，晴。

袁静导演那次采访我之后，就到襄汾陶寺遗址随考古人员在那里蹲点，观察、学习了半个月之久。返京后，她曾给我来电，希望能和我再谈一次。前两天，她又来电说，总导演池建新最近要和她一起来我家拜访我，共同讨论一下《华夏之源》拍摄的相关事宜。昨天，袁静再次来电说，宋献伟等人也要参与进来。考虑到办公室的大小和大家的方便问题，他们想把讨论的地方放到长安太和小区宋献伟公司的办公室。这样就得麻烦我跑一趟了。我说，不存在麻烦问题，我会准时到场。

这样，按照和袁静的事先约定，我让司机在上午10：00前把我送到了宋献伟办公室。这是我和宋献伟第一次见面。他说他早就读过我的《中华祖脉》了，希望以后能和我合作，为山西的发展做一点事情。聊天中得知，宋献伟在山西电视台做纪录片部主任时，就拍过很多经典的片子，如《飞越山西》《孩子，你在哪里？》等，他后来被借调到中央电视台兢兢业业地做了4年。两年前，他辞职，在北京开办了自己的公司，做一些影视类的片子。宋献伟温文尔雅，谦虚好学，谈吐不凡，典型的一个谦谦君子，给我留下了极好的印象。

　　我到时，老电视人兰映辉也在。随后，袁静和一女孩也到了。袁静介绍说，她叫卜亚琳，也是《华夏之源》的编导人员。池建新姗姗来迟，他解释说，一大堆事情，处理完一件又来一件，没完没了。他只能在这里坐一下，一会儿还得走。很对不起大家。我对池建新早有耳闻，但今天是第一次见面。他40多岁的样子，高大魁伟，性格爽朗，用现在年轻人的话说，就是"帅呆了，酷毙了"。池建新也是山西人，早年毕业于山西广播电视学校，后来工作以后又考入今天中国传媒大学的前身——北京广播学院攻读硕士学位，毕业后在中央电视台科教节目制作中心从事编导、策划等工作。先后策划完成了系列专题片《百年诺贝尔》（20集）、《科技改变生活》（25集）、《探险者》（20集）、《远去的背影》（12集）等。另有《漂移的大陆》和《珠穆朗玛1975》先后获得当年栏目年度金奖节目和中央电视台科学节目制作中心年度金奖节目。

　　今天的议题是讨论《华夏之源》策划案第二稿，主要就拍摄主题、指导思想以及用哪些小故事来反映华夏之源、中国之源，等等。原来的策划案中，第一集《百谷耕泽》和第三集《国之大美》的名称没有动，第二集则改成了《问道中国》。《百谷耕泽》的主题是表现远古时代的经济，聚焦在炎帝身上；《问道中国》的主题是表现远古时代的政治，聚焦在帝尧和陶寺遗址上；《国之大美》的主题是表现远古时代的艺术成就。

　　讨论中，我提出了以下建议：

　　一、《问道中国》里去掉洪洞卦地村，增加人祖山的内容，再在析城山一栏加上"盘古开天地"的事物景象和故事内容。原因：洪洞卦地村后世人为的因素较多，很难反映出历史的真实面貌。人祖山的传说、遗迹遗址和其山脚下的柿子滩遗址，在结合起来考虑时，能够让观众认识到祖先真实的生活影像。"盘古开天地"虽说是神话传说，但我们从中可以窥探到老祖先"天地合一"的哲学思想萌芽，何况析城山作为王屋山众多山系的一个分支，本就是中国创世神话的原产地。

二、《国之大美》里加上陶器和诗歌艺术两项内容。从现在出土的文物看，中国陶器的制作和运用已经有了1万多年的历史，我们至今都还在沿袭这一传统。"中国陶器"蕴含着中华民族无影的舞蹈艺术、无声的音乐艺术和东方绘画艺术的发展脉络。而有史记载的中国第一首诗歌《击壤歌》就起源于陶寺附近的席村和康庄，这个片子里不能没有表现。

闲聊中得知这部电视片是由山西省委宣传部投资而委托他们拍摄的。

会议结束后，袁静她们以今天的参会人员为班底在微信上建立了一个"华夏之源工作群"。

2017年6月20日，太原，晴。

下午接宋献伟电话，说池建新想请我做《华夏之源》总撰稿人，这让我很意外。我首先表达了自己对池先生信任的谢意，然后婉言谢绝：一是7月20日前，我还有主编两本作文书的任务——这是我和北岳文艺出版社年初就定下来的计划，不能更改，也不能推迟，时间上有冲突；二是我以前没有写过电视文献片一类的解说词，怕自己不能胜任。宋献伟说，他们考虑来考虑去，觉得我是最合适的人选，因为能在上古史领域有一定造诣，又在文字表达上达到一定水准的，再难找出其他合适的人选了。我表示，考虑其他人选吧，我实在是心有余而力不足。

另外，宋献伟告诉我，《华夏之源》原定的拍摄内容和指导思想发生了很大的变动，原来是以人文传说为主要线索，现在要变为以考古成果为主要线索。总导演原定是他和池建新，现在决定聘请曾经导演过《帝都泱泱》《汉代女尸不腐之谜》等电视作品的赵宏林出任总导演。袁静等三人则变身为分集导演。

2017年6月26日，太原，晴。

大约凌晨的时候，宋献伟在"华夏之源工作群"里留言说：根据大家的意见和专家的采访及相关文献，在袁导原结构基础上整理了一个简单结构,供大家完善讨论和参考。

接着,他就把《〈华夏之源〉纪录片结构设计(参考)》发到了群里。

在这个表格中,宋献伟列出了三集的详细拍摄内容和访谈专家名单。

在第一集《百谷耕泽》中,他给出了7部分内容,按次序分别是二十四节气、炎帝及部落农耕故事、井的使用、动物养殖、盐的使用、手工业(陶)的发明使用和农耕生活生生不息。

在第二集《德道中国》中,他给出了6部分内容,按次序分别是华夏与龙、"中国"之源、文明起源、礼乐制度和以德为政、法制萌芽、舜帝孝道。

在第三集《大美初心》中,他给出了5部分内容,按次序分别是鼓乐之美、建筑之美、陶艺之美、歌赋之美,结语是"美在山西、美源山西、美汇华夏"。

每一集的每一部分,他又列出了若干个点,并从民俗传说、文献记载、遗迹遗址和考古文物等方面予以全方位的展示和论证。

三集中,根据内容所需,他还按顺序列出了要出镜接受访谈的专家刘毓庆(山西大学国学研究院院长)、易中天、李琳之、何驽、杨茂林(山西省社会科学院副院长)、高江涛、许宏和某待定的法学专家等近20个。

从表格可以看出,献伟先生下了很大功夫,各种文献的查证引用、各种最新考古成果的吸收和涉及的遗址遗迹、民俗传说,以及对美学、建筑学、文学等源流的探索认识,都达到了相当的水准。

正如他所说,这个方案是10天前我们几个人对袁静导演第二稿策划案讨论后,他在综合吸纳了各种意见的基础上形成的一个最新成果。

几天前献伟给我来电说,总导演换了人,这个片子原定以人文为主要线索,现在要变为以考古成果为主要线索来梳理和制作,这其实意味着这个方案已经被放弃了,但他竟能不厌其烦、不言其苦地把它认真搞出来,哪怕只有其中一点能被今后的拍摄方案吸收——这种敬业精神,这种人格魅力,深深地折服了我。

赴山西调研

2017年7月22日，北京，阴，凉爽。

黄昏接袁静的微信：李老师，下周三开始您有时间吗？导演组下周三要到山西调研，临汾、运城、吕梁，大概走这几个地方，8月1日左右回来，您时间方便吗？想请您一起去。

我答复：没问题，我手头的工作已经完成。

我后来又给她去电，告诉她晋南现在的天气是一年之中最热的时候，最高温度甚至可以高达40多度，酷热难挡啊！干吗不换个时间去呢？

袁静说没关系，他们做好了经受酷暑考验的准备。时间紧张，没法再耽搁下去了。

2017年7月23日，北京，阴，凉爽。

上午分别和宋献伟、袁静通话，了解了《华夏之源》摄制组赴运城、临汾和吕梁的详细调研计划。

我告诉袁静，我先回太原，然后在山西和他们汇合。

2017年7月24日，北京，阴，太原阵雨。

下午老时间坐高铁返回太原。在北京西站时，接宋献伟电话，他把最后确定下来的摄制组考察时间告诉了我。26日，袁静等三人从北京出发，赶在中午13:30到临汾。摄制组决定在太原租一辆7座的别克商务车，把我拉上，再去临汾和他们汇合。想到天气太热，还得在车上晃荡3个多小时，挺遭罪。我就告诉宋献伟，我自己在太原坐高铁赴临汾，三路人马在那里汇合。

晚上接到袁静发来的"山西前采安排表"：

关于《华夏之源》山西调研工作安排

大型系列纪录片《华夏之源》（暂定名）已进入紧张的拍摄期，在现阶段，文稿调整配合拍摄工作一同展开，为了更好地展现内容、表现主题，主创人员将于2017年7月底前往山西进行实地调研，有关安排如下：

一、调研时间

2017年7月26日～7月30日。

2017年7月30日到太原。

二、工作汇报时间

2017年7月31日～8月1日。

三、调研涉及地点

一）7月26日（北京—临汾 D2001 7：46～13：05）

A.临汾市 尧庙。

B.襄汾县陶寺遗址（从临汾开车前往）。

李琳之老师和导演组在临汾汇合，一起前往襄汾，当晚入住襄汾。

二）7月27日（襄汾—侯马—运城闻喜县）

A.导演组9：00襄汾—丁村遗址—侯马，开车前往。

B.赵宏林购买7月27日北京到侯马的高铁（北京西—侯马西 D2001 7：00～13：28）。

C.导演组汇合后在侯马约见何驽。

D.从侯马开车前往运城闻喜县周家庄遗址。

当晚入住运城。

三）7月28日

A.运城夏县东下冯遗址7月28日8：00～9：30。

B.运城垣曲东关遗址（庙底沟二期中心遗址）7月28日13：00～14：30。

C.7月28日晚购买运城—太原（D5318 19：43～21：52车次）车票，入住太原。

四）7月29日

吕梁市兴县碧村遗址（石峁集团山西据点）。

购买K7831太原—吕梁，7：26～9：53到后需租车前往，当晚入住吕梁。

五）7月30日

A.吕梁汾阳前哨杏花村遗址，7月30日7：00～9：00开车前往。

B.购买当天（吕梁—太原 Z7838 17：55～19：42）7月30日回到太原。

六）7月31日

山西省博物馆。

七）8月1日

汇报工作。

四、调研人员

一）导演组：赵宏林（周四一早到侯马的火车）、张一泓、卜亚琳、袁静。

二）嘉宾顾问：李琳之、何驽（待定）。

三）制片：孙亮。

五、相关配合

由于踩点地点基本都是考古遗迹现场及相关博物馆，因此希望当地提供考古所人员或博物馆人员陪同介绍，以便导演组能更好地了解有关内容。

2017年7月25日，太原，阴。

黄昏接制片孙亮语音微信：山西省委宣传部要先听取《华夏之源》摄制组的工作汇报，所以原来的计划有变，临汾暂时不去了。编导组11点到太原后，先去山西省历史博物馆参观，然后在下午赴省委宣传部汇报。

得知这个情况后，我知道他们11点到太原就接近午饭时间了。所以，我觉得作为山西人应该尽一下地主之谊，请他们吃这顿午饭。我把这个想法跟宋献伟商量了一下，他原则上也同意，所以我就把第二天中午的饭局订到了距太原南站很近的南中环街上的海天海美食广场。

2017年7月26日，太原，阴。

中午在海天海302包间宴请了由池建新和宋献伟率领的《华夏之源》编导组一行7人，包括临时雇佣的司机小赵。我的老朋友、山西省国际文化交流协会秘书长张跃进先生作陪。这7人中，总导演赵宏林、制片孙亮和分集导演张一泓，还有司机小赵，我都是头一次见面。赵宏林是池建新在中国传媒大学读研时的同学，东北人，40多岁，中等偏上的个头，性格开朗，十分健谈。孙亮，北京人，30岁出头，细高个，不多说话，但能感觉出他在内心里是个不安分的"老油条"。张一泓是个二十六七岁的小女孩，说话慢声细语，斯斯文文的样子。后来经介绍得知，她也是北京人，刚从中国传媒大学研究生毕业不久。小赵是太原本地人，也不到30岁，很利落的一个小伙子。

饭毕，我作为同行考察专家加入这个团队，先去省博物馆参观，3点多又赶到山西省老干部活动中心，给宣传部汇报《华夏之源》摄制进展情况。

宣传部来的是文艺处王招宇处长和李欣副处长。我在池建新和宋献伟汇报完《华夏之源》的拍摄方案后，提出三点建议：一是这个片子要站在世界的高度，用放眼全人类的胸怀去摄制；二是要挖掘出中国本源文化之魂，即和合思想，以此为当代世界"发展与和平"主题提供来自东方的理论根据——这一点也正是中华文明能够延续5000年的基因之一；三是不要强行和意识形态过度紧密联系，要把她打造成一个能经得起历史考验的，能反复播放的历史文化巨片。因为我们做的是文化纪录片，要的是生命力和感染力，要的是真实和客观。

我的建议得到大家的高度认同。

王招宇处长在会上指定李欣副处长负责我们这次调研的协调工作。

汇报会结束，我给老朋友，时任山西省林业厅副厅长的尉文龙先生去电，请他给襄汾县委书记或县长去个电话，我作为随行专家和《华夏之源》主创人员明天到达陶寺遗址进行调研，晚上住襄汾。希望书记或县长能出面接待一下，毕竟这个片子的核心和焦点是陶寺遗址。文龙先生不久回复，乔县长现在北京开会，已经告诉刘浩书记。

这中间，接到《祖先，祖先》的责任编辑贾江涛女士来电，说《祖先，祖先》一书在由中国书评协会举办的2017年7月"中国好书"评选活动中通过初选，进入复选阶段，现在需要我提供详细的个人简介资料。这真是"匪夷所思"的喜讯，此前我连这个活动都不知道，更别说《祖先，祖先》参选了。

晚上回家后，给老朋友、襄汾县三晋文化研究会会长高建录先生去电，请他给陶寺遗址管理处的领导说一下，看明天中午能否在陶寺简单招待一下这一行人——他们给襄汾人做事，我们襄汾人应该尽一下地主之谊。高先生很愉快地答应了。

又给襄汾县委宣传部杨建廷部长发了一则短信：

> 老哥：中央电视台《华夏之源》三集文化纪录片主创一行7人到晋南进行为期一周的调研，明晚要住襄汾，尉文龙厅长已经跟刘浩书记取得联系，他明天可能出面接待一下。因为这个片子的拍摄核心是陶寺遗址。有总导演、执行总导演和各分集导演，我是特聘的随行指导专家。明天省委宣传部会和你部联系。如无特殊事情，希望明晚能见到部长老哥。李琳上。

杨建廷回复：欢迎，很期待明天和老弟见面！

凌晨1点休息前，翻了一下微信，发现编导组临时建了一个"7.26华夏之源讨论群"，李欣副处长也在其间。

2017年7月27日，襄汾，小雨。

一大早，李欣就把给临汾和运城两地市委宣传部的介绍信发到了"7.26华夏之源讨论群"里：

> 临汾市委宣传部：
>
> 电视纪录片《华夏之源》（暂定名）是我部确定的重点影视作品，该片将以探索华夏文明源头为主题，系统梳理我省丰富的尧舜等历史文化资源，充分反映山西在人类文明，特别是华夏文明起源和发展中的地位，树立山西良好的文化形象，更好地服务于省委、省政府的中心工作。该片将在央视重要时段播出，力争达到良好的宣传效果。
>
> 现有央视科教频道赵宏林等编导团队5人，何驽、李琳之等两位专家赴你市尧庙、陶寺遗址、丁村遗址、侯马市，就该选题进行深入调研，请安排有关单位予以协助。
>
> 特此通知，请支持为盼。
>
> 联系人：中央电视台科教频道制片 孙亮
>
> 中共山西省委宣传部（章）
>
> 2017年7月27日

给运城市委宣传部的介绍信大同小异，只是把我们前往考察的地点做了置换。

宋献伟和池建新今天返回北京。留下我们一行7人进行下一步的考察工作。

早晨冒雨从太原出发，到达临汾后，先到尧庙转了一圈，然后直奔陶寺。在陶寺村和高建录汇合时，已经是中午1点了。高先生并没有带陶寺遗址管理处的人来，而是自己花钱请大家吃了顿丰盛的午餐。

之后，我们直接驾车前往陶寺遗址。这个地方，我以前来过多次。袁静导演也曾经在这里随陶寺考古队工作人员蹲候了半个月之久。此时，雨还是扬扬洒洒地下个不停，灰色的雨帘把灰色的天地连在一起，到处都是灰茫茫一片。

我们的车停在陶寺观象台前。由于田地里的小路泥泞不堪，我们只能冒雨站在这里向四处眺望。我大概地用手指着不同的方向，告诉赵宏林他们，哪儿是手工业作坊区，哪儿是祭祀区，哪儿是宫殿区，哪儿是早期小城，如此等等。

小雨连续下个不停，大家没有在这里做过多的停留。

离开陶寺遗址后，编导组的人们按事先约定去侯马考古站采访中国社会科学院陶寺考古工作队队长何驽先生，并接他晚上回襄汾县城，我则随高建录回到襄汾。

晚上，宣传部杨建廷部长亲自做东，宴请了何驽和我们一行7人。

杨建廷部长说，襄汾这段时期的防汛任务比较严峻，刘浩书记现在还在工地上视察汛情，吃饭时不能过来相陪了，给大家道个歉。晚饭后，他会赶到酒店看望大家。

席终，我们刚回到下榻酒店，刘书记就在县委办公室主任张峰的陪同下探望大家了。刘书记谈笑自如，风度翩翩，给我留下了不错的印象。

送走刘浩书记，大家集中到何驽先生的房间，就片中有可能涉及的陶寺遗址问题向何先生进行了请教。何先生是20世纪60年代生人，比我大不了几岁，但也许是长年累月在工地上劳作的缘故，显得有些苍老。他憔悴的脸上戴着一副褐框的近视镜，头上扣着一顶灰色的凉帽，上身套着一件红色短袖，下身穿着个皱皱巴巴的乳白色短裤，背稍有些驼。

何驽先生说话慢条斯理。他认为陶寺遗址既是曾经的尧都，也是曾经的舜都。舜的故居在洪洞历山而不是永济的蒲坂。现在河南省登封市告成镇的王城岗遗址可能是夏早期都城,而偃师的二里头遗址则是夏晚期都城。夏都的建立和晋南没有什么关系。陶寺人应该是被来自于陕西神木一带的石峁人灭掉的。而石峁人很可能来自中亚一带,文献资料提及的鬼方等民族就是石峁人的后代。

  何先生是根据诸多考古遗址文化遗存所提出的大胆设想,尽管其思维有严重的不周延之处,而且和我对这一段历史的见解发生了直接的矛盾对撞,但我除在个别问题上提出质疑外,还是把大部分疑问深埋于心中,没有和他做任何辩论。一来是因为我俩是初次见面,何先生又是我敬仰的大家,我尊重他;二来是因为时间已经超过了凌晨1点,我们明天一大早还得随何驽先生去陶寺——何先生说,美国斯坦福大学的刘丽教授明早会赶到襄汾,请何驽先生做指导,去考察陶寺遗址。

  从何驽房间出来,赵宏林笑着对我说:何先生很好玩啊,他都替我们想好了故事情节。

2017年7月28日,襄汾垣曲,小雨转阴。

  上午,全队随何驽和斯坦福大学的刘丽教授冒雨去陶寺遗址,现场聆听了何驽先生对陶寺天象观测台相关细节的讲述和诠释。

  中午,作为襄汾人,我尽地主之谊,请全队吃了一顿当地特色小吃——牛肉丸子面。

  饭后,我们直接驱车赶往垣曲博物馆。抵达目的地时,天空虽然还是阴云密布,但雨算是停了。

  博物馆地处垣曲县城闹市区的一个二层楼的小院里,里面只有两三个工作人员,显得很安静。这和外面的车水马龙形成了鲜明的对照。馆长是个近60岁的中年人,健谈且热情,可惜我忘了他的名字。馆里存放的主要是该县不同时间各个考古遗址出土的文物,其中以仰韶和庙地沟文化时期的彩陶居多。大家听馆长做了简要的介绍后,就又随他一起前往垣曲县古城国家湿地公园。

该湿地公园位于黄河小浪底水库垣曲库区，距离垣曲县城30公里，是随着黄河小浪底水利枢纽工程建成后开始兴建的。公园已建成300亩的莲藕基地、800亩的芦苇荡和1865亩的竹柳防护林。这几年，这里已经逐渐变成了鸟类的天堂，曾经远去的白天鹅又呼朋引伴，成群结队地飞了回来，在此栖息过冬。垣曲县古城国家湿地公园因此名声大噪，成为游人理想的旅游胜地。但我们此行由于时间安排特别紧张，根本没有时间去闲荡。来这里的目的是要隔着小浪底水库观察一下已经被大水淹没的世纪曙猿遗址、东关遗址和商城遗址，熟悉一下此地的地理人文环境，为下次剧组的拍摄做个心理准备。

专家研究表明，曙猿是生活在距今4500万年前的灵长类动物，主要活动在热带和亚热带地区温暖湿润的林地里，是人类迄今为止已经发现的最小的灵长类动物。曙猿是低等灵长类动物向类人猿进化的过渡阶段，兼具二者的部分特征。垣曲盆地是中国第三纪地层和哺乳类动物的发祥地。1916年，瑞典科学家安特生沿黄河两岸调查矿产资源时，就在现小浪底水库对面的土桥沟发现了中国第一块始新世哺乳动物化石，把始新世哺乳类动物的研究推向一个新的高度。1983年、1995年，美国卡耐基自然历史博物馆的道森博士先后两次对垣曲盆地进行了全方位的考察，发现了一块偶蹄类头骨化石和一对带有几乎所有牙齿的世纪曙猿下牙床。1997年，中国科学院研究员童永生、黄学诗和美国北伊利诺斯大学的解剖学教授、古生物学家丹尼诺·基博再赴垣曲，又找到了世纪曙猿的一些跗骨化石。这些化石反映出猿类以及人类的共同祖先演化的早期特征。科学家的研究推翻了"人类起源于非洲"的论断，证明了人类至少有一部分是起源于我们现在所站立的这个地方。曙猿化石发现前，世界上最早的高等灵长类动物化石发现于北非的法尤姆地区，距今约3500万年。垣曲世纪曙猿的发现把类人猿出现的时间向前推进了1000万年。

垣曲古城东关遗址从1982年起开始发掘，先后发掘出多座墓葬，出土了钵、盆、罐、瓶、瓮和壶等各种彩陶。其考古学文化包含仰韶文化东关1-4期，庙底沟二期文化早、中、晚三期，龙山文化早、晚期以及商、周宋代等各时期的遗存。也就是说，这个地区早在6000多年前就开始有了人类活动的痕迹，而且在此之后，人类的活动在该区域一直绵延不绝。另外，根据何驽等考古学家的研究，这个遗址还是陶寺古国对外交流的一个窗口，是陶寺人南下或南方人——譬如良渚人进入陶寺国的一个"驿站"。

按何驽的说法，东北向距我们所处的垣曲湿地公园二三十公里的曲沃县周庄遗址，更具备陶寺古国作为对外交流窗口的驿站性质。该遗址面积虽然只有1500平方米，但出土器物却很多，其中以炊具和盛储器为主。按一般规律，一个遗址生活用器出土数量远远高出常住人口所需数量，就说明这里具有驿站特征。驿站是古代国家行政网络节点上的一个设施，由政府设立，提供物资供给和安全保障，相当于现在的兵站。周庄遗址本来也在我们这次考察的范围以内，但由于时间安排太紧，这次就只好放弃了。

垣曲商城本来也坐落在对面的高台地上，三面河流环绕，一面背倚山岭，与古城东关遗址相距咫尺之遥。其与仰韶文化发现地——渑池县仰韶村仅一河之隔。据相关资料介绍，该城址状如梯形，东西350米，南北400米，周长1470米，总面积13万平方米。西、南两面墙均修筑了双道夹墙，西墙外有护城壕1条，全长446米。根据地层关系推断，垣曲商城的始建年代为早商时期，与不远处的郑州商城和偃师商城的年代大体相当。多数学者认为，该城池是商朝驻扎在晋南的一个军事重镇，但陈显达先生则认为，这座相当于早商文化的古代夯土城址，就是汤始居亳的最早亳都（陈显达《商族起源地望发微——兼论山西垣曲商城发现的意义》，见《历史研究》1987年第1期）。

站在小浪底水库边上，望着对面波涛不惊的水面，我想，先人把黄河比喻为中华民族的母亲河，确为精准的天才之喻。不论是这里被淹没的曙猿遗址、东关遗址、商城遗址，还是距此仅几十公里的河南省渑池县仰韶遗址或我们刚去考察过的陶寺遗址，无不是在奔流不辍的黄河水的滋养下焕发出了旺盛的生命力和永久不息的青春活力。毫无疑问，这个地方正是以黄色文明为主体的中华文明几千年来能够延续下来的一个重要链条和环节。

在这里待了不到一个小时，我们又被垣曲博物馆的馆长带领着去了国家考古队垣曲工作站参观考察。这里存放的文物和我们在垣曲博物馆里看到的那些彩陶大同小异，都是些古人用过的、年代久远的瓶瓶罐罐。

准备离开这里时已经是下午5点多钟了，原定的周庄遗址考察也不得不忍痛割爱了。这一路日程安排得满满的，我们没有歇息，就直奔下一个目标——夏县。文献记载和民间传说都表明，那块热土曾经是夏禹王都所在地。

黄昏时分抵达夏县城，我们被安排住在我三年前来这里考察时住的新兴大酒店。十分巧合的是，这次接待我们的居然就是上次接待我的那个夏县宣传部的小伙子马青虎。而且，他说明天带领我们去考察东下冯遗址的还是黄永久先生。

2017年7月29日，晋南，阵雨。

黄永久是夏县博物馆馆长，对夏县的历史文化可以说是烂熟于心，讲起来滔滔不绝，如数家珍。三年前，我就是在他的带领下考察了这里的大运粮河、禹王台（青台）、禹王城、小运粮河、桀王台、明古城堡、西董禹王庙和禹王照壁等遗址，对夏县悠久的历史文化有了新的认识。今天又是在他和马青虎的带领下，我们冒雨查看了距县城十多公里的东下冯遗址。但遗憾的是，东下冯遗址上除过矗立着两座不同时期的遗址保护碑刻外，其余一无所有。

黄永久介绍说，我们现在看到的这个遗址位于埝掌镇东下冯村青龙河两岸的台地上，属全国重点文物保护单位，总面积约25万平方米。它的文化面貌与偃师二里头遗址的遗存有很多相同与相似之处，所以被归入二里头文化系列。但其中的差异性也是显而易见的，如东下冯作为炊器用具，鬲多鼎少，还有单耳罐等陶器。二里头遗址中常见的三足盘、刻槽钵、觚等在这里却找不见踪影，代之出现的是敛口瓮、蛋形三足瓮和洞式房子等二里头遗址中不见的遗存。此外，还发现有二里岗商文化时期的城址，城址南部呈曲尺状，城外还环有护城壕。东下冯遗址年代经放射性碳素断代，为前1900~前1500年左右。这也就是说，关于这个地区是夏朝建都故地，虽然有纷纷扰扰的民间传说和汗牛充栋的文献记载，但迄今为止，考古学上没有相应的证据能够证明这一点。

记得前天晚上和何驽先生促膝聊天的时候，我对他否认夏县是夏都所在地提出质疑，我说，就目前情况来看，东下冯遗址虽然不能证明这里就是夏朝早期都城所在地，河南的王城岗遗址等也无法提供相应的证明啊！夏商周断代工程年表显示，夏的始建年代是在公元前2070年，东下冯遗址在时间和遗址面积25万平方米的规模上自然是都不相符，而河南的王城岗遗址在时间上虽然大体相符，但其30万平方米的规模却也远远不应该是夏都应该有的规模。要知道，尧都陶寺遗址的面积都超过了280万平方米呢。我们这样表述是不是更合理一些：就现有的考古手段和考古成果，我们还没有找出足够有说服力的夏早期都城遗址。

何驽先生说，考古界倾向于把河南的王城岗遗址认定为夏早期都城，他也是这个观点。它30万平方米的城址规模确实小了点，但也许这就是当时的实际情况呢。

我没有再说下去，但我对他这个观点持怀疑态度。试想，一个地区有那么多纷纷扰扰的民间传说，还有那么多墨迹斑斑的记载，甚至还有那么多混沌迷离的遗迹遗址，怎么可能是空穴来风呢？

夏县本来还有一个重要的遗址——西阴文化遗址。这个文化遗址是20世纪20年代被誉为中国考古学之父的李济先生亲自领导发掘的。这也是中国考古学第一次正式发掘的一个考古项目，有着里程碑的意义。在那次发掘中，李济他们发掘出各种彩陶片近2万块，此外还有石锤、石斧、石刀等。西阴文化遗址的发掘直接推翻了安特生关于仰韶彩陶文化"西来说"的理论。另外，那次发掘还有一个更为重大的收获：发现了一枚"半个人工切割下来的蚕茧标本"，证明了蚕茧文化是中国发明及发展的本土文化，从而也间接证明了该地域流传久远的黄帝妻子西陵氏之女嫘祖是养蚕缫丝始祖的说法绝不是无中生有的空中楼阁。

但由于时间的关系，我们这趟夏县根祖文化考察之旅并没有把西阴文华遗址安排在日程中，这不免让我感觉有些遗憾。

离开夏县直奔吉县人祖山。人祖山本来也不在编导组的考察范围，但在我的鼓噪下，赵宏林他们还是决定听从我的意见，去转一趟。

路上下雨天滑，车开得较慢，直到中午1点钟，我们才按照人祖山文化总顾问、原山西师范大学教授冯彦山先生的指点，开到人祖山大本营——忘忧山庄。

冯先生和耿世文董事长亲自迎接我们一行。寒暄过后，耿世文有事告辞，冯先生陪我们吃午餐。

人祖山传说是伏羲和女娲躲避大洪水灾害后的落脚点，是他们"兄妹成婚"繁衍人类的地方。这里还有一处旧石器时代遗址——柿子滩遗址。遗址的悬崖峭壁上，还留有一幅有1万多年历史的岩画。据刘毓庆等有关专家解读，这幅岩画的内容所表达的主题是女娲"补天造人"。

我们原本打算在这里住一晚，第二天再赶往下一站——吕梁市兴县碧村遗址。为此，我还提前给老朋友冯彦山先生去电，让他给准备了几间房。但是，赵宏林导演的另一部纪录片忽然有急事招他，这样一来，赵宏林他们就不得不提前打道回府——他们预定了次日17：30从离石到北京的飞机票。如此一来，我们餐后就只能在冯先生的带领下，冒雨爬到山顶朝拜了伏羲庙、娲皇庙、伏羲岩等景点后，匆匆赶往兴县了。

老天继续飘洒着时大时小的雨点，司机小心地驾驶着车在山间迂回摆动。车到中阳县城时，天已经擦黑，大家就在附近一家炖菜馆吃了晚饭，然后继续赶路。这个时候，有人提出来，不要那么着急赶路，夜晚、山路、雨天，哪一样都不适合再继续前行。何况司机小赵已经开了足足10个小时的车，此时已经疲态尽显。但其他人都绷着脸，我这个特殊身份也不便说什么。这样，我们就继续前行。可叹的是，从中阳到离石没有高速路，我们只能在坑坑洼洼的国道上颠簸着往前行驶，不时地还遇到对面亮着大灯疾驰而来的大货车，司机就赶紧避让到一边……编导组的几个年轻人都呼呼地睡着了，只有我和赵宏林有一搭没一搭地说着话——这样的时间，坐在这样的车里，面对着外边恶劣的天气和糟糕的路况，我始终是提心吊胆的。

好在我们于晚上10点多安全赶到了离石，我悬着的那颗心才算放回肚子里。离石到兴县百十公里的路程，全是高速，就没有什么好担心的了。一直到次日凌晨0时，我们才抵达兴县城，住进了黄河大酒店。

2017年7月30日，兴县，晴。

从26日我们开始"华夏之源"考察之行以来，晋南的天气一直就处于小雨的状态，我原来担心的酷暑炎热始终没有出现。今天，在气候本就比较凉爽的吕梁深山里，原来阴雨连绵的天空忽然放晴了。我给赵宏林他们说，这大概是我们大家追踪祖先们脚步的虔诚态度感动了老天爷，特意给我们提供了这么一个凉爽适宜的天气来犒赏大家。

吕梁兴县的碧村遗址是我们这次考察的最后一站。该遗址地处黄河与蔚汾河交汇处，是进出黄河的重要关口之一，历史上著名的"合河关"就离此不远了。"合河关"亦称合河津关或临津关，是唐代在此设立的黄河渡口关隘，其战略意义是为了保障当时的北都太原安全。司马光在《资治通鉴》中说，唐开元九年并州长史张说，曾率领步骑万人出合河关掩击叛乱的羌人，取得大捷。

碧村遗址面积约75万平方米，自西向东主要包括寨梁上、小玉梁、殿乐梁、城墙圪垛等四个台地，含仰韶、龙山、汉代、辽金、明清等阶段堆积，以龙山时期遗存最为丰富，遍布整个遗址。由于在该遗址中发掘出来的石砌房址、护坡墙、墩台和各种玉器都与石峁遗址发掘出来的同类型东西，在质地、技艺、纹饰等方面有惊人的一致性，考古专家遂认定碧村遗址文化从具体类型上来说主要属于石峁文化。这也难怪，碧村遗址和石峁遗址虽然分属山西和陕西两个省，还分别处在黄河两边，但两者的直线距离实际不过50公里左右。

石峁古城和陶寺古城有太多的关联，给了考古学家们以太多自由驰想的空间。

其一，石峁遗址中发现的石峁古城面积达到了400万平方米，比陶寺古城足足大了100多万平方米，其年代距今是4300～4000年，和陶寺古城距今4300～3900年基本上处于同一时代。

其二，石峁遗址和陶寺遗址均位于纵贯晋陕大峡谷河水两岸的不远之处，其直线距离不过二三百公里而已。

其三，从石峁遗址所发现的部分器物遗存来看，首先，这里出土的陶器在器类、器形和纹饰等方面，与陶寺遗址出土的陶器并无太多差异，均属于龙山晚期文化类型。其次，在石峁遗址一处夏时期补修的石墙墙根底部的地面上，发现了成层、成片分布的壁画残块，这些壁画是以白灰面为底，以红、黄、黑、橙等颜色为主的几何形图案。这和陶寺遗址出土的朱书扁壶在颜色使用和绘制工具（毛笔）的使用上有一定的类同性。（《发现山西考古的故事》，山西博物院、山西省考古研究所编，山西人民出版社，2016年9月第1版）

其四，就陶寺遗址、碧村遗址和石峁遗址都有相同的玉器等出土文物而言，三者史前的文化交流应该是十分密切的。再从现有的考古成果来看，中国境内史前用玉传统比较早的是东部沿海地区，到新石器时代的龙山文化早中期，崇尚玉器之风已经波及晋南地区上层社会，并向西扩散和传播。譬如在陕西延安芦山峁和神木石峁、青海民和喇家、甘肃广河齐家坪和武威皇娘娘台等地点，都发现了大量做工精美的玉器。而碧村遗址玉器的发现为探索玉料运输路线提供了新的突破口。黄河中游玉矿稀缺，黄河上游地区则是玉矿的富集地。据专家考证，黄河中游一带发现的部分软玉石来自黄河上游地区（同上）。这至少说明，陶寺遗址发现的部分玉器是石峁人通过碧村这个根据地加工制作后，直接输送到了陶寺古国等地。

可能正是由于以上原因，何驽先生那晚和我们聊天时说，碧村遗址最大可能是在4000年前，位居西北的石峁人进击中原陶寺的一个重要聚居点，或者说是他们的一块重要根据地。

据带我们去参观遗址的兴县文物旅游局副局长白勇先生介绍，碧村原名白家崖，民国年间因村内"白"姓与"王"姓之争，为避免矛盾升级，县府就根据村子坐落于磐石之上，并以王、白两大姓为主的情况，取了折中的"碧"字为名，更名为碧村。

在碧村遗址发现以前，这里就流传有很多关于玉器的传说。村民们在耕地过程中曾经多次在石头和白灰面之中刨出过许多精美的玉器。器形类式不一而足，有大有小，有高有低，器身还雕刻有复杂的纹饰。村民们一开始不知道这是玉器，还以为就是比较漂亮的石头就随手丢弃了。直到前些年，有玉器贩子上门收购，村民才认识到其不菲的价值。据说，这些玉器贩子把从这里收到的玉器，大部分都高价转卖给了某些"专家"，被当作石峁遗址出土的玉器展出。碧村遗址范围内，有一个地方就叫小玉梁，据传原来就是个加工玉器的地方。从前，村民耕地时经常可以捡到加工玉器的细石叶，这不能不让人联想到"小玉梁"这个名字和玉石有关。后来，考古人员还真在这里发现了4000多年前的玉石"加工厂"。

说到石峁遗址的发现发掘，还有一段趣话。三年前，山西省考古研究所的海金乐和王晓毅两位研究员在前往陕西神木考察石峁遗址出土的玉器时，无意中从陕西一些民间收藏者那里听说了碧村玉器的传闻，这当即引起了他们的注意。职业的敏感促使他们迅疾赶到碧村小玉梁实地查看遗址。他们发现，这块台地北侧和东侧断崖上，有断断续续、时隐时现的积石堆积——其石材质地和建筑技术与石峁古城墙有颇多类似之处。他们意识到，这个遗址和石峁遗址一定有很强的关联性，或许其中隐藏着重大的历史秘密。二人返回太原，在同他们所供职的省考古所领导班子商议后，立即向省文物局提交了一份关于碧村遗址的调查报告。在省局的支持下，碧村遗址的前期摸底工作于当年（2014年）10月启动。2015年4月，经省局批准立项，山西省考古所对碧村遗址正式开始发掘。

经过两年多的挖掘勘探，考古队发掘出了位于小玉梁最高一级台地上，呈南北分布的4座石砌排房基址，大房址占地面积有70多平方米，小的也有60多平方米；发掘出了长约15.2米、宽约0.6米的护坡墙和残长约4.8、宽约4.3米的墩台；发掘出了小玉梁东面一段长约11.5米、宽约3米的城墙。除此之外，碧村遗址还出土了大量器形丰富的玉器，有玉琮、玉环、玉璧、玉玦、玉刀等。

因为这些玉器的出土，碧村遗址也被确认为晋西北集中发现史前玉器的首个地点，与陕北高原的石峁等遗址玉器遥相呼应。这一发现不仅丰富了山西龙山时代玉文化的内涵，也将晋南、晋西北、陕北及黄河中上游沿岸其他出土玉器的地点串联起来，更加凸显了黄河东岸的晋南、晋西北在玉文化传播路线中的重要作用。（同上）

一上午的考察使大家对碧村文化有了深刻的认识，对山西境内的"华夏之源"也有了一个大轮廓的概念，我们这次任务也算是圆满完成。原计划还要去杏花村遗址——据何驽说，这个地点很有可能是石峁人从兴县碧村遗址前往陶寺古国所营建的一个"驿站"性质的地方，但由于此地发掘出来的文物不多，没能提供的足够说服力的证据，还有时间紧张等原因，我们在实地考察时就临时取消了这个计划。

下一步，编导组还要去陕西、浙江和北京等地继续调研，从而完成他们最终的拍摄方案。我因还有很多其他重要的事情要去完成，不能再陪他们前去考察了，说起来也是个不小的遗憾。

是出演，也是寻访

2017年9月7日，北京，晴。

早晨 8：25，袁静在群里发了一则帖子：请教老师们，临汾地区今天还有没有种粟的地方？什么时候收割？还有关于《击壤歌》，临汾地区有没有哪个村有传唱的传统？就是农民自个儿就能唱的？@宋献伟 @李琳之 @兰映辉

兰映辉回答：粟就是谷子，脱皮后就是通常吃的小米，黄土高原到处都是。临汾地区凡是丘陵、山地都有种。

我回答：我老家襄汾南面的汾城、赵康一带就有种的地方。另外，《击壤歌》的原唱发生地是席村和康庄，但我没有听说过有农民能自己唱的。

袁静回复大家：收到，谢谢各位老师。

2017年11月7日，北京，晴。

袁静在微信上语音留言：李老师，您好！好久没联系了，我们一直在写这个片子的文本。现在基本上确定了。我这一集里还需要您出镜。就是想让您到席村或康庄寻访一下《击壤歌》的遗风。您不是告诉过我这两个地方都是文献记载和传说里《击壤歌》诞生的地儿吗？我也调查了一下，这两个村庄都有遗留的石碑石刻存在，还有一些知道这个故事的老人。这两个地方去一个地方就行，主要是通过您的走访，用《击壤歌》证明一下，尧那个时候，我们国家已经进入农耕文明的时代了。拍摄时间初步定在11月到12月，因为时间比较紧张，我们统筹平衡了一下，三集同时开拍。还因为山西要拍的镜头很多，所以这个时间段，三个导演都在山西拍。

我语音回复：终于到拍摄的时候了，这么长时间，不容易啊！我这个月的22日到下个月的4日，要随同我们山西省国际文化交流协会的中东考察团去迪拜、埃及和以色列考察，我们的机票早就买了，这样，时间上就有冲突了，您看怎么样比较合适？

袁静说：好的，您对一下时间。

随后，她把《华夏之源》在临汾的拍摄计划给我发了过来。

袁静导演

11月17日~26日：

1.临汾康庄寻访击壤歌 嘉宾：李琳之

2.侯马工作站 嘉宾：何驽、武家璧、冯九生

3.洪洞历山舜庙

卜亚琳导演：

11月8日~10日 山西永和羊皮筏子、黄河空境（已经拍摄）

11月22日~12月3日

1.山西陶寺 嘉宾：何驽

2.侯马工作站

3.洪洞"三月三接姑姑"（已经拍摄）

张一泓导演：

11月20日~30日

1.陶寺、侯马拍摄 嘉宾：何驽

2.李拓宇陶寺村野外勘测

3.襄汾陶寺村"天塔舞狮"非遗项目（需协调村里组织拍摄）

12月份

1.洪洞大槐树

2.吉县黄河壶口瀑布

3.吉县柿子滩遗址考古队 嘉宾：夏正楷（注：张一泓导演需提前电话采访柿子滩遗址考古队，希尽快帮忙协调联系）

4.临汾尧庙

人员名单：

  导演：袁静、张一泓、卜亚琳

  专家：何驽、李琳之、武家璧、冯九生、李拓宇、夏正楷、王晓毅

  摄像、航拍：王澍等7人

  制片：孙亮

  导演助理：李军鹏

我看后回复：空出11月22日~12月5日这段时间就可以了，其他时间都在。

  袁静：明白。我们对了一下时间，计划在您出访中东之前，把您这个镜头先拍了。我们下周五，就是17日去席村那边，怎么样？席村和康庄，您都熟悉吗？哪个在临汾来着？

  我回复：我都去过。康庄在临汾。

  袁静：好的，那我们就去康庄。

  关于《击壤歌》故事的来龙去脉，我在《尧迹昭昭》（见拙作《祖先，祖先》）一文中曾有过记述：

  尧即位后，天下安宁，政治清明，世风祥和，尧舒了一口气。他想出去走走，亲眼看看天下子民的生活状况。

  某一天，尧带着几个大臣，走进了平阳城南面的一个村庄，也就是现在襄汾县邓庄乡的席村。他们君臣几个走着聊着，忽然看见前边不远处一片开阔的地带有一伙人在做着"击壤"的游戏，就是把一块木板竖在地上，人们唱着歌儿轮流用石块或土坷垃击打木板，击中者为胜。他们一行走近前去，兴致勃勃地观看，正巧有一个白发苍苍的老者，围绕那块木板转着圈儿，一边随手击打，一边引吭高歌："日出而作/日落而息/凿井而饮/耕田而食/帝力于我何有哉！"

翻译成白话的意思就是，我每天太阳出来的时候干活，太阳落山的时候休息，打井喝水，种地吃饭，帝王的力量对我有什么影响呢？

帝尧饶有兴趣地看着这个身手矫健的白发老者，也没觉得这歌谣有什么不妥，但随行的大臣放齐却不干了。他对尧说："你为天下子民操心劳神，做了那么多的大事，怎么就能说帝王的力量对他们没有影响呢？"

帝尧呵呵一笑，回答说："我做再多的事情，都是为了百姓能够按天道行事，自食其力。如果他们不能够自力更生，万事都依赖我们，那只能说明我们治理天下是失败的。"

放齐一想也还真是这么个理，就不再嘟囔了。

帝尧想确切知道老百姓的真实想法，就上前一步，对老者躬身施礼，微笑着说："先生，请教一下，为何您要唱'帝力于我何有哉'呢？"

老者转脸看见是帝尧，忙停下游戏，笑着回答："天有天则，地有地律，您广授万民，让他们按照天地法则办事，老百姓如果一味依赖您来生活，那是否就有了问题呢？"

帝尧很高兴老者能理解他的苦心，再谈下去，发现老者竟是个隐居的高人。老者请尧一行回家相叙。二人言谈甚欢。老者知识渊博，天上地下，无所不知，尧心下钦佩，就恳请拜老者为师。老者见无法推辞，只好答应。这老者自称姓席，后人称之为"壤父"，尧就尊称他为席老师，该村后来也因此叫席村了。村中现在仍然遗存着一块记载此事的石碑，只可惜在成年累月的风侵雨蚀下，字迹已经漫漶不清了。"壤父"前面做击壤游戏时唱的歌叫作《击壤歌》，是目前发现的我国最早的诗歌，录在《古诗源》一书中。

不久之后，帝尧又带着几个大臣出了平阳城往北边逶迤而行。不知不觉间，在另一个村庄也发现了同样一群人在做同一种游戏，也在唱同一首歌谣。这个地方就是现在临汾城北郊的康庄村。尧走过的路被后人称作康庄大道，只是在流传的民间故事中，尧首先是在这儿听到《击壤歌》的。但我想，既然是一首成熟的歌谣，它就没有不传播之理。何况席村距离康庄也就不过二三十公里的路程，传播是自然而然的事情。

乔忠延先生在《襄汾揽胜》一书中说，尧在康庄听到的歌谣很可能是录在《古诗源》一书中的另一首民谣《康衢谣》。这件事，《列子·仲尼》有记载：尧乃微服游于康衢，闻儿童谣曰："立我蒸民／莫匪尔极／不识不知／顺帝之则。"

《平阳府志》云："（平阳）城东北五里处，尧游康衢闻童谣处，今名康衢村。"

两首诗的意思差不多，都是在说，人们只要按照帝尧授予的天地法则行事就可以了。我觉得没有必要费心劳力地非要在这两个地方之间找出源头，那只是一个形式上的纪念而已。史籍记载的不同和民间五花八门的传说，其魅力从某种程度上说可能就在扑朔迷离之中。席村也好，康庄也罢，都在尧都附近，都可能是尧听到同一首歌的地方。

2017年11月15日，太原，晴。

袁静来电告我，拍摄时请我尽量不要穿带徽标和深色的服装。我不得已在今天上午跟妻一起去长风大卖场，花500元买了一件丝绵服。下午又去学府街买了一身鸿星尔克深灰色运动服。

2017年11月17日，临汾，晴。

按照事先和袁静导演的约定，下午3点多钟，我赶到临汾，和袁静他们汇合。

接车的是尧都区宣传部一个姓宋的小伙子。我们先到康庄，在康庄小学里看了《击壤歌》石碑——这里和我五年前来此寻访时的情况已经大不一样。原先进村大街一二百米后再往右拐，是一个胡同，进胡同再走100多米才是这所学校。现在，那条大街及街南的民房都已经拆迁，被一条宽阔的大马路代替。

尧都区宣传部的人找来了康庄村民、75岁的郑九云先生——我的任务就是到这里通过他的述说和引导，寻访《击壤歌》石碑。

我们一行7人，其中有3个是摄像，孙亮是剧务，另一个实习的大学生做一些杂务。现在矗立在康庄学校里的那块完整的《击壤歌》碑刻是民国时期的作品。碑文记载说，1921年春，阎锡山巡平阳视察康庄，看到"击壤处"石碑完好，但原来的"击壤歌"全文古碑已经丢失，就召集村中乡绅，言康庄为中国诗歌发源地，《击壤歌》又反映了上古时期平民百姓的盛世生活，所以，应该重新镂刻《击壤歌》石碑，以使"胜迹"永久保留。阎锡山离去后，村里乡绅立即发动村民募捐，遂有此碑。

《平阳府志》也记载，康庄村原来还保存有击壤遗风亭，是金代平阳君张浩所建，"击壤处"为给事杨二酉所书。碑刻犹在，然故址已毁。但我五年前和临汾市委党校石耀辉教授来这里寻访《击壤歌》遗风时，就只见到这通《击壤歌》碑刻，而没见到"击壤处"那个石碑。

我问郑九云先生，原先的"击壤处"石碑还在吗？郑先生说，都被毁掉了，只剩下一个"击"字的残块了。袁导听了这句话，显得很兴奋，立即请老人带我们去看。不巧的是，我们走到保存"击"字残块那家门前时，那黑漆漆的大门上却吊着一把铜锁。陪同我们的村书记立即打电话联系，但未能打通。

按剧中情节，我得先找到郑九云先生，他需要在家里给我讲述相关传说。但由于临汾市尧都区这几年迅速发展，康庄所在的北郊大部分已经被拔地而起的高楼大厦代替，康庄村南边一部分也已经拆迁。郑先生家就在拆迁范围内，他们因此得到一笔不菲的拆迁补偿款。他用这笔款子筹建了一座酒店，全家人就都住在那里了。他们家那豪华的住房显然和片中所要求的老人所居环境不太相符，所以，按照袁静导演的要求，村支书又在村里找了另一户比较具有农民气象的人家，作为我们的拍摄场地。我们过去看了看，袁导做了一些简单的指点和安排。一切就绪后，我们就被拉到了住宿处——尧都区政府大院内的招待所。我住在4号别墅区主卧室，孙亮和那个实习生分别住在次卧。袁静她们住在了14号别墅。

晚上，问袁导没事后，我联系大学同学王日明，让他驾车陪我到市委党校，按袁导的要求，找老友石耀辉教授拿了一本上面载有《击壤歌》文章的《尧文化》杂志，以此作为明天拍摄用的道具。

2017年11月18日，临汾，晴。

今天是正式开拍时间。早8：30吃早饭，9：00出发，9：20左右我们赶到康庄学校。到时，康庄村的支部书记和郑九云老人已经在那里等候。

先拍的镜头是我走到郑九云的院子里，碰到他正在洗脸，他很热情地接受了我的来访。我们坐在小凳子上，他给我讲了《击壤歌》和《击壤歌》石碑的来龙去脉。

接下来拍的是，我刚进康庄村，抑制不住兴奋，对着镜头说了句："我现在就算走在社会主义康庄大道上啦！"再拍我走在大街上，和一对爷孙（女）擦肩而过的情景。

第三组镜头拍我在郑九云的带领下，去看"击"字残碑。先是进大门，和该家主人相见的情景。接着拍我们走进房屋后面一个狭窄的巷子里，我看碑、抚碑、和郑九云两人交谈的情景。

这个镜头拍完，已近中午1点，我们遂回区政府招待所吃饭。饭毕，大家立即赶回康庄拍摄第四组镜头——是补拍郑九云先生带着我在街上走的情景，再后面是补拍我进康庄村后，问路人谁熟悉《击壤歌》的情景。到此，我的出镜工作全部完成。我回宾馆休息，他们继续拍摄一些陪衬镜头。

2017年11月19日，临汾，晴。

今天剧组无事，上午休息。午饭后，袁静他们在两点钟前往侯马，我午休后，乘出租车前往高铁站，坐16：45的高铁顺利返回北京，准备去中东事宜。

关于陶寺遗址的两个喜讯

2017年12月8日，北京，晴。

上午看到贾江涛在朋友圈里发的一则关于《祖先，祖先》的消息，引发了我的一些感慨，遂写下下面一段话也发到了朋友圈：

> 从中东考察回国，我听到两个好消息，一是陶寺遗址正式进入国家考古遗址公园立项名单。陶寺遗址是拙作《祖先，祖先》全书立论的核心和基点。它的入选意味着《祖先，祖先》立论的科学性从国家层面上进一步得到认可；二是《祖先，祖先》责任编辑贾江涛女士在朋友圈发了一个《祖先，祖先》的封面截图，并配发了一句感言："李琳之教授的作品。不到半年，上万啦！"写书和做出版工作的人都知道，现在的社科类图书，尤其是带有学术意味的著作，要销售万册以上，该有多难！我知道贾江涛女士为该书的出版付出了太多心血，她的感慨包含了多少酸甜苦辣呀！
>
> 关键的问题还在于，我觉得作为一个山西人，尤其是山西各级领导和文化界人士，应该深刻认识到，山西就是中华文明源头的滥觞之地。
>
> 《祖先，祖先》系统反映了1万年前至4000年前，山西临汾、运城和晋城部分地区在"三皇五帝"时期上古社会的真实历史状况。我在本书中采用了大散文的写作方式，把田野调查、

文献记载、遗迹遗址和考古成果结合起来，尽可能融科学严谨的历史考证和明快唯美的文学营造为一体，给我们还原中华文明源头那个真实宏大的祖先世界。我觉得拙作的意义不仅在于将伏羲、女娲、神农、炎黄，以及尧舜禹等众多远古英雄人物，从虚无缥缈的神话中拉回到坚实的大地上，揭示了中华文明5000年生生不息的秘密，而且还在于它揭示了山西古河东大地为什么能够成为最早中国、成为中华文明源头所在地的秘密，以及为什么"华夏""诸夏""中国"等中华文明标志性词语能够产生在这片沃土上的根本原因，这对于正在困境中寻求经济转型的山西，尤其具有不可忽视的现实意义。

2017年12月9日，北京，晴。

今天在朋友圈里看到来自《山西晚报》公众号的一则消息：《陶寺遗址：中国与"中原"的肇端》研究项目获得"重要考古研究成果奖"。

文章说，12月8日上午，第三届世界考古论坛在上海开幕，本届"重要考古研究成果奖"评选结果揭晓。由山西省考古研究所王晓毅与中国社会科学院考古研究所何驽、高江涛共同主持的《陶寺遗址："中国"与"中原"的肇端》荣获本届世界考古论坛"重要考古研究成果奖"，成为9个入选该"重要考古研究成果奖"中唯一一个中国考古项目。据悉，该奖项主要表彰在考古理论、方法、技术上实现了重大突破，以及基于考古新发现取得突破的研究成果。

"世界考古论坛·上海（SAF）"是创建于2013年的非营利性组织，目的在于推动世界范围内考古资源和文化遗产的调查、研究、保护与利用。它是宣传考古成果、促进考古研究、彰显文化遗产保护现代意义的国际平台。

看到这个消息，我的第一个反应就是，陶寺遗址作为最早"中国"的发源地，得到了世界考古学界的认可。这也就是说，《祖先，祖先》和正在拍摄的《华夏之源》的立论基础在国际层面上得到了承认。

两天之间，传来两个天大的喜讯，我的心情像极了杜甫闻听唐官军收复河南河北时那样的欣喜若狂："白日放歌须纵酒"，"漫卷诗书喜欲狂"！

我给他们深深地鞠上一躬

2017年12月15日，北京，晴。

我去中东之前，曾在"中华之源工作群"里看到工作人员传上来的拍摄计划，其拍摄场地之多、涉及地域之广，对于一部只有165分钟的三集电视系列片而言，不能说绝后，至少是空前的。

11月上旬至12月中旬，摄制组除要去山西拍摄我们上次考察过的那些遗址遗迹外，还要拍摄襄汾陶寺村"天塔舞狮"非遗项目、陶寺村内留存家谱的一户人家、吉县黄河壶口瀑布、吉县柿子滩遗址、洪洞大槐树、洪洞历山舜庙、绛县周家庄遗址、永和南庄乡羊皮筏子、闻喜花馍非遗项目和临汾一带枣山花馍祭祀仪式等。

同一个时间段，摄制组人员还要分头赶赴北京去拍北京古观象台、北京时间博物馆、北京城市规划馆、中国社会科学院考古所、北京历代帝王庙、怀柔莲池头村（拍民俗活动）等地；赶赴浙江，拍杭州良渚汇观山遗址、台州三门祭冬大典；赶赴陕西，拍陕西历史博物馆、西安国家授时中心、西安"长安号"丝绸之路货运专列、神木石峁发掘现场、神木商贸古城高家堡等地；赶赴河北，拍易县北福地遗址；赶赴晋豫交界地，拍王屋山、郭亮村挂壁公路和白陉黑毛沟空镜；赶赴河南，拍河南登封周公测影台；远赴云南，拍丽江玉水寨天香炉（祖庙广场上祖先塔），等等。同时，计划中，还有要出镜的国际国内相关专家20多人。

尽管现在有便捷的现代化交通工具和拍摄工具，但要在不到两个月的严寒季节把上边所列场景全部拍完，绝非轻而易举的事。

从中东回国后，我就一直惦念着这事。眼看着摄制组计划中的竣工期限就要到来，所以，我在下午给宋献伟去电，问《华夏之源》完成的进度。

献伟说，他最近没顾上这事，都是池建新和赵宏林他们在做。据了解，要拍摄的镜头很多，一时半会儿恐怕完成不了。

我又在微信里留言问袁静：袁导，你们都拍摄完了吗？天气越来越冷了。

袁静回复：我周三还要去襄汾（后面加了一个流泪的表情）。

我：太辛苦了，注意保重。

袁静：谢谢李老师。

2018年2月11日，太原，晴。

距离春节就剩下5天的时间了。上午给袁静去电，问她们放假了没有。她说刚放假。我又问片子是否拍完了。她说还没有。后边又发现了许多有价值的东西，春节上班后还要在北京拍。不过，她的那一集，也就是第一集基本拍完了。剩下的工作就是剪辑制作了。我说真没想到拍一部纪录片这么复杂，工作量这么大！我跟她说，明年返回北京后，我要请全体摄制组人员吃顿饭，略表心意。

现在这种状况，我无法预测《华夏之源》什么时候可以正式在央视播出，但我可以肯定的是，这部纪录片会成为一部在广度和深度上都达到目前国内所能达到最高水平的有关中国上古史的经典纪录片，它能把尧舜禹时代那个恍惚迷离的历史图景大致真实地展现在观众面前，从而为源源不断的中华文明5000年历史提供一个有力的佐证。

食不厌精，脍不厌细。近一年时间的接触和参与，我不由自主地从内心里升起一股由衷的敬意。尽管这个团队的所有成员都小了我很多，譬如年龄最小的张一泓才比我女儿大两三岁，但我敬佩他们，敬佩这个团队的敬业精神。

我给他们深深地鞠上一躬。

晋商大鳄杨世堂墓志铭

两年前，我开始关注家乡的历史文化。由于我就出生在襄汾县四大家族之一的南赵杨家杨世堂（杨凤楼）故居遗址的对面，几乎可以说是听着他的传奇故事长大的，所以我重新操笔后写的第一篇文章就是关于杨世堂的那篇《晋商的绝响》。写这篇文章时，我几乎把关于杨家杨世堂所有能收集到的资料都搜罗到了，而且还多方走访了一些知道详情的耄耋老人。但由于文字资料的匮乏和杨家直系后人都远在美国，有些情况还是雾中观花，不甚了了。

南赵杨家崛起于民国初年。1921年，新继任的杨家掌门杨世堂面对着铺天盖地的洋货、洋钞，机智应变，在和洋商的周旋斗智中，拿捏住洋商的七寸，巧妙地夺得洋商在西北的总代理权——取得了洋商的巨额资金，又得到了洋人的无形保护。杨世堂除过在陕西、甘肃和青海三省又陆续设立一些商号外，还分别利用洋人的资金在西北多地创设了大量的世字号商铺。至1921年，各种经营店铺林立于陕、甘、青、宁四省70多个县市，一跃成为闻名全国的西北商界巨魁。

此后，杨世堂将投资转回晋南家乡，先后投入巨额资金在新绛开办燮和火柴厂、新绛大益纺纱厂、世德永当号、世德和钱庄，在汾城开设药铺、古城粮店等，还在运城购买盐池一处，在晋南十几个县镇开设盐号。

杨家一步登顶，在晋商纷纷破产倒闭的严峻形势下，逆流而上，打了一个漂亮的翻身仗，唱出了在中华大地上辉煌数百年最壮丽、最烂漫的晋商绝响。

遗憾的是在杨家事业蒸蒸日上的时候，长年在外不规律的生活习惯和操劳过度导致的病魔悄悄吞噬了杨世堂原本强壮的身体。1934 年，年仅 55 岁的一代晋商翘楚杨世堂撒手人寰，驾鹤西归。

杨世堂去世后葬在其出生地南赵村西 8 里之遥的赵豹村北门外，并立有高大肃穆的墓碑。后来由于连年的战争，杨世堂墓地成为一片狼藉，墓碑也悄然失踪。

今年中秋节前夕，因为要了解平阳商帮的一些原始资料，我特意赶到临汾造访老友、著名收藏人来祥生先生。没想到，他给我看的第一份资料居然是一本已经破损不堪但基本内容还完整的 16 页厚的小 16 开本碑帖《汾城杨君墓志铭》。我仔细阅读了其中内容，瞬间就意识到了它的价值所在——这本碑帖可能是个孤本，内容则是到目前为止所有关于杨世堂资料中最原始的一份，其中涉及的很多问题都是已经被无情岁月淹没了的历史，具有十分重要的价值：一，该墓志铭叙明了杨世堂祖上三代姓名及和南赵村的关系，让长期以来困扰杨氏研究的家谱问题有了一个明确的答案；二，该墓志铭讲述了杨世堂的生平经历，使后人对杨世堂经商前求学的那段历史空白及其经商原因有了一个明确的认识；三，该墓志铭追忆了杨世堂以实业报国的宏大追求和辉煌成就，这使我们对杨世堂在晋商中的地位和作用可以有一个更准确的评价和定位。

尤其引起我注意的是该墓志铭篇首的"撰文"人、"书丹"（碑刻术语。指用朱砂直接将文字书写在碑石上）人和"篆盖"（碑刻术语。有些墓志铭上边有石盖，因盖上文字多用篆体，故名）人。

"撰文"人郑家溉（1871～1944）是湖南省长沙县人，曾供职于晚清翰林院。时为著名的书法家，后来因抗日殉国。1945 年，国民政府颁发褒扬令，盛赞郑家溉"硕德耄年，志节可风"。徐特立也曾在 1945 年 12 月 16 日

《解放日报》的一篇文章中写道:"中国在日本帝国主义屠杀中振奋了中国的老头。长沙老翰林郑家溉,拒绝任日本帝国主义维持会的职务,而遭屠杀,以死成全了自己的民族气节。"(转引自文热心《郑家溉:不屈的中国老头》,见2013年9月29日《湖南日报》)

郑家溉在长沙天心阁留下一名联:

此阁巍然,为全省观瞻所系;
世乱久矣,是一隅来复之机。

在岳阳楼撰联:

湖景依然,谁为长醉吕仙,理乱不闻惟把酒;
昔人往矣,安得忧时范相,疮瘦满目一登楼。

"书丹"人吕式斌(1883~1962),字允甫,是山东省文登市吕家集人。清军机章京,著名的书画家。中华人民共和国成立后,任故宫博物院工作人员。"中华门"三字为其手迹。1989年巴蜀书社出版《赵松雪书佑圣观捐施题名记》,第一名鉴定题识人即吕式斌。

"篆盖"人郑沅(?~1940年),字叔进,号习叟,也是湖南长沙人,著名书法家。光绪二十年甲午恩科探花,以翰林侍讲入值清代南书房,辛亥后曾为总统府秘书,袁世凯称帝后,郑沅乃以疾力辞,袁克定千方百计挽留,郑沅置之不理,扬长而去。

读完这本墓志铭,我心里在狂喜的同时,也有些疑惑,如此珍贵的罕见史料,以来先生渊博的学识,不可能不知道它的分量,怎么以前就没听他谈起过?

来先生说:"这本墓志铭是我几年前在临汾百汇旧书市场偶然间淘到的。你前几年给我打电话说我写的那篇《平阳晋商,我为你抱憾》关于杨家那部分有错误，我以为你早看到了这个资料。因为这个碑帖是印刷品，它是作为书法精品而被保留下来的，不应该只有这一本，我估计有关专家都有收藏呢。"

我说："据我接触到的晋商专家，尤其是襄汾本土文化的相关研究人员，至少到目前为止，还没有谁手里有这个东西，也没有在任何资料中看到过这个墓志铭。如果说酷爱书法的人收藏有可能，但他们并不清楚其内容的价值，所以即便有，也被淹没了。2010年，襄汾县文史资料委员会曾经出版过一本《襄汾文史资料·碑碣志文录》，也没有把它收录进去。"

从临汾返回太原后，我又和包括94岁的邱文选先生在内的多个晋商专家联系求证，都说没有见过这个墓志铭，我始确信这份《汾城杨君墓志铭》真是孤本。后来在太原理工大学李永福教授和张莉博士的帮助下，我们对这篇墓志铭做了认真点校，兹录如下：

　　汾城杨君墓志铭
　　清翰林院编修长沙郑家溉撰文
　　清军机章京文登吕式斌书丹
　　清翰林院侍读长沙郑沅篆盖

　　君讳凤楼，字修五，姓杨氏，山西汾城人。世居县之南赵村。曾祖讳和亭，祖讳桂一，考讳如锦，清按察使。照磨，杨氏之先世笃儒，修潜德弗燿。照磨公学尤高，见抑有司尤甚。回瞽君学，君天资颖悟绝人，尝受业同邑王孝廉渊通之门。孝廉一时名士，开馆授徒，门下著录者甚众。君则枕葄经史，疏抉款窾，意在昭义达情，引申师说，孝廉独心异之。为文援据该洽，操笔立就，遂于清光绪甲辰之岁应试，辙中附贡。是时，君年少，英气虎虎，方谓文坛独步，耻青紫如拾芥。适清廷变法维新，兴学堂，罢科举，君于是绝意仕进。尝谓：中国末流大患，患在士大夫耻言治生，口诵先圣之言，足践禄利之涂，託名至高，狗迹至下，其或屈于有司而摈于当世才智者，则思揣合时尚，更穴异窦，不得，则辍耕陇上，太息待时，甚至走越走胡，不惜以宗国与人，徼倖一己之富贵。无怪二千年来，盗贼夷狄之祸相属，天下脊脊大乱。先是，照磨公废举，鬻财于青、陇之间。君一日请于父，单骑西行，凡三十余日，抵皋兰。皋兰，西陲一大都会也。间阎隐赈，商旅辐辏，宝货山积。君按视久之，始归。照磨公卒于宣统初元，君遂修业而息之。能择人而任时，不数年间，遂至钜万。于西陲数省交通往来之地，设肆殆徧。

性能耐劳苦，忍嗜欲，毂于养生而厚以待人。遇岁荒歉，捐赀振救，无少吝惜。闾里善举，众起具办，君率其先。贫交疏族，数斥其产，咸被沾润，此诚所谓富而好行其德者也。君经纪既多，率三岁一西行，行必以一年为期。西徼荒远，气候寒苦，值国家多难，土匪出没，道路梗塞，君则蒙犯霜雪，经历险阻，二十年如一日。

以是，考知谣俗喜好，土产所宜，山河要塞，道涂险易，靡不周尽。河东道尹詗知君能，委以实业调查委员。

建国十八年春，君在湟源，忽回民搆衅，破城而入，焚掠惨杀，凶燄张甚，君从容部署，处之泰然，守令以下数十人皆恃君无恐，皆免于难。其临危镇定，应变不穷又如此。自湟源归，众议稍缓西行，君仍不乐无事，遂于汾、绛两县倡办工商各业。今新绛有大益纺织及燮和火柴两公司，规模宏大，皆君与一二巨绅经始，乃以心力交瘁，忽遘重疾，于民国二十三年七月十五日卒于里第。距生于清光绪六年十二月廿九日，春秋五十有五。

国家方属意西陲，君既习知边事，正当偕纡筹荣，何图天不假年，遽陨国宝，识与不识，闻者莫不悼痛。

　　元配李氏，无出。继配梁氏，子二：福铨，现任汾城县财务局主任；德铨，肄业北平辅仁大学。福铨娶同邑吕氏，士族。德铨娶解县薛氏，为子良部长兄①女。女二：彩云，适刘②；瑞云，适李。孙二：兆淹、兆潜。即以翌年八月十三日，祔葬于赵豹村照磨公墓次，并迁李氏之柩合焉。

　　德铨有学行，余子燮与之友善。今来泣请志墓，何能辞？
铭曰：

　　结驷连骑，与时转逐。于彼孔门，曰师端木。千金立散，寒畯昭苏。于彼货殖，又慕陶朱。其学足以从政，其才足以济时。天胡夺之速而遽止于斯？郁郁佳……，……其东。勒词……③

注释：

①子良部长兄：即薛笃弼（1890～1973），运城人。曾先后任北洋政府司法部次长、国务院代秘书长、内务部次长、甘肃省省长、国民联军总司令部财政委员会委员长。1927年后任国民党政府民政部、内政部、卫生部部长，水利委员会委员长、水利部部长。薛笃弼的女儿薛宝婵是杨世堂二儿子杨德铨的妻子。

②适刘：嫁于刘家。此指襄汾四大家族之一的南高刘家。

③文中"……"是结尾处损毁的几个字。

2014.9.11.

岳母

印象中，岳母的身体垮下来是从她70岁生日开始的。那年，儿女们张罗着给她过寿，她远在昆明的小儿子也早早捎信来说，他们全家3口人，外带他的岳父岳母，都要回山西给老人家来祝寿。岳母心里欢喜，却有一些忐忑不安。家里的几间房子都是20世纪70年代建的，早已斑驳陆离、破旧不堪了。亲家公、亲家母第一次不远万里上她家里做客，总不能太寒碜，给儿子丢人吧。一向好强的岳母和岳父就张罗着把那几间房子里里外外收拾、粉刷了一遍。房子拾掇完了，岳母也病倒了。赶到生日这一天，她头昏脑涨，四肢乏力，连走路都是踉踉跄跄的。按说，这个时候她这种样子，就应该卧床休息了，可岳母不，她觉得那么多亲朋好友来给她过生日，她无论如何得咬紧牙关，应付下来，不能扫了大家的兴致。

乡村不同城里，讲究比较多。既然是过寿，那就得有一个仪式，在仪式上，大家得按辈分轮流给她老人家叩头拜寿。岳父岳母的兄弟姊妹本就有十几个，再加上堂兄堂弟、堂姐堂妹、姑表兄妹，以及其他七大姑、八大姨和子侄儿孙辈，一路数下来，大概就有百十人之多。偏凑的，那天院子里也没有搭帐篷，岳母和几个陪寿的长辈就被主持人安排坐在日头底下，接受儿孙们的叩拜。虽说那时是仲春时节，天气还不太热，但在直射的阳光下要端端正正地坐上一个多小时，恐怕一般人都难以忍受，遑论一个病恹恹的老太太。

那天之后，岳母的身体每况愈下，先是高血压病症加重，接着是脑出血，双眼模糊看不清东西，再后来就是心脏衰竭。到最后两年，她已经无法自理，脑袋时而清醒，时而糊涂，基本上是任由别人摆布了。有一次，岳母看到妻忙前忙后地伺候她吃喝，竟"扑簌扑簌"地掉下几滴眼泪，可怜兮兮地说："妮儿，看妈这病把你们给拖累的，可妈又死不了，有什么办法啊！"

妻后来给我说："妈年轻时是一个很刚强的人，从来不低头求人，可是现在……"妻说着就哽咽起来。

妻兄弟姐妹6个，她排行老四。小时候，她家里很穷，一家人经常是吃了上顿没下顿。岳父那时担任着大队的党支部书记，一天到晚都在外面忙得不着家，家里实际就全靠岳母一人在料理。妻说，在她的记忆当中，好像岳母就从来没有跟他们一起上桌吃过饭。每次给他们兄妹盛好饭后，岳母就出去喂猪喂鸡，或者干别的杂活去了。直到他们都吃饱喝足，她才回来吃剩饭，锅里剩多少，她吃多少。而在很多情况下，不懂事的他们就把锅里吃了个一干二净，这个时候，岳母就只能饿着肚子或找出一块干馍啃上两口充饥。

妻说，她对儿时的这个情景铭心刻骨，可对于为什么岳母不跟他们一起上桌吃饭这个事情一直不能理解，直到岳母去世后她守灵时，才突然意识到，那个时候家里粮食少，岳母做饭时害怕浪费又不敢多做，就只能先紧着正长身体的孩子们和要干重活的岳父吃……

岳母的家在临汾地区所属吕梁山的一个闭塞的山头上。那里没有棉花，不像山下的人可以就地取材纺棉织布，他们需要花钱去买。然而，一个有6个孩子需要张口吃饭的贫穷家庭，哪里有余钱给孩子们扯布做新衣啊！一件衣服，一般都是老大穿了老二穿，老二穿了再给老三穿，如此依次传下去，直到那件衣服穿得稀巴烂，补丁都撂不上去时，岳母才会让它们光荣退役。但如果总是这样，兄弟姊妹们就不免会闹意见，孩子们也走不到人前去。于是，岳母绞尽脑汁想出了一个不是办法的办法。她把家里吃完面剩下的面袋子扯开，洗干净后，染成红绿青蓝紫各种颜色，然后再用这种染后的面袋布料给孩子们做成各式新衣。妻说，他们都是山里的穷孩子，那时只要能有一身新衣穿，就已经很满足了，哪还能顾得上是什么布料！

每年除夕，大概是岳母最忙的时候，妻说，她记忆中，好像从来没见岳母在大年夜睡过觉。由于兄弟姐妹多，岳母虽然老早就给他们开始做新年衣服，但最后总要忙碌到除夕那一天为止。新衣做好了，免不了有不太合适的地方，岳母就在煤油灯下一件接一件地给他们修修改改，缝缝补补，一直到他们起床，外边的鞭炮声"噼里啪啦"地响起来时，她的针线活儿才不得不告一个段落。此时，一宿未眠的岳母只能揉揉惺忪的眼睛，就又烧起火，开始给全家煮新年的第一顿饺子。

熟悉岳母的人都知道，她要强性格的背后是替人着想的宽宏大量。我和妻谈恋爱时，正在读研。那时候，我的父亲已经过世，母亲也已年过六旬，家里一点收入也没有。到谈婚论嫁的时候了，我心里没底，就问妻："你们那儿的彩礼一般要多少啊？"

妻回答说："少到底也得一万大几吧。"

我心里有些不得劲，就讪讪地说："那么多？我一个穷学生到哪里去弄啊？"

妻忽然间笑了："你娶我一个大活人回家，多多少少总得给一些，意思意思吧？"

我赶紧说："那当然啦。反正我就这家底，你都知道。"顿了一下，我开玩笑说："送个大几百，还是没问题的。嘿嘿……"

妻白了我一眼："你好意思说啊？不过——"妻若有所思地说，"我爸妈是很通情达理的，我觉得问题不是很大。"

后来，我托人找岳父岳母说结婚一事的时候，岳父说："那就给上800元吧，孩子正在读研，我们能体谅。"谁知，这个时候，岳母插话说："我看让娃给你买上一件呢子大衣，再拿上500元就行啦。"

当帮忙人回来给我述说这一切的时候，我激动得差点蹦了起来。如果说岳父显得开通，那还说得过去，因为岳父毕竟见过世面，好歹也做过村里的一把手。但岳母从小就生长在闭塞的山沟里，大字不识一个，居然有如此大的胸襟，这就太出乎我的意料了！要知道，那个时代，一件顶好的呢子大衣也无非100多元钱——岳母一句话，就等于把我本就见不得人的那几个彩礼钱又省下了近200元。

岳母是20世纪40年代生人，她上面有个哥哥，下面还有4个妹妹。她的父母都是老实巴交的农民，脑子里残存着根深蒂固的重男轻女思想——她的哥哥坐在凉爽的学堂里琅琅读书的时候，她不得不和妹妹们背朝日头面朝地地在田间地头辛苦劳作。不过，她好像没有什么怨言，还认为那都是正常现象。她是姊妹五个中的老大，为了让父母省心，不给他们添堵，她勤勤恳恳，任劳任怨，用大度，甚至用忍气吞声包容了兄妹们的一切优点和缺点，真正起到了一个大姐的表率作用。

岳母自小的这种生活经历让她养成了凡事总是先替他人考虑的思维定势。有时候，她的这种做法近乎到了自虐的地步。那年2月，我儿子出生，岳母从老家赶到太原妇幼保健院伺候坐月子的妻子。有一次，她去卫生间，不小心摔倒在地，可能是她摔倒的那一刻，想用手撑地，结果大拇指的指甲首先接触到了地面，那个指甲当时就劈开了一半。她怕我们担心，愣是忍着疼痛，没有吭声，直到好几年后，她才在一次闲谈中给妻提起此事。这让妻和我内疚了好几年。

8年前，内弟媳妇快要临盆时，岳母主动要求到昆明伺候儿媳坐月子。但他们老两口前后住了不到40天，就非闹着要回老家不可。我觉得岳父岳母的这种行为有些不可思议。毕竟已经去了，还是那么远的距离，不能说回就回吧？按岳母平素为人处世的风格，我觉得事情不应该是这个样子的。

回来问她原因，她说，一是吃不惯那里的饭菜，二是住不惯那里的楼房，三是一个认识的人也没有，非常孤独，四是自己和作为云南本地人的儿媳妇的生活习惯截然不同，说话还彼此听不懂，有时候就会闹出一些误会。最关键的还是，其他亲人都在山西，她在那里想家想得不行，感觉过一天就像过一年那么漫长。她说，再待下去，她会发疯的。

  岳母一生几乎没出过什么远门，她的这种心情我理解。但以她从不亏欠别人的性格而言，我感觉她心里背上了沉重的亲情债务，毕竟她和岳父打道回府时，内弟媳妇生孩子还不到一个月呢。像她那种时时处处都要考虑到别人感受的人，一旦做了一些自己觉得不太合适的事儿，很难就轻易原谅自己的。

  可惜，几年以后岳母过 70 岁寿诞时，我们大家都忽略了这一点。而在以后岳母病情日渐加重时，我们也只是关心了她的身体，照顾了她的衣食起居，却未能给她以精神上的按摩和疏导。

  遗憾的是，大梦醒来迟——岳母最终还是在她 75 岁生日前撒手走了。

  妻说，岳母去世前一个月，脸上总是荡漾着灿烂的笑意，你不论跟她说什么，她总是显得好高兴的样子。

  我知道，这是岳母一生自始至终奉行的做人准则——即使到了生命的尽头，她也要带走所有的痛苦，只把快乐留给亲人，留给身后的世界。

2016.3.31.一稿
2018.1.31.终稿

文化的感动

得悉邱文选先生病故的噩耗时,我正在医院里陪侍躺在床上的母亲。不巧复不幸的是,岳母也久病在床,妻子回临汾去床前尽孝了。我分身乏术,实在无法回故乡去参加老人家的追悼会,唯一能做的是在遥远的他乡异地,用心里流淌的这一行行痛惜的字符,遥寄我的哀思,倾诉我的悲情。

说起来,我认识邱老时间并不长,只有三年半的时间;邱老又比我大了足足46岁;我们还分别居住在两个相距千里之外的城市……但这些客观上的鸿沟似乎都没能阻挡住我俩成为高山流水一样的知音,成为一对在喧嚣时代里寂寞文化上的"忘年交"。仔细想想,所有这一切,其实都源于一种文化的感动,缘于我们彼此对故乡文化传承的那份执着和热爱,源于彼此对对方为挖掘、研究故乡文化所付出不懈努力的感恩情怀。

我曾在《乡贤邱文选先生》(原载《感喟秋雨》,李琳著,同心出版社,2013年3月第1版)一文中追忆了我第一次接触邱文选这个名字的情形:

1999年春日的一个上午,我在黄河书店办公室闲得无聊上网浏览时,偶然发现了一篇署名邱文选的关于襄汾县四大商业家族的文章,我欣喜若狂。我没有想到,我从小就耳熟能详的师庄尉家、北柴王家、南高刘家和南赵杨家,居然能登上大雅之堂,居然在名震中外的晋商大军中有着如此举足轻重的地位和作用。尤其是和我还有着不解之缘的南赵杨家竟然还有这么恢弘的历史影像，这让我产生了一种难以名状的兴奋和骄傲，一时间竟手足无措，坐卧不安……那个时候，我激动的心里忽然产生了一种感激之情，这个人能把我的故里文化发掘、发扬、光大，同为那片古老、神奇土地的子孙后人，我怎能无动于衷呢？

正是16年前偶然看到的那篇文章，让我在三年半前开始转身关注故乡文化时首先关注并拜访了邱文选先生——那是2012年11月，邱老时年92岁。

那次拜访，邱老跟我谈了很多襄汾历史文化，譬如襄汾商人文化、赵康古城文化、赵氏孤儿忠义文化、汾城古镇文化，如此等等。临走前，他还送给我一套他前几年出版的三卷本的《史坛耕耘集》。（中国文史出版社，2008年7月第1版）

两个小时的叙谈结束时，我忽然有了一种找到航塔和知音的感觉，而邱老对我这个不速之客的突然来访和离去也表现出由起初的敷衍应付，到中间的兴致盎然，再到最后的恋恋不舍——我现在想，那该是一个寂寞的文化老人看到他痴迷的家乡文化终于有了可能的理想传承人而瞬间产生的惺惺相惜之情吧。

从故乡返至北京，我把邱老这部170多万字的著作大致浏览了一下，我发现这部书收录的不过是他700万字各类文章中的一小部分——从1981年他进入耳顺之年发表的第一篇学术论文起，至2003年他82岁时，他以惊人的毅力撰写了各类论文、书评、杂谈600余篇，在全国30多家报刊发表，有45篇由国家媒体向海外120多个国家和地区转载、发布。此外，他在古文功底很薄弱的情况下，边学习，边研究，居然编著了11万字的《楚辞研究》，标点注释了40万字的《襄陵县志》。他因此被山西省文史馆授予"晋国史专家"称号，1989年还荣获了全国老有所为精英奖金质奖章。

邱老这些著述的大部分篇什都写的是故乡数千年以来的历史文化——我再一次被这个老人的故土情怀和奉献精神感动。激荡起伏的思绪促使我即刻动笔，写下《乡贤邱文选先生》一文，补进了我几个月后就要出版的带着浓郁故乡文化特色的新书中——我不能让这么一位为襄汾文化做出重大贡献的老人就这么寂寞下去，我想让更多的人知道，邱老是襄汾文化活着的灵魂，是襄汾文化的一座里程碑。

2013年3月，《感喟秋雨》出版，我特意给邱老快递了几本。一个月后，我回故乡又专门去探望了他。

那天，老人显得很高兴，我们聊得很投缘。我感慨地说："邱老，您如果能再年轻一二十岁，那该多好啊！我去考察那些遗迹遗址就能带上您一块去了。"

话音刚落，邱老就说："嘿嘿，我年龄是大了点，但腿脚还行。你要是愿意，我陪你去转转。"

他老人家那时已是93岁的高龄了，走路颤颤巍巍的，我只不过是聊发一时感慨而已，哪敢带他出行呀！我没有答应他，但我却很感动，显然他已经在心里把我视作一个可以信赖的知己了。

2014年1月，凝结着我多年心血的《中华祖脉》出版，因为其中80%的篇幅都涉及故乡的历史文化，我又通过他的儿子邱小林给他快递了两本。没想到，两个月之后，他竟洋洋洒洒地给我写了一篇五六千字的书评《两部文采飞扬的史学佳作——读李琳之〈感喟秋雨〉和〈中华祖脉〉》，先后刊登在《丁香文化》杂志和《山西商报》上。邱老在文中说：

> 这两本书虽是着重考证古代历史文化的著述，但是其文笔完全摆脱了那种陈奥古僻、艰涩难懂的记述，跳出使人感到枯燥乏味、昏昏欲睡的故轨。其笔调流利酣畅，文采斐然，读之朗朗上口，意韵奔放，是近年不可多得的史学佳作；又脉络清晰，自然淋漓，是两本颇具文学价值的散文珍品，令人手难释

卷。我虽已至93岁的高龄，提笔艰难，但仍然止不住内心的澎湃，观感屡萌，文意荡然，因此，不揣冒昧，作为读者谈谈自己阅读两书后的感受……

邱老的夸奖让我汗颜，尤其是他以那样的衰老之躯还提笔为我鼓呼，让我感到了一丝愧疚和不安。

自此以后，邱老凡有新作，一定会在第一时间发到我的邮箱，使我有幸成为他的第一个读者。我粗略地统计了一下，不到两年的时间，他发给我的文章就有七八篇之多，诸如《我为晋国历史而辩疑》《追寻父亲曾经走过的足迹》《晋国史研究四题》《九原山考古》《古晋羊舌三室与羊舌氏世家考略》《唐、晋文化是我国北方黄河流域农耕文明的纽带与源头》《从考古报告的纪实角度再说古晋国故绛城》，如此等等。

2014年中秋节前夕，因为要了解平阳商帮的一些原始资料，我到临汾，在老友、著名的收藏人来祥生先生处偶然发现了一本16开本的碑帖《汾城杨君墓志铭》，我仔细阅读了其中内容，立刻意识到了它的价值所在——这本碑帖可能是个孤本，内容则是到目前为止所有关于襄汾县四大家族之一的杨家掌门人杨世堂资料中最原始的一份，其中涉及的很多问题都是已经被无情岁月淹没了的历史，具有十分重要的价值。

从临汾返回太原后，我特意给邱老打电话述说此事，并把我拍摄的这本碑帖的照片和断句整理后的文献，从电子邮箱上给他发了过去。此后我写了文章《偶然间发现的晋商大鳄襄汾杨世堂墓志铭》，发表在《临汾晚报》上。谁知，仅过了半个月，邱老就写了一篇《关于杨世堂墓志铭的考察意见》发给我，从方方面面论证了《汾城杨君墓志铭》作为孤本的真实性。（该文后来刊登在《丁香文化》2015年第1期上）

邱老踏实和严谨的学术作风，以及不顾年迈体弱呼应我的热心，让我感念不已。

此事两个月后，我应襄汾县三晋文化研究会邀请给该会100多位文化人士做《明清至民国时期的"襄汾商人"》的专题讲座。这个讲座的大厅恰好就在邱老居住的那个小区内另一单元的二楼上。我原计划讲座结束后顺便去探望一下老人家。没想到，我在主持人高建录会长的陪同下走进演讲厅的时候，我一眼就看见邱老竟佝偻着背坐在下边正向我这边微笑着望过来。那一霎，我的眼睛一热，差点掉下泪来。

演讲结束后，看到邱老在人群后面蹒跚着向外挪步，我赶紧走上前去扶着他慢慢地下楼，然后送他到家里。邱老一坐下来，就呼喘着说："你讲得好！你这篇文章在《丁陶文化》发表出来，我连看了两遍。有理有据，有情有感，文质并茂，襄汾商人的业绩在那儿明摆着，驳不倒嘛！你为研究、弘扬襄汾的商人文化做出了大贡献！"

这篇文章大约3万字，是我在分别对襄汾县明清至民国时代的八个商业大家族做了充分调研后写成的。文章一经出笼，即引起强烈反响，各种纸媒、微信平台和网站都纷纷予以转载，好评如潮。但说实话，我并不是太看重这些，我只希望能亲耳聆听邱老的如实评价，我才能安下心来。因为最先把襄汾四大家族提到晋商研究的高度上的是邱老，我只不过是在此基础上又做了一些更为细致的调研工作而已。

2015年清明节回故乡时，我又专门去看望了他。他那时说话已经大不如前，身体似乎也虚弱了许多。但他见了我显得很高兴，甚至有些亢奋。这之后，一直到10月底，他忽然给我发来了一篇《沉痛悼念黄英》的文章，希望我能推荐到纸媒上发表。

黄英是襄汾县一位才华横溢的女作家，前些日子因患癌症，不幸中年早逝。邱老和黄英生前多有交集，但因为他老人家年老体衰，周围的人都瞒着他。他是从报刊上看到那些悼念黄英的文章才知道了事情的真相。他为黄英的过早离世而感到格外的惋惜和悲痛，于是，他哆哆嗦嗦地坐在电脑前，敲下了这篇近5000字的怀念文章。只是他没想到，我也不会想到，这篇充满感恩情怀的文章竟成了他的绝笔！

2016年除夕，我又像往年一样，给他发了温馨的新年祝福短信。他一直没回音。我想,他已是耄耋之年了,一年比一年衰弱,回不了短信也正常。但出乎意料的是,正月十一,我接到了他在初七就已经去世的消息。

一个人最痛苦的莫过于你敬爱的人去世前你未能看上他一眼,更痛苦的是他的遗体告别仪式你也不能去参加。

我无可奈何,只能坐在这里,强忍悲痛,用自己心灵上流淌出的这些文字去遥祭他那颗伟大的灵魂——

鹤驾扶摇云天上,空留诗行断吾肠;

想是今生从此罢,难读流水好文章。

2016.3.8.一稿

2016.3.29.终稿

大音希声

前些日子，我在隰县师范微信群里看到有人发出一则帖子说，毛贞元先生去世了。我在那一刻，才忽然意识到，我的记忆深处原来还藏着这么一个遥远而模糊的影子。

29年前，我大学毕业，阴差阳错地被分配到地处吕梁山深处的隰县师范学校任教。那时，隰师有三个人因其特殊的身份引起了我的注意。一个是校长徐福宝，他是上海知青；一个是教导主任赵大勇，他是北京知青；还有一个就是毛贞元先生，他也是北京知青。但毛先生和前边两人还不一样，他没有官职，就是一普普通通的美术老师。毛先生那时大概50岁出头的样子，硕大的头颅上梳着一个大背头，不过，那花白的头发却像长在路边被碾压过的野草似的，一根根纷纷不屈地向上挣扎着；他魁梧的身材上裹着的总是一件略微发白的蓝色工作服，好像很长时间没有洗过一样。几乎每天下午活动时间，我都可以看到他领着一帮学生在操场边、在马路旁写生、画画——当然全是免费的。

毛先生待人谦和，似乎把每个同事都当做了领导，只要在路上碰面，他老远就会把手抬上去，给你声打招呼："某老师好！"，同时很谦恭地给你点点头，再报一个温馨的微笑。可能由于年龄的差异——他大我近30岁，也可能是由于专业和性格的不同，我俩私下交往不多。我只听人说，他的出身背景很不一般，他的师承也很厉害，但我始终没在他嘴里听他谈过这方面的事情，也没有人知道他更详细的情况。有一回，一个叫赵凯的老师在吃饭时，问我们几个刚到隰师任教的青年教师："你们谁知道条顿族是哪个国家的？"

我们面面相觑，一脸懵逼。赵凯好像很自豪地说："我问过很多人，可只有毛贞元老师一个人答对了：条顿族是德国的一个民族。毛老师厉害啊！"赵凯是当时隰师年轻老师里公认的才子，自视甚高，让他佩服的人还真没几个。我暗自惊叹，这么刁钻的问题毛先生都知道，他的知识面该是如何广博呵！

毛老师的爱人是临汾翼城人，长得娇小玲珑，能说会道，这一点和毛老师慢吞吞说话的样子形成了鲜明的对照。她也在隰师，做的好像是后勤上的工作。有时候我们碰在一起，也免不了唠叨几句。具体聊什么，我都没了印象，但记得好像她总是在抱怨毛老师不懂世故人情，两人没有共同语言，如此等等。当时我也没往心里去，现在回头想想，毛老师这样特立独行的性格，可能在外边给人的印象和家里是不一样的。毕竟，一个搞艺术的人，本来就是一个超脱世俗的人，如果用庸常的标准去衡量他，那他可能就问题多多了。

我在那里待了不到两年就考回山西大学读研了，从此再也没有见过毛先生。离开隰师将近30年的日子里，我很少，或者说几乎就从来没有想起过他。也许，毛先生是太平凡了。平凡得你都记不起他的存在来。

……

我在回想着这些旧事的时候，有以前的同事发了一则毛先生简历的帖子：

毛贞元，中国当代著名大写意花鸟画家，齐派大写意第三代传人。

1936年生于北京，祖籍四川仁寿，其父毛燮均为北京大学医学院奠基人，被称为"中国现代口腔医学之父"；其母从事教育学研究。父母均为哈佛大学归国学者,虔诚的基督教徒。

毛贞元先生幼年时期在母亲启蒙下开始学习美术及音乐,后入北京汇文小学读书,在孙敬修、刘浩如等名师指导下学习中国画及书法。

中学时期就读于北京育英中学,跟随杨士林先生进一步学习绘画,随后进入中国航空公司工作。

1958年研修于中央美术学院、中国画院,并师从于李斛、郭风惠等著名画家。

1960～1964年拜师于著名大写意花鸟画家李苦禅先生门下,研习大写意花鸟画,从此奠定了其坚实的大写意中国画基础。

1965年插队山西,1972～1999年先后任教于隰县师范、山西师范大学临汾学院,1999年退休后回北京定居。

看完帖子,我愣住了。他的出身、他的师承、他的成就……

莫名其妙地,我忽然想起了一句老话:鹰有的时候飞得比鸡还低,但是鸡永远不可能飞到鹰的高度。

大音希声,大象无形。

——谨以此文献给我曾经的同事毛贞元先生。

2017.9.3.一稿
2018.5.4.终稿

大家的风范

去年3月，我的《家国往事》书稿交付出版社后，我忽然想到应该请个大家作序。我觉得我要请的这个大家应该具备三个条件：一是他必须是文学大家，二是他必须是学问大家，三是他必须有很深的历史学造诣。之所以这样设定，是因为我的这本书既是文学作品，也是史学著述，其中还有不少学术成分在内。我掰着手指头数来数去，感觉在我认识的人中只有韩石山先生来写这个序比较合适。韩先生在中国文坛名震遐迩，我上大学时就拜读过他的好多小说，是我久仰的大家，后来他转道做学问，写出了《李健吾传》《徐志摩传》和《文人的脾气——韩石山文学批评选》等一系列的学术著作，在学术界也是声名赫赫。另外，还有最重要的一点是，韩先生乃大学历史系科班出身，和我这个哲学系出身的人从事文学创作还有异曲同工之妙。

韩先生成为我心中的不二人选，但能不能请动这位大咖，我心里却没底。我和韩先生几乎没打过什么交道，更不用说交情了。虽然20年前我在《山西经济报·现代周刊》做特邀编辑时，曾奉命到他的家里取过约稿，发表过他的文章，他也亲自签名送过我一本《韩石山文学评论集》；前年我的《中华祖脉》出版后，也曾托作家陈为人先生转赠过他，但是这么多年我们毕竟没有单独接触过，他还能不能记起我这个人，我都没有把握。

找韩先生的电话容易，但我不能冒昧给他去电或发短信。那样太唐突，也显得太没礼貌了。踌躇再三，我决定请陈为人先生帮忙。陈先生是曾经的山西省作协秘书长，也是我的老领导，他还写过韩石山先生的传记，现在和韩先生隔邻而居，有他出面，韩先生大概不会轻易拒绝。

　　我就抱着这样的想法找到了陈先生，说明了我的意思。陈先生很热情，不久就给我回复，说韩先生答应了，但得多给他一些时间，因为韩先生正应出版社之约在写一部什么人的长篇传记。

　　得到这个消息，我就赶紧给韩先生去了电话，想约他出来吃顿饭表示感谢。韩先生说："你先将书稿发我邮箱，我先看看，这样见面就可谈及，以利写序，吃饭一事以后再说。"

　　当时，我的书稿还在三校之中，我就把二校稿电子版给他发了过去。韩先生很快就来了短信：

李琳兄：
　　收到。请你给我一个最后的期限，不要短了，这是因为，一，我可以从容看过，二，可以从容写作，以其尽量彼此都满意也。这不是客气话。是对你负责，也是对我负责。特告。
　　　　　　　　　　　　　　　　　　　　　　　　韩石山上

　　我回复他："5月底，你看行吗？我想让出版社7月下厂付印。"

　　韩先生答："收到。且看了你的序，也就大致明白，你的思想框架是什么了。只是空过了前一段时间，我在写《徐永昌传》，不能住手，这事儿，只能放到6月份了。且是6月的中旬。那时全书写完，到了润色时期，就闲了。你说呢？"

　　我说："韩老师：就按您说的办，没有问题，不耽误事儿。"

　　有了韩先生答应作序的承诺，按说应该高兴才对，我却高兴不起来，反倒有一种很紧张的感觉。众所周知，韩先生在文坛以对文字的苛刻要求出名，他看不上的东西会毫不留情地大肆鞭挞，根本不管你是何方神圣，很多大腕都因此遭受过他的炮火袭击。譬如，堂堂的北大教授谢冕就曾经让韩先生批得体无完肤，败得一塌糊涂。韩先生还写过一本书叫作《谁红跟谁急》，把当年那些红得发紫的所谓大家们批得只有招架之功毫无还手之力，本来"你好我好大家都好"的中国文坛让他搅了个"天翻地覆"。我虽然不无自信，但在文坛毕竟也是个"新人"，那种"妆罢低眉问夫婿，画眉深浅入时无"正是我彼时最好的心理写照。何况，我的"夫婿"还是以酷评闻名的韩石山！

记得去年4月某一天，有一次我遇见了山西省国际文化交流协会会长崔晋宏先生，他问我《家国往事》准备请谁作序，我说是韩石山。崔先生立刻瞪起了眼睛："韩石山？那可是个很傲的人啊，一般的文字哪里能入了他的法眼？"

我苦笑一声，没敢言语。怀着这种忐忑的心理挨过了3个月，在6月17日上午，我终于接到了韩先生给我发来的两封电邮。我打开第一封，立时一口气读了下去：

琳之先生：

  原来说好6月中旬给你稿子，只好停下手头的活儿，用了几天时间，将文章写起了。1700字，正是我原来估计的长短。发过去，你看看，若有不满意的地方，我可以改。再就是你的书稿，你说校了三遍，我看的过程中，还是发现一些错字，且不止一两处。标出来，你看是不是错了？一、39页，刘笃敬194年出生，当为1849年出生；二、39页，下面一些，明代宏治年间，明代有弘治年，没有宏治年；三、44页，三自然段顺四行，填塞期间，期字当为其字，期是时间也；四、第46页，一自然段第二行，凤凰涅槃，此字打不出，你写成了磐，下面应当是木字，在第65页，你又写对了；五、第51页，刘的对联语，今日世界竟存,竟字错了,应当是竟字。竟存,是旧时代的常用语。后面写你家的篇看得细,其他看得粗。同时发给为人看看。让他知道,我这个活儿做得还行。一笑。我的文章,你也要细细看看,说不定有错字。我只看过两遍。

韩石山上

我看后有点懵:如此认真,我真是头一次遇到。那一霎,我忐忑的心里忽然有了一种暖暖的感觉。

再打开第二封一看,原来这封邮件是同时写给我和陈为人先生的:

琳之先生,为人先生:

改了两三个字,就是将高粱面窝窝,改为红面鱼鱼(一种高粱面做的面食),因晋中并不吃高粱面窝窝也。有不妥的地方,尽可提出来,我改。若在报上发表,可改题名为《尽一下尽告的义务——读李琳之〈家国往事〉》。内文的第一句,琳之先生要改为李琳之先生。内文的书稿二字,改为书,总之,要将序改成读后感即书评。

韩石山上

我没料到韩先生会考虑得如此全面,连把该序以后作为评论发表的标题都替我想好了。

序的发表是以后的事儿了,我现在最急迫的是想知道韩先生对我这本书是怎样评价的。打开附件,我立刻一目十行地看下去。他在这个序中一开头就写道:

李琳之先生是个会写文章的人,以物种而论,这样的物种,已日渐稀少。拿到这部书稿,先看的是他的自序,顿生好感,多么简洁又多么得体。得体且不论,就文章而言,简洁,说是文字的一种特色,莫若说是作者的一种品质。他知道自己不是神,下笔总是适可而止,他知道对方不是愚顽,故而不会把话说满。这样的文章,看到会心处,你会轻轻一笑,你知道自己得到尊重,由不得也就尊重对方……李先生不光文笔好,脑子也清楚,大散文的精髓得着了,弊病且让他弊病去,自个没有染上……

是人总会有虚荣心的,我当时阅罢是狂喜不已。想想也难怪,如此权威又以酷评闻名的大家对一个初涉文坛的后生小子(尽管我的年龄已经接近知天命之年)有如此高的评价,我怎么可能安如泰山、喜怒不形于色呢?

我在逐渐平复了激动的心情后,忽然想到,韩先生是不是看着陈为人先生的面子刻意这么做来鼓励我呢?我于是抱着试探的心情,重新坐到电脑前给他写了一封回信:

韩老师:
来信收悉,大作已经拜读。我很满意,无更改之处。只是先生谬奖,让后生小子汗颜不已。另,您的敬业态度令我感佩。发您的《家国往事》三校稿,是出版社校了一次,我自己校对了两次,现在出版社还在做最后一校。再次鞠躬致谢。望保重。

琳之顿首

回信发出后,我又坐下来认认真真地把这个序读了一遍,结果发现了两个小问题,想到时间已晚,我就在第二天上午给韩先生发了一条短信:

韩老师:
我已在邮箱给您回了信。再次感谢!另,文中有两个史实问题需要订正一下：其一，清嘉庆时榆次县当铺数量排在太平前面的原因除过距离省府较近外，主要是它的人口数量是太平人口的 1.5 倍还多；其二绛县应为绛州，即现在的新绛县。我知道您很忙，若可以，我直接在您的文中改一下，您看可否？

琳之顿首

黄昏时分，韩先生给我从电子邮件中回复：

琳之先生：

你的书稿，确实不错，当然，也有不足之处，就不一一说了。我看书稿，是持一个很高的标准。一笑。又改了一两个字，即第一句，以物种而论，改为以物种作喻，这样就不会有歧义了。你说的意思，我已回加上，请按我的处理办。这一段字数不能多，要协调。

韩石山上

两天之后，我又收到韩石山先生一封电子邮件：

琳之先生：

今天收拾桌子，要扯一纸，发现上面还记着你书中一处笔误，在107页上，原文是：王莽被群儒门高高地……文中门应为们，请改过来。

韩石山上

次日晨，我按照往常的习惯，打开邮箱，却看见韩石山先生又给我发来一信：

琳之先生：

　　昨天将第一句的两个字改了，心里不舒服，觉得还是原来的两个字好。不能说白了，白了就没有味儿了。仍恢复原句，即李琳之先生是个会写文章的人，以物种作喻，这样的物种，已日渐稀少。句中，以物种作喻，仍改回：以物种而论。

韩石山上

我看着韩先生的信件，怔怔地坐了半天：这种一丝不苟、踏实认真的精神，我有吗？那一刻，我有了一种很羞愧的感觉。而他在该序中对我的褒奖更是让我惶惶不安。

此事一个多月后，这本《家国往事》在有惊无险地遭受了一番差点流产的曲折命运后，最终总算是出版了。

我在拿到样书的第一时间就向韩先生报告了喜讯，并按他的意思托人把样书捎给了他。从北京返回太原，我请老作家孙涛、张石山等几位先生吃饭聊天，顺便把《家国往事》赠送他们以求"雅正"。结果，五天后的一个上午，我意外地收到了孙涛先生的一则短信：

　　那天雨中赴宴得赠书两本，至今已读毕《家国往事》中的《大商的梦魇》和《千年不醒》两篇。人老眼花，读书则慢，看来君之两部大书，是足够我后半年品尝的精神大餐了……仅从读过的两节看，你写得太好、也太有价值了。史料收集、当事人访谈、实地勘察、研究分析、其功其力，加上自身学养和精美的文字表述，真是历史大散文之佼佼者！

说实话，此前韩石山先生对这本书的褒扬，不仅让我底虚，而且更让我害怕因此给他带来一些不必要的麻烦。今天，孙涛先生对《家国往事》的评价又如此给力，我确实是有些心花怒发了。要知道，孙涛先生原来是

《城市文学》主编、太原市作协主席，出版过《朱衣道人》《风流恨》《西部人鬼录》《重返伊甸园》等一系列佳作。虽然我久闻其名，但一直无缘得识，这次聚餐才是我们第一次见面。

我赶忙把这条短信转发给韩石山先生，我的言外之意是韩先生的赞誉也未必没有道理。

韩先生回信很干脆："孙涛说得甚是。"

我和张石山先生以前也没有什么交集，充其量只是一饭之缘而已。孙涛先生发我短信后没几天，张石山先生忽然也给我打来电话说："我是张石山。我是从建宏那里找到你的电话的。我拿到《家国往事》，看了你写家族的一部分，非常好！其中反映出来的文化理念值得我们每一个人深思。中国文明精神的传承不是靠哪个政权或哪个朝代，而是依赖着数以万计绵延不息的家族在发扬光大。唐朝也罢，宋朝也罢，顶多存在几百年，但我们这个民族的精神却永远是不死的。而这种不死的精神最集中体现在民间。你的路子是对的，我们的思想理念高度契合。有时间我们再详聊。谢谢赠书。真的写得挺好的。"

在山西健在的作家中，张石山先生是我最早崇拜的偶像。早在30多年前，我上初中时，就拜读过他那篇红遍大江南北的短篇小说《镢柄韩宝山》，没想到今天我少时的偶像会特意从别人那里找来我的联系方式，亲自打电话给我，赞扬我的作品。我一方面是感动，是惶恐，另一方面也确实为这些大家的君子风范所折服。

再之后，陈为人、高海平、鲁顺民、黄风、张卫平、赵跃飞、蒋泥等诸先生先后在《光明日报》《中华读书报》《中国科学报》《山西日报》和其他媒体撰文对《家国往事》予以连续不断的赞誉，可谓好评如潮。

我在得意之余，首先想到的当然还是韩石山先生不看人下菜的"肇始"之功。我想感谢他，请他吃顿饭，但是他一直在忙于写他那本《徐永昌传》，婉言谢绝了我的盛情。我觉得有些对不起他。因为我知道，一个作家在思路顺畅的写作过程中，最害怕因别人打搅而中断。一旦中断，再续前文总是很麻烦的一件事。而韩先生给我写序时，恰恰是这种情况，他又是个极认真的人，光阅读我发给他的电子文本也得好几天的时间。

我不好意思老去打搅他，就托陈为人先生看看他多会儿得空，再安排时间请饭。这样一直到去年12月1日，他的《徐永昌传》全部脱稿后，我们才总算坐到了一起。

饭桌上，我先敬了他和几个老作家一圈酒，没想到只过了一小会儿，他就端着酒杯径直走到我的座位旁边，站在那里一板一眼地再次对我说出了我早就非常熟悉的那句话："写得确实不错！"

平时不饮酒的我，那天喝得有些高了。等到散席时，韩先生拿出一个纸袋，递给我说："这是我写的一幅字，送你做个纪念。"我稀里糊涂地接过来，竟忘了说声谢谢，就让我爱人送他们走了。

回到家中，我倒头便睡，一直到晚上醒来时，才想起韩先生送我的那幅书法作品。我赶忙起床在灯下把那条字幅展开，原来韩先生写的是以铮铮傲骨著称的明末清初思想家傅山的一首诗。韩先生的字苍劲质朴，又不乏秀丽峥嵘之气：

江北无梅只有雪，
寒空万里清而洁。
兴来写得一枝春，
人力能补天地缺。

落款："傅青主诗，韩石山书（章）。"

我仔细琢磨这首诗的意味，脑海里霎时就出现了一幅绝美的动态画面：在辽阔的冰天雪地里，一枝艳丽的红梅正在肆意地傲然绽放，空天寂地的静寂里竟然因此有了一丝闹闹春意的盟态……

我想，韩先生大概是要告诉我——做人就应该像冰天雪地里傲然绽放的那枝红梅一样，既不媚俗，能保持自己的独立，又不居高临下，拒人于千里之外；既看到了天地的寥廓和广大，认清自己的渺小和局限，又没有妄自菲薄，敢于有"人力能补天地缺"的壮志和豪气。

其实，我知道，这又何尝不是先生的风范呢！

2016.7.30.一稿
2018.1.19.终稿

中国文坛上的"陈为人现象"

一

元旦前夕,和几个老作家相聚,得到了陈为人先生相赠的两本新著:《特立独行话赵瑜》(作家出版社,2015 年 11 月第 1 版)和《兼爱者——墨子传》(作家出版社,2015 年 7 月第 1 版)。

席间,大家感慨,为人先生已经 65 岁了,怎能有如此旺盛的创作精力?要知道,这已经是他在 2015 年出版的第三、第四本书了。此前,他还送了我两本,分别是《红星照耀文坛——苏维埃文化人的命运》(花城出版社,2015 年 1 月第 1 版)和《弦断有谁听——世界文豪自杀档案》(海天出版社,2015 年 1 月第 1 版)。

其实,为人先生这几年出版的著作远不止此——从 10 年前,亦即2005 年他在美国溪流出版社出版的《唐达成文坛风雨五十年》起,至 2015 年年底,他在国内外一共出版了 17 本书,总字数超过了 600 万字。其创作领域也拓展得很广,既有散文随笔《摆脱不掉的争议——七位诺贝尔文学奖得主的台前幕后》(山西人民出版社,2013 年 1 月第 1 版)和《中国历代改革家的命运与反思》(北岳文艺出版社,2014 年 1 月第 1 版),又有行走笔记《走马黄河之河图晋书》(海天出版社,2012 年 9 月第 1 版)和《太行山记忆之石库天书》(海天出版社,2014 年 1 月第 1 版)等。

这些书几乎每一部的出版都引起了一定的反响,譬如《摆脱不掉的争议——七位诺贝尔文学奖得主的台前幕后》一经出笼,即引起文坛关注。学者赵诚撰文说:

> 诺贝尔奖是人类文明的一个标尺。这本书可以说是对20世纪人类精神生活的重要层面,文学宝塔尖上一个截面上的展示,他让读者通过七个诺贝尔文学奖得主的命运和思考看到了20世纪人类精神生活历程的几个关节点。(转引自"愚夫陈为人博客")

《走马黄河之河图晋书》出版后,众多学者都撰文予以评论。此书还被海天出版社选定报送参加第四届"三个一百"原创好书评奖。北京大学中文系教授、博士生导师钱理群这样评价:

> 我欣赏并郑重推荐陈为人先生的《走马黄河之河图晋书》,有我个人的感情因素,也有学术的考虑。我的大哥钱宁是治理黄河的水利专家,清华大学教授,中科院院士。他在1986年去世前提出了一个梦想:在人文科学领域里,由于曹雪芹的不朽名著《红楼梦》,激起了几代人的兴趣,形成了一门脍炙人口的"红学"。如果在自然科学领域里,大家都来研究黄河,形成一门"黄学",从此,"红学"与"黄学"相互媲美。他说的"黄学"尽管限于自然科学领域,在我看来,也应该包括社会科学与人文科学,以形成融三大学术领域于一体的"黄河学"。这是一个有着重大的政治、经济、文化意义,关系着中华民族精神建设的学术工程。我一直对之无限神往。因此,当我看到山西作家陈为人以"不到黄河心不死"的精神,从黄河的入晋源头偏关起始,顺流而下,走马黄河,踏勘、寻访、考研黄河流经

山西的19个县，上古的遗迹，神话的传说，名人的故居，沧桑的河道，写出这本沉甸甸的大书，是感到格外兴奋的。这应该是"黄河学"研究的重要收获。

本书对黄河文化的研究、描述的最大特点是作者将三晋黄河文化置于中华民族精神中的"恋母情结"与"审父意识"的矛盾与和谐的关系中，来加以阐释与讲述，这就完全超越了"地域文化"讲述模式的局限，升华为一个"民族文化"的共性探讨，并具有某种哲学的意味：这是真正的"黄河学"，或者说是为"黄河学"的研究打开了一个全新的思路，是具有开创性的。

本书的另一个鲜明特色与贡献是作者在考察黄河的历史遗迹时，十分注意对民族精神发展过程中的历史经验的总结与提升。例如通过对荀子故里的考证，讨论"雅儒异化为犬儒"的历史教训（《故里争寻迹儒法道》）；从"伯乐相马"的典故中，引申出对人才机制的思索（《虞坂道戏说"伯乐赞"》）；通过对司马光与王安石的变法之争的讨论，提出"改革的先驱很容易变成既得利益者"的警示（《温公祠解析〈辨奸论〉》），等等。这样，本书就做到了叙述与思辨的结合，历史与现实的结合，既厚重又灵动，具有较强的可读性，深入而浅出，在当前的语境中，至为难能可贵。（转自《山西文坛"风景线"》，段崇轩主编，山西人民出版社，2014年1月第1版）

再如《太行山记忆之石库天书》一书，诗人、山西文学院院长潞潞给予如此评价：

陈为人用他的行走和思考诠释着太行山脉——这大自然鬼斧神工的象形文字，呈现出其间蕴含着诡谲而富丽的神旨，即人在自然与历史中的行迹，生命力的激情与苦难和欢乐的相遇，

人的灵魂在黑暗搏斗中绽放的光亮，生命不息的民众平凡却伟大的人性。（同上）

即便是不久前出版的《红星照耀文坛》也引发了一众文章巨公的叫好声，譬如薛保平先生就撰文不吝词句予以赞扬：

《红星照耀文坛》是陈为人的最新力作，清爽的文字酣畅淋漓，批判的识见新颖别致，在关键点上从不盲从已有之说法，往往能提出自己的观点。时下一片颂扬索尔仁尼琴之声，陈为人既高度评价在他身上"体现了一个作家对独裁专制极权的批判力度"，也客观指出他"存有大国沙文主义、斯拉夫民族情结的思想"。这是一本往事值得回味，教训值得思考的书，有时读书之后的战栗比愉悦更有价值。（《读陈为人〈红星照耀文坛〉》，原载《太原晚报》2015年8月9日）

二

相比于以上作品，最受文坛关注并最终形成"陈为人现象"的是陈为人开一代风骚的系列人物传记，诸如《插错搭子的一张牌——重新解读赵树理》（广东人民出版社，2011年8月第1版）、《马烽无刺——回眸中国文坛的一个视角》（金城出版社，2011年10月第1版）、《山西文坛十张脸谱》（山西人民出版社，2012年6月第1版），等等。

《插错"搭子"的一张牌——重新解读赵树理》一书在2011年出版后，受到了广泛称赞。赵树理的儿子赵二湖说：

出过很多种赵树理的评传了，因此有了很多个面目各异的赵树理。我不是专家，无从评论这些专著的好坏，作为儿子我只能评判像与不像。感谢陈为人先生写了这么一本好书，还原了一个我熟悉的父亲形象。（陈为人《"变身"中的困境与收获——我的文学创作之路》，见《山西作家自述》第一辑，山西省作家协会编，北岳文艺出版社，2014年10月第1版）

厦门大学人文学院中文系教授谢泳说：

赵树理研究在中国现代文学研究中是相对成熟的，但本书在材料的搜集和事实的叙述方面还是多有新意，特别是作者与研究对象可能涉及的历史比较熟悉，所以在分析和判断方面较以往的研究更有启发。另外，本书吸收了近30年来赵树理研究的主要成果，并在此基础上提出了自己的新观点，是近年赵树理研究的一个重要收获。（同上）

《山西文学》主编鲁顺民说：

至少在山西，赵树理研究是一门显学，大家都把赵树理的文学成就归功于一个作家的成功，而将他的悲剧命运往往归罪于政治运动，从来没有人从他的文学作品的价值取向来探索他悲剧命运的必然性。这本书做了这个事，这是这一本书的价值所在……这样一位作家，与他最后悲剧命运的反差不能不让人思考，不能不让人感慨万端。陈为人先生这本书基本上给出了答案。（见《赵树理的乡绅情结》，原载《天下农人》，鲁顺民著，花城出版社，2015年9月第1版）

其他如邵燕祥、钱理群、胡发云、丁东、傅书华、王春林等也都给此书以很高的评价。

三

众所周知，相比于小说的虚构性，真实性其实就是人物传记的生命力。但真要写出一个赤裸裸的灵魂，却有着太多的困难和阻力，除过需要不辞劳苦、天南地北地寻访考察，还要经受诸如传主本人的不解指责、传主家人的阻挠和诸多亲朋好友的干预，等等，这些都在考验作者的勇气、智慧和耐心。

陈为人先生没有知难而退，而是"知其不可而为之"，自始至终都把真实性奉为他研究写作人物传记的最高准则。

陈为人先生能写出非常逼真的作品，原因很多，但在我看来，其中最主要的一条，是由于作者对传主的熟悉程度远远超过了其他人，从而能对传主整体的洞悉和把握达到一个形而上的较高层次。

作者对传主的熟悉程度是决定一部传记是否能够做到真实的根本前提。正是基于这样的认识，陈为人先生重新对自己未来的写作方向进行了反思和定位。他抛弃了几十年的小说写作历程，而果断地转向了当代中国作家传记的研究和写作。因为在他看来，一个作家的坎坷沉浮，其背后反映的是这个时代的运行轨迹，反映的是一个民族的文化思想认知。陈为人曾经是山西省作家协会的秘书长，他的年龄又恰处于山西老中青三代作家的中年一代，可以说是承先启后的一代。所以，要给山西作家作传，陈为人先生应该具有无与伦比的得天独厚的优势。基于此，他开始把目光投向"晋军人物"系列。他说：

> 解剖一个麻雀，可以窥一斑以见全豹，看清整个体制的肌理……文学史无疑是由文学家构成。正是一个个具有鲜明个性特点的文学家的文学活动，才构成一部鲜活的文学史。基于上述考虑，我撰写了老中青三代山西作家的传记。（陈为人《"变身"中的困境与收获——我的文学创作之路》，见《山西作家自

述》第一辑，山西省作家协会编，北岳文艺出版社，2014年10版第1版）

理性的认知带来成功的自我转型。陈为人的一系列"晋军人物"传记都在文坛上产生了广泛而持久的影响力。

作家汪兆骞说：

> 马烽是一位战士作家，（有）大忧大患、大起大落、大悲大喜、大彻大悟的人生经历，尽管作者从理论上难于从正面对这段文艺斗争史进行彻底的批判和颠覆，但我们感受到了一种蕴藏在作者心底的沉重苍茫的愤懑与忧患。（见《杂议〈马烽无"刺"〉》，原载《中国作家》2009年6期）

作家毕星星说：

> 他的传记文学写作喷涌而出，先后有山西作家群体传记系列、苏共解体专栏、山西地理文化专栏问世。这几个系列中，我比较喜欢山西作家群体系列。近人近事，让我更容易理解为人作文之用心，会心处常有一笑。其中，赵树理、马烽两部山西作家代表人物传记，为人苦心经营，是让我读来获益最多，警醒最烈的两部……陈为人的赵马两传，解析了两个大家，树了两个样本。两个典型，代表了中国作家、中国知识分子在改革开放前几十年经历的艰难曲折历程，纠结着几十年的运动史。文人的操守和叛卖，觉醒和天真，挑战以及牺牲，这是两个典型的样本。陈为人浓墨重彩写出了一部知识分子的剖心锥心史，其中尤其是赵树理，有许多血肉淋漓的漫长岁月解析，至为难得。和其他山西作家的传记一起，这个系列，是新中国改造知

识分子的士林别传。一个一个形象，触手可及又入木三分，这是陈为人的写作对当代文学的贡献。（见《冷眼平心看大家——陈为人的赵树理马烽异同论》，原载《走过带伤的岁月》，毕星星著，陕西人民出版社，2013年5月第1版）

而《山西文坛十张脸谱》的出版更是得到众人的首肯，该书最终在2014年1月一路过关斩将，勇夺2010—2012年度赵树理长篇报告文学奖。颁奖词对这本书做了如下评价：

> 陈为人的《山西文坛十张脸谱》，选取当今山西10位成名作家，讲述他们的人生与文学之路，富有典型性。作者不是一般地叙述每位作家的创作成就，而是以新的价值观剖析作家，表现出作者的独立精神和评判姿态。材料翔实，叙述传神，地域文学史面貌一新，是一部有价值的传记文学作品。

陈为人的传记系列表面上看是对传主本人人生遭遇和心路历程的解读，但实际上，作者更关注的是每个传主背后的民族命运和国家命运，他传达给读者的是一种理性的哲学思考和文化思考。

四

一般而言，60岁以后的人都在生理上和精神上逐渐进入衰退期，但为人先生反其道而行之，他的生命年轮却呈现出一种蓬勃向上的趋势，创作出现了井喷现象，如夏花般灿烂，不仅是高产，而且是高质。尤其在2015年，他65岁时，居然出版了四本大部头，这种现象在中国文坛极其罕见，此正所谓本文标题所昭示之"陈为人现象"。

众所周知，一个上了年纪的人要写作，尤其要进行长篇写作，没有充足的体力和充沛的精力是不行的。路遥就因为写《平凡的世界》，在43岁时就活活累死了。然而陈为人好像是个另类，你每次见到他的时候，都不会觉得他有那种疲劳憔悴的感觉，反倒是精神饱满、神采奕奕。

我和陈为人先生交往多年，仔细分析，感觉应该是以下三点因素起了决定作用。

第一，陈为人继承了他父母亲的长寿基因。陈为人的父母今年都已经是95岁的高龄了，但身体硬朗，灵活自如，每星期二、四、六上午都还能去他们所在的老年公寓的舞场里跳舞。如果将"陈氏长寿基因"按中国内地人口的平均寿命74.84岁来折算的话，陈为人今年虽已60多岁，但大约也就相当于一般中国人50来岁的年纪，正是最为年富力强的时候。

第二，陈为人的心理上更显出年轻人的朝气。从表面上看，陈为人先生给人的感觉总是正襟危坐，不苟言笑，其实他非常浪漫，是那种能把日子过成诗一样的人。2015年12月8日，陈为人忽然在微信朋友圈里贴出了他和爱人严淑鹤身着婚纱礼服的几幅非常温馨浪漫的照片，羡煞几多年轻情侣。他附文说：

> 今年12月9日，是我与严淑鹤结婚40年纪念日。照了一组照片纪念这一日子。爱的路上千万里，我们一起走过。忆往昔，有甜蜜也有苦涩，有辉煌也有坎坷，是相濡以沫和理解宽容，才有今天的"与之偕老"。明年3月，是我老爸老妈结婚70周年纪念，这是我们努力的目标！

引得青年美女作家蒋殊大呼"好浪漫呀！"老作家孙涛则羡慕地说："爱情！"如果不看照片和附言，仅谈这件事情，谁能想到这是一个65岁的"老人"所为？

第三，陈为人还是一个生活工作非常自律的人。他每天晚上八九点即上床休息，凌晨三四点即起床写作，上午会会客人，下午读读书，然后就是两个小时的走步健身。他不抽烟，不喝酒，没有那种乱七八糟的不良习惯，真正过的是一种大道至简的生活方式，这对他的身体健康起了很大的保证和促进作用。

"陈为人现象"能够出现，还有一个很重要的原因，是他多年的复杂经历使他能够比一般作家更加深刻地洞悉人性和透视社会，从而在更高层次上把控作品的主旨，抽象出其中所蕴含的终极精神价值。他早年在太钢当了多年的工人，后来又当过几年太原工人文化宫主任，之后又被调入省作协任了多年的秘书长，还在山西华杰集团做过两年的副总经理……有成功的喜悦，也有失败的辛酸；有辉煌的出台，也有黯然的退场。所有这些经历最后都变成了他取之不尽、用之不竭的宝贵资源，变成了他研究与写作源源不断的人生财富。正如韩石山所说：

> 纵观为人先生几十年写作的经历，是不是可以这样总结几句：早年写小说的经历让他练下流畅生动的叙事能力，转入学问之途后，读书之广博，让他有了丰厚的知识储备，广阔的学术视野，而思维之敏捷，有益于题材的捕捉，出手之快，得以敏于成文，硕果累累。这几条，于他，或是先天的灵性，或是后天的修为，不期然而具备于一身，于我们，或是此后的青年，该是不可或缺的指引。（见《陈为人其人其书》，原载《山西日报》2013年7月17日）

研究"陈为人现象"具有一定的理论意义和现实意义。

首先，中国已经成为世界上老年人口最多的国家，也是人口老龄化发展速度最快的国家之一。如何让老年人老愿所为、老乐所为、老有所为，"陈为人现象"提供了一个可供借鉴的样本。

其次，"陈为人现象"说明，对于文人而言，进入老年后，虽然记忆力有所衰退，接受新事物的能力有所下降，但他们对社会的认知，对历史发展规律的洞悉，对传统文化的传承把控相对而言都达到了一个新的高度，他们的文字更有味道，他们的文章更具有警示意义，所谓老而弥辣，正是这个道理。

还有一点是，在我们这个老年人口最多的国家，怎样让数以亿计的老年人保持身心健康是整个社会面临的一个重大课题。"陈为人现象"说明，身心健康不仅仅是身体上的强壮，更是心理上的强健。一个人有了博大的胸怀，有了远大的理想和目标，才能反过来促进生理上的健康，二者互相影响，互为因果，缺一不可。陈为人先生笔耕不辍的孜孜追求和豁达大度地"为他人作嫁衣裳"，陈父陈母古稀之年尚能优哉游哉地去潇洒舞一回，都说明了"放下，回家"才是人生最好的营养保健品。

按"陈氏长寿基因"来看，陈为人先生不过是刚进入壮年而已，我有理由相信，他会创作出更多更优的作品来。

中国文坛上的"陈为人现象"理应引起中国文坛的关注。

2013.12.6.一稿

2014.1.19.终稿

（注：原文10000多字，本次发表有删节）

我的 2017

总结是为了更好地认识自己，把控自己，也是为给来年的研究写作提供一些可资借鉴的经验和教训。

2017年，对我而言，仍然是失望和希望并存、痛苦和快乐同在的一年。总的来说，是累，但累并快乐着。正常的生活和工作无需在此赘述，我只把和研究写作的相关活动做一简述，算是给自己一个交代。

一、《祖先，祖先》的出版及其影响。

6月，《祖先，祖先》由北岳文艺出版社出版发行。

6月18日，中国实学研究会会长、中央党校博士生导师王杰教授在《领导干部学国学》公众号上发表《大道远行 不忘初心——评〈祖先，祖先〉》，指出：

> 郭贵春先生曾在《光明日报》撰文，高度评价李琳之先生《中华祖脉》一书，称之为"重新观照华夏文明源头的坐标"。我认为，其新著《祖先，祖先》在此基础上又向前迈进了一大步，可以说是直接触摸到了中华文明原点的脉搏所在。

6月21日，太原理工大学政法学院院长李永福教授在《北京日报》刊文《这本书颠覆了我们对中国上古史的认知——评李琳之〈祖先，祖先〉》，文章写道：

> 读完李琳之先生的新作《祖先，祖先》，我的第一感觉是震撼，震撼于他在书中所揭示的我们祖先不为人知的那个宏大真实的世界，这一点完全颠覆了我们对中国上古文化的传统认知。更重要的是，他的这种颠覆还不是简单的推倒、破坏，而是进行了一种属于他自己的对中国古史文明体系的重构建设。

6月30日，天津师范大学博士生导师温锁林教授在《山西晚报》撰文《华夏文明源流的回放》说：

> 《祖先，祖先》成功地把山水名胜考察与历史传说对接，完美地把文献资料与当地的地理地貌、民间传说相印证，李琳之的文化散文，给人的是历史的厚重感，是徐霞客游记与司马迁史记结合的史笔。

8月1日，《光明日报》发表《黄河》副主编、作家王国伟《面对华夏祖先的图腾》一文，对《祖先，祖先》评述说：

> 《祖先，祖先》将他对历史文化追索的触角更深入地探触到历史时空的幽微之处，更敏锐地感知虽然缥缈却血脉相连的文化传承，让远逝的鸿影显现出朦胧的真相，使冰冷荒漠的历史有了人性的温度……带给我们新的思考。

此外，《山西日报》《三晋都市报》《太原日报》《临汾日报》等媒体也都纷纷发表专文对《祖先，祖先》予以中肯评价。

8月25日，应北岳文艺出版社邀请，我赴山西文博会，和太原师范学院历史系主任王杰瑜教授做了题为《从〈祖先,祖先〉看山西文旅如何破局》的对话。我在这次对话中首次提出以《祖先,祖先》一书的调查、考证和系统梳理的中华祖脉为理论基础,在山西打造世界级的"最初中国"文化旅游区。这次对话反响强烈,8月29日的《发展导报》以两个版的篇幅发表了该报记者毕树文对我、王杰瑜教授和山西省社科院旅游研究中心主任李永宠研究员的专访《山西文旅如何破局》,微平台"老家山西""行走山西"等多家公众号予以呼应、转载。此后,9月13日,王小庚在《临汾日报》发表对我的专访《华夏文明在山西》,该文后来被《山西商报》等多家报刊网站转载。

《祖先,祖先》于8月底成功入选了由中国图书评论学会主办的"2017年7月'中国好书'复选榜",还入选了"山西省农家书屋书目推荐目录"。

2017年年底,《祖先,祖先》二次印刷,发行量破万。

二、应邀讲座及相关学术活动

2017年2月24日,山西省作家协会在太原举办乔忠延、黄风、高海平、李琳之、张卫平五作家散文新作研讨会。我在会上做了专题发言,此发言后经整理,由《黄河》杂志发表。

3月7日,应山西财经大学马克思主义学院院长张二芳教授邀请,我为该院师生做了题为《中华早期文明源流线路图》的讲座。该讲座文稿后收录在《祖先,祖先》一书中。

3月9日,应太原理工大学政法学院院长李永福教授邀请,我做客该校清泽人文讲坛,做了《漫谈祭祖文化》的专题讲座,该讲座文稿后收录在《祖先,祖先》一书中。

4月14日至16日,应邀到安泽参加"追根说炎帝"笔会,我发言的题目是《炎帝背后的真相可能颠覆我们的历史认知》。该发言文稿后收录在《祖先,祖先》一书中。

4月22日应邀到全国人大会议中心参加由山西省纪委、山西省委宣传部、《光明日报》社和运城市委市政府联合举办的"从裴氏家族家训看家风家训的当代社会价值"座谈会。我在会上做了题为《家训家风对家族延续影响长远》的演讲。

5月28日,应崔晋宏会长邀请,我到山西省企业家联合会、山西省企业家协会主办的第五期山西省企业家前沿大讲堂,做了题为《山西历史就是一部中国孵化史》的讲座,该讲座文稿后被8月8日的《发展导报》以三个半版的特大篇幅全文发表。

7月26日,应邀以中央电视台《华夏之源》特邀专家身份和主创人员一起到省委宣传部,就该片的拍摄主题、框架结构等相关内容进行座谈。

9月18日至20日,应邀参加由临汾市委市政府、山西中华文化促进研究会和黄河电视台主办的"黄河论述系列·2017山西临汾——华夏之美"黄河文化研讨会。我向大会提交了论文《从黄河祖脉看山西文旅如何破局》。

三、文化寻访、考察活动

1月19日至2月6日,携妻儿赴英伦三岛探望在英国考文垂大学读研的女儿。在女儿的策划组织下,全家从北到南对英格兰、苏格兰进行了为期半个月的文化旅游考察活动,对英国历史文化有了近距离的感悟和体验。

5月1日至3日,和襄汾县作协主席、襄汾县三晋文化研究会会长高建录先生一起赴河南到三门峡庙地沟遗址、仰韶文化遗址、二里头文化遗址、偃师博物馆、偃师商城遗址、新郑黄帝故里、具茨山等进行文化寻访、考察。

7月27日至30日,应邀以专家身份,随《华夏之源》主创人员前往临汾的尧庙、陶寺遗址、垣曲博物馆、垣曲湿地公园、垣曲曙猿化石遗址、夏县东下冯遗址、吉县人祖山、吕梁兴县碧村遗址等进行拍摄前选点考察。

10月29日至11月2日,独自飞往浙江杭州、余杭、余姚,寻访、考察良渚文化遗址、浙江博物馆、沈括墓、塘栖古镇、王阳明故居、河姆渡文化遗址博物馆等。

11月18日至20日应袁静导演之邀赴临汾康庄村再次寻访"击壤歌"古石碑,并参与《华夏之源》的拍摄工作。

  11月22日至12月3日，随山西省国际文化交流协会中东考察团出访迪拜、埃及、以色列和巴勒斯坦，进行了为期11天的异域文化寻访、考察和交流。

  不得不提到的是，2017年6月，北京日报出版社特邀编辑、66岁的作家、书画家张秉文先生出版随笔集《他从黄土高坡来》，其中收录了《历史的厚重感——读〈一生的突围：李琳之散文中学生读本〉》一文。作为该书的责任编辑，张秉文先生在文中对这本书做了如下评价：

> 李琳之的散文不仅仅是趣味盎然、玲珑精致的文学作品，还是当代的学生们无法在课堂上学到的历史知识，更是一种包含着浓浓桑梓情怀的文化反思精品。

  2017年，由于各种主客观原因，我不得不婉言谢绝一些研讨会、讲座和文化文学活动的邀请，这让我心里充满了惭愧和内疚之情，在此，我特向崔晋宏、张卫平、蒋殊、赵建雄、冯潞、赵书义、乔五星、仝建平、贾江涛等诸先生深深地鞠上一躬，请多多包涵。同时，对于这一年给予我关注和支持的众多师友，我在此真诚地说声：谢谢。

2017.12.30.

我的 2016

又到了一年一度需要总结的时候了。回首往事，百感交集。这一年，虽有不少遗憾，但更重要的还是收获，是师友间的真情厚谊，是读者们的热情鼓励。

一、出版著作、发表文章情况

1. 出版《一生的突围——李琳之散文中学生读本》，北京日报出版社，2016年1月；

2. 发表近7万字长篇历史散文《外祖父的革命苦旅》，《黄河》杂志2016年5期、6期；

3. 发表1.5万字的学术报告《中华文明的原点在山西境内的析城山》，《析城山》杂志2016年6期；

4. 发表《故乡是精神圣地，是优美散文的母体》，《华西都市报》，2016年7月31日；

5. 《那碗香香的牛肉丸子面》入选《最美散文小学生读本》，北岳文艺出版社，2016年5月第1版；

6. 《圣彼得堡的水》入选《2015年山西文学作品选·散文卷》，三晋出版社，2016年12月第1版；

7. 发表《大家的风范》，《潞水》杂志2016年4期；

8. 发表《汾阳县第一任牺盟会特派员》，《汾州乡情》杂志 2016 年 5 期；

9. 发表《我的外祖父》，《丁香文化》杂志 2016 年 3 期；

10. 发表《黄风散文通体都散发着一种魔力》，《走向天堂的父亲》跋，中国文联出版社，2016 年 12 月第 1 版；

11. 主编出版了"名家散文中学生读本系列丛书"11 种，其中推出当代中青年山西作家 5 人 5 种。本套书由北岳文艺出版社、中国文联出版社和北京日报出版社联合推出。

二、参加各种学术会议活动

3 月 19 日，应邀参加由山西省委宣传部、《光明日报》社、中国先秦史学会和中国伦理学会在京西宾馆举办的"尧舜禹文化与当代社会核心价值"研讨会，大会指定我为发言人，但因家里出现变故，我只好把发言文本《"民主禅让制"和尧舜的悲剧性命运》提交大会，提前回家。（该文稿后来收入作者《祖先，祖先》一书中）

7 月 16 日至 17 日，应中国析城山文化研究会之邀，前往析城山进行实地考察，并参加了在山西阳城举行的华润葵等《中华民族开天史》书稿征求意见座谈会，我在会上做了以《应该直面考古学最新研究成果》为题的发言。

9 月 16 日至 17 日，应大宁县三晋文化研究会张九锁会长和李玉山副会长盛情相邀，偕同临汾市作协副主席高建录、杨志刚等人到大宁进行了为期两天的"黄河仙子传说"考察活动，并在该次文化交流座谈会上做了以《"补天"还是"补男"：女娲的前生今世和大宁芝麻滩》为题的演讲报告。（该报告后来收入作者《祖先，祖先》一书中）

10 月 8 日，应中北大学计算机与控制工程学院总支书记郭书杰和王振荣先生邀请，到中北大学为该院 300 余名老师和学生做了以《中华文明的直根系在山西》为题的学术报告。

10 月 12 日，应阳城县政协主席张星社先生邀请，在"阳城大讲堂"给该县包括县长史小林在内的四大班子及副科级以上领导干部做了以《中华

文明的原点和析城山》为题的学术讲座。（该报告后来收入作者《祖先，祖先》一书中）

11月上旬，和太原理工大学政法学院院长李永福一起接受《发展导报》记者郑瑜娜关于平阳商帮问题专访。这次专访以《平阳商帮的历史地位和现实意义》为题，用两个版的篇幅发表在2016年11月8日《发展导报》上。

11月5日，应邀参加诗人徐建宏先生《文朋列传》首发研讨会，我做了题为《一本当代山西文人群像》的发言。

11月10日，应邀回故乡参加我的母校汾城中学90周年校志编纂启动工作会议，我在会上做了《感恩母校》的发言。

11月27日，应邀参加山西电视台副总编辑张敬民先生新书《今夜无人入睡》研讨会，我在这个研讨会上做了以《为什么要关注这样一个特殊的群体？》为题的发言。

三、社会影响

1月22日《中国科学报》发表学者赵跃飞先生题为《20世纪中国底层百姓的一次"活检"》的文章，对《家国往事》予以述评。文章说：

> 《家国往事》……还原了个体家族史的毛发血肉，写出了一个又一个曾经活生生的家人被历史的洪流卷席、被抛掷、无法自控的命运！从一个家人、一个家庭、一个家族的微观命运，折射出一个群体、一个民族、一个国家被滚滚洪流所淹没的真实的宏观历史样态。

8月29日第10版《山西日报》发表署名林山、题为《山西的利益全在争取二字》的文章，首次回应李镇西先生在2015年"李琳之作品研讨会"上的讲话，在山西引起关注；

9月6日，"佳佳林作文"微平台将《山西日报》林山文章、李镇西的讲话，以及我的微文《一声对不起》加编者按后，一起以《〈山西日报〉首度回应山大老校长李镇西的责问：山西的利益全在争取二字》为题，在微信上推发出来，引起巨大反响。短短三天时间，该文的点击量即突破40万，各种留言有上千条。同时，有上百个微信平台、网站和博客纷纷予以转载。据统计，该文的总浏览量至少上千万人次。我再次成为网络关注的焦点。

"老家山西"微平台在2016年10月8日以《惊世论证！中华文明有8000年历史？直根系竟然是山西这个地方？》为题推出我在中北大学的讲座内容后，在朋友圈引起关注，"考古汇""中新乐游""悠然阳城""国士无双""头条报道"等多个微平台和网站纷纷予以转载。阳城析成山是否为传说中的远古昆仑山（丘），一时成为山西文化界讨论的焦点话题。

2017.1.3.

我的 2015

2015年是我难忘的一年。这一年,我继《中华祖脉》之后,又出版了历史文化散文集《家国往事》,还主编出版了十几本中小学作文及课外阅读类图书;这一年,"李琳之作品研讨会"在太原成功举办,我得到了太多人的支持和帮助,我心里是满满的温馨和感动;这一年,《中华祖脉》继续被《临汾晚报》连载;这一年,是我自我突破的一年,也是苦中作乐的一年……今天是2015年最后一天,回首往事,感慨万端。除过感恩,还是感恩。感恩祖国,能让我衣食无虑;感恩师友,能给我支持和鼓励;感恩家人,能包容我的缺陷和不足。

一、《家国往事》的出版及其影响

7月,《家国往事》由中国文联出版社出版。

7月15日,《山西日报》发表著名作家韩石山文章:《从李琳之〈家国往事〉看山西故事》,中国作家网、中国报告文学网等数十家网站和报刊予以转载;

9月15日《光明日报》发表语文报社副社长、作家高海平文《格局·情怀·诗意——评李琳之〈家国往事〉》,文章说:

理性出思想,愤怒出诗人。然而,作者却把二者有机地结合在一起。几十万字的《家国往事》从头至尾贯穿其中的就是哲学的思考和诗意的阐释。以历史文化为底色，以诗意为气韵，就是这部散文集特有的书写形式……《家国往事》无疑是一部散文力作。面对浩瀚的历史长河，面对泱泱华夏文明史，面对无数壮怀激烈的仁人志士、英雄豪杰，作者笔走龙蛇、汪洋恣肆，把满腔的激情和才情尽情地挥洒在生养自己、同样也养育了中华古文明的热血土地上。

9月22日，由中国文联出版社和山西省国际文化交流协会主办，由微平台"老家山西"承办，在太原成功举办了"李琳之作品研讨会"。山西省文联主席张根虎，原山西大学校长李镇西，原山西大学党委书记相从智，山西省国际文化交流协会会长崔晋宏，中国文联出版社文学总监蒋泥，山西大学哲学与社会学院院长薛勇民，太原理工大学马克思主义学院院长史彦虎，著名作家周宗奇、张石山、陈为人，著名评论家杨占平，以及《名作欣赏》主编赵学文、《山西文学》主编鲁顺民、《黄河》主编黄风等40余名专家学者参加座谈会并做了精彩发言。

9月26日，《生活晨报》以整版的篇幅刊登了"李琳之作品研讨会"上各位专家的精彩发言摘要。

从9月下旬起，"老家山西"等公众号连续发表了作家鲁顺民、张卫平、周宗奇、陈为人、张石山、杨占平、黄风和专家教授李镇西、乔瑞金、薛勇民、史彦虎、赵学文、赵跃飞等关于《中华祖脉》和《家国往事》的评论文章。其中，山西大学老校长李镇西的讲话《我们要对得起自己的先人》在微信圈中引起转发狂潮，老校长在讲话中说：

> 我们有师生情。我在山大（当校长）的时候，他正在读本科，相（从智）书记在的时候他在读研究生，我们为有李琳之这样的优秀学生而感到欣慰与自豪……我同李琳之一样，乡土

情是我们写书的直接动因。因为我们非常热爱这块生我养我的土地和人民……但是，爱得越深就越感觉到历史的真实与沉重。我活到这个年龄，才真正体味到历史和现实中有多少难言的辛酸与无奈啊！李琳之曾经写过几篇很有影响力的文章，我看后也非常感慨。最近纪念抗日战争胜利70周年，很多影视剧的题材都表现的是山西人民在抗日战争中所做出的杰出贡献。就连我老伴也问我，南方有那么多先进的地方不打，为什么山西打得这么激烈？我说，这是山西的战略地位决定的。历史上的很多朝代，山西都是主战场，我们在《魂系山西》一书中，专门写了"天下大势，必有取于山西"这么一章。所以山西也是民族融合的前哨阵地，边塞文化非常发达，雁门关在一些朝代打仗和对峙的时间比和平时间还要长。不能忘记山西人的牺牲精神……众所周知，改革开放以来，没有山西煤炭工业的发展，就没有中国30多年的超常规的经济增长；没有山西焦炭的充足供给，就没有中国钢铁工业的大发展，也不会有"中国制造"的世界奇迹。可是现在有些人都遗忘了，你看网上传播的那些东西，不仅遗忘了山西所做的贡献，还骂山西人干的是"挖祖坟的勾当"，多么难听的话都有，这是不公平的。

11月11日，《中华读书报》发表著名作家蒋泥文《李琳之的诗人情怀》。文章言道：

  据我所知，在整个写作过程中，琳之都在不断奔波，从民间和田野调查开始，有的甚至填补了学术上的空白，让专门研究这段历史的学者引为同道。这和坐在书斋和图书馆里翻阅古人书籍写出来的文章，有着天然的差异。

11月，高建录先生在《丁香文化》杂志2015年第4期上发表《思想与才华共舞　人品与作品兼修》，对我作如是评价：

> 李琳之是有思想的。在他身上，有着如今已经很稀缺的知识分子的自主性和独立性，他的大部分文章具有批判意识和反思性质。我尤其喜欢和感佩他在《家国往事》中所作的自序和后记，其史观与史识、识力与担当不同凡响。

二、应邀参加学术会议和相关学术报告

1月14日至16日，我作为特邀专家出席了由中国先秦史学会、北京大学历史文化资源研究所、中国实学研究会、光明日报社和中共运城市委、运城市人民政府在运城市空港度假村共同主办的"运城与'古中国'"学术研讨会，并向大会提交了论文《山西河东地区可以称为"古中国"的九大文化理由》。（该文后来收入作者于2015年7月出版的《家国往事》一书中）

4月15日至16日，应邀参加了由山西省委宣传部、临汾市委市政府在临汾举办的"尧文化暨德廉思想"研讨会。这是一次高规格、高层次、高水平的盛会。来自中国社会科学院、中国科学院、北京大学等全国知名科研院校和临汾市三晋文化研究会的40多位专家参加了该研讨会。在这次会议上，"陶寺就是尧的都城"达成共识，"尧都平阳"几成定论。我在大会上做了《帝尧和其他三皇五帝的身份需要重新认定》的发言。（该文后来收入《祖先，祖先》一书中）

10月28日下午，应太原理工大学马克思主义学院院长史彦虎教授邀请，我在该院教学楼报告厅给200多名博士生、硕士生和本科生做了题为《为什么说五千年文明看山西——中华文明源头在山西的九大文化标识》的讲座。

12月21日至23日，应邀参加了在汾阳市贾家庄举办的山西省作协

"2015山西省散文工作者年会",我做了题为《散文写作要具备家国情怀》的发言。

三、其他社会活动

1月15日,在运城平陆和来自全国各地专家考察盐坂古道时,我接受了山西电视台关于"古中国"问题采访;

4月17日,在临汾同应邀参加"尧文化暨德廉思想"研讨会的各地专家在考察尧陵时,我接受了中央电视台和临汾电视台关于"尧文化"问题采访;

4月17日,《临汾日报》发表该报记者安月琦采写的人物专访《用客观科学的态度探寻远祖文明——访李琳之教授》;

4月25日,《临汾日报》发表该报记者刘晚采写的人物通讯《李琳之的尧乡情怀》,文中说:

> 他的《中华祖脉》,不囿于前人之见,人云亦云,也不靠主观想象,凭空臆造。写作前,他作了大量的田野考察。又寻访大量的史料,从正史、从野史、从民间,一一记录,一一比对,一一筛选。将近一年的考察时间,他从北京到山西往返不知多少趟。他收集并阅读过的资料,至少可以装上半麻袋,写100字的东西,他得翻阅1万字、10万字乃至几十万字的资料。

9月11日,伦敦国际广播电台"英伦好时光"栏目特设李琳之传统文化散文专场,连续播送了《那碗香香的牛肉丸子面》、《中华羊图腾》和《伏羲在此画出了中华龙?》三篇文章,感动了在英国成千上万华人和留学生。

10月,科学网发布由《中国科学报》资深记者程春生采写的长篇通讯报道:《山西著名作家李琳之作品研讨会在太原举行》,文章称:

> 李琳之还曾在微信上发表了《一声对不起》,上百家国内外

网站、博客和微信平台予以转载，总浏览量达到数千万人次。这篇文章犹如一声嘶吼，唤醒了山西人的多少辛酸和眼泪。原山西大学校长李镇西感慨道："知识分子就是良知的代表，李琳之曾是山西大学的哲学硕士，我们为能培养出像他这样有胆略、敢担当的作家，深感欣慰和自豪。"

2015.12.31.

我的2014

2014年,我在山西文化历史的研究上迈出了坚实的一步。先是《中华祖脉》顺利出版,接着是《中华祖脉》被家乡的《临汾晚报》全文连载,再后来是《光明日报》发表郭贵春先生高度评价《中华祖脉》的文章,我受到了很大的鼓舞。尤其是94岁的邱文选和75岁的曹文敏两位老先生不顾年迈体弱,在报刊上为我撰文点赞,让我深受感动。同是在这一年,我因在微信公众号上推发了《一声对不起》《山西之殇》等几篇剖析山西时弊的杂文,受到更多人的关注。但我没有沾沾自喜,而是继续着自己山西文化田野调查的脚步,从舜帝陵、关帝庙到雁门关、悬空寺,从王莽岭、长平古战场到小西天、永和乾坤湾,山西域内几乎每个文化厚重的地方都留下了我的足迹。我读天,读地,读古人,用笔记录下我的所见、所思、所感,顺利地完成了计划中的写作任务,为来年新书的出版奠定了坚实的基础。

一、《中华祖脉》的出版及其影响

1月,西苑出版社出版了我的历史文化散文集《中华祖脉》。

2月17日,《山西商报》发表文学博士、上海体院教授路云亭先生的文章《圣洁、温暖的晋地乡土色调——读李琳之〈中华祖脉〉》,文章说:

> 李琳的文章里始终洋溢着一种稳定的乡土情结,如对故土

的深恋，对祖先的敬仰，对文化的敬意，对河山的依恋，对古物的呵护。说的远一点，李琳算得上是一位虔诚的晋地文明的守护人，他的呼吁，他的沉默，他的思索，他的呼唤，他的无奈，他的解脱，都为的是晋地文明的顺畅传承。

4月19日，著名史学家、94岁的邱文选先生在《山西商报》发表《两部文采飞扬的史学佳作——读李琳之〈感喟秋雨〉和〈中华祖脉〉》，文章对这两本书做了如下评价：

  李琳之先生以敢于自我解剖又善于服人旳自信，以批评与自我批评的谦厚态度，怀着热爱史学、热爱家乡、热爱祖国的胸意，通过坦率动人的做派、诚实感人的心襟和和谐引人的方式，根据普通读者的不同水平和层次，把史学的事实作为主线，把文学的语韵作为主体，尝试了一种崭新的学术再批评再创作的学术散文，通俗浅近，雅俗易懂。这种用散文的形式来阐释、梳理历史事件，既能引起广大读者群的阅读兴趣，又能施展散文的评论解释功能，理解认识历史事物的本来面目，化解由于误解、误导而造成的错觉，值得肯定和赞许。

5月5日起，《临汾晚报》以每周五次的频率开始连载《中华祖脉》全书。微信公众平台"老家山西"和"佳佳林作文"也相继开设专栏连载。

5月7日，原山西大学校长、国家重点学科科学技术哲学首席科学家郭贵春先生在《山西日报》发表长文《晋山晋水：中华祖脉的绵延之地》，评论《中华祖脉》：

  重要的是李琳之一边走着，一边思考着；一边思考着，一边探索着。他从感性出发，又不停留在感性层面，而是透过外在的表象，去洞悉事物的本质，给读者以有益的哲理启示，这使他的感喟具有了深刻的理性特征；他从"小我"出发，又不以个人情感为坐标，而是把"小我"融化在社会的"大我"之中，以整个社会的人文情怀为归结点，这使他的发声具备了"大气"的视野；他探索的是历史文化，但他又立足于当今的现实，牢牢地把握着历史为现实服务的宗旨，这使他的写作有了明确的时代指向；他做的是人文社会科学的工作，但他不辞辛苦地跑遍中华祖脉绵延的山山水水，用科学实证性的态度去探讨、去求证我们的远祖文明，这使他的文章理论拥有了坚实的根基。李琳之以一种"在野"的、独立的、综合民间历史见解的方式，深入历史的源头深处去全面审读、拷问我们的祖脉文化，《中华祖脉》因此有了另一个层面上的意义。

10月6日，郭贵春在《光明日报》撰文《重新观照华夏文明源头的坐标——评〈中华祖脉〉》。文章说：

  李琳之继续着自己践行者的角色。他不仅读"有字之书"，更读散布在田间地头的"无字之书"。他循着我们老祖宗的足迹，上山下乡，走东访西，实地考察这些先人活动的遗址废墟，寻访中华文明滥觞之地的种种蛛丝马迹，从中梳理出一条清晰的祖先活动脉络，给了我们一个重新观照"三皇五帝"和华夏文明源头的坐标。

二、发表并被转载作品

1. 一生的突围

见《最美散文中学生读本》，北岳文艺出版社，2014年6月版。原载《感喟秋雨》，李琳著，同心出版社，2013年3月第1版。

2. 自行车的故事

见《最美小品文中学生读本》，北岳文艺出版社，2014年6月版。原载《丁香文化》2014年第2期。

3. 破碎的记忆

见《最美小品文中学生读本》，北岳文艺出版社，2014年6月版。原载《丁香文化》2014年第2期。

4. 圣彼得堡的水

见《五年级课外语文》，北岳文艺出版社，2015年1月第1版。原载《感喟秋雨》，李琳著，同心出版社，2014年3月第1版。

5. 假发

见《六年级课外语文》，北岳文艺出版社，2015年1月版。原载2012年9月7日《山西日报》。

6. 青春在黄河乾坤湾燃烧

见2014年11月25日《山西党校报·临汾版》。

7. 故绛一诺　千秋义节

见2014年12月1日《山西广播电视报》，原载《中华祖脉》，李琳之著，西苑出版社，2014年1月第1版。

8. 湮没的辉煌

见2014年12月12日至16日《山西商报》，原载《丁陶春秋》2014年第2期、《尧文化》2014年第2期。

三、其他

5月，和我素昧平生的75岁原襄汾县文联主席曹文敏老先生在《丁香文化》2014年第1期发表了洋洋4000言的《李琳之：从晋都故绛走出来的当红文坛新锐》一文，老先生说：

> 马年春节，有《中华祖脉》陪伴，我过了个宅年，心无旁鹜，埋头品读。尽管我已向耄耋之年走近，更要命的是我视力

严重衰退，右眼视力仅有 0.02，几近失明。但《中华祖脉》的内容深深吸引了我，他流畅优美的文字也紧紧扣动我的心扉，仅用了 10 多天时间我就读完了，我的心灵受到极大震撼……从某种意义上讲，中国不缺企业家，缺的是思想家。在今天这个喧嚣浮躁、物欲横流的时代，更需要一批傲世独立、具有创新意识的思想家。李琳之是学哲学的，但又精通文学，也会像老子和庄子那样用比喻说话，且有独到的思想，更有几分天赋，更具超常的智力与毅力，只要坚持下去，定会成为从丁陶大地走出来的一位杰出思想家或文学家。

7月13日，《生活晨报》发表由该报文化部主任史海卿写的《李琳——行走中不忘文人初心》一文，文中说：

> 在《古镇汾城》中，李琳用了"委屈中的担当"，一个学哲学的商人在现实中磕磕碰碰走了20多年，心里却一直倔强于另一种真正文人那样孤独的生长，这何尝不是一种委屈中的担当……"仰不愧于天，俯不怍于人"是李琳的信仰。用他朋友的话说，李琳不同于一般读书人，时时洋溢着一股子豪侠气，他一直有他自己的坚持和担当。

9月，我连续在微信公众号上推发了《一声对不起》《山西之殇》等文章，引起朋友圈转发狂潮，我瞬间成为万众瞩目的"网红"级人物。

2015.1.26.

2013：我的身份和称谓的转换

2013年10月的一天，上大学的女儿给我打电话："老爸，我们出国现在要填表格，在你的职业这一栏填什么呀？是总经理、出版人、编辑，还是作家、学者？"我笑了，心想，这居然也成了一个问题。

2013年，学者、教授成了我的第一身份。随着该年度我的两本书《天才的悲剧》（李琳、石耀辉 著，同心出版社，2013年1月第1版）和《感喟秋雨》（同心出版社，2013年3月第1版）的出版，随着山西大学、太原理工大学和山西省中学教师培训中心等大专院校和科研机构给我颁发了"特约教授""客座教授"的聘书，尤其是随着我的名字被报刊、电台、电视台冠以"学者"广泛传播，我俨然成了一副专家、学者的面孔，我的旧身份开始逐渐被人忘掉。

事实上，2013年还真是我实际身份转换的一年。这一年，除过那两本书的出版外，我把主要的精力放在了研究故乡的历史文化和中华民族的源头文化上，我不远千里，跋山涉水，追踪着我们民族祖先"三皇五帝"的足迹，凭吊了女娲陵、人祖山、后土祠、炎帝陵、尧庙、尧陵、姑射山；我顶寒冒暑，翻山越岭，寻查着临汾历代前贤伟人的业绩，走访了古晋都、赵盾墓、太平城、龙门书院、留侯祠、汾阴洞、小西天、东岳庙……在与蓝天、与大地、与逝去的祖先无声对话中，我完成了我这前半生中最重要的一本著作——《中华祖脉》。

2013年岁末，当我从印刷厂拿回这部还散发着油墨香味的书本时，除过激动，心里更多的还是感慨。感慨5000年世事沧桑、朝代变幻的无常；感慨祖辈们气贯长虹、胸怀天下的无我奉献；感慨自己能远离喧嚣，在经年的劳累和寂寞孤独中，修成正果。

我喜欢学者这个称谓。20年前，由于生计的需要，我冲破体制的樊笼，成了一名冒险搏击的商人。那些年，我显得很另类，我成了太原市最早几批大哥大的拥有者之一，成了太原市第一批"豪奢"商品房的拥有者之一，也成了我所有同学朋友中第一个小轿车的拥有者。从那时起，我的身份一直就是老板、总经理。总经理身份给我带来的最大辉煌就是遍布山西省70个县市的黄河书店连锁集团。但在我的潜意识中，我觉得自己应该是一个学者、教授。

我始终认为，学者、教授是一个伟大而神圣的称谓。不是因为他们的工作伟大，也不是因为他们的成果会对社会起多大作用，而是因为他们所从事的工作是最讲究科学、严肃、认真的，是在孜孜不倦地探求被世人忽视了的真理的，所以，这种职业的长期熏陶，造就的必然是一批批傲世独立、孤标清高、蔑视权贵的知识分子。这是当今这个喧嚣浮躁的社会中最稀缺的社会资源。老板、总经理已经泛滥成灾，谁都可以戴上这一顶帽子到处嘚瑟。那些商人头顶上那道本来很讲规范、很讲信誉的光环，已经被世人涂上了一层"土豪"的奢靡无良色彩，就好像本来是象征高贵优雅、知书达理的"小姐"一样，现在倒成了妓女的专用名词。

不喜欢老板这个称谓，并不意味着我贬低这个职业，相反，我很推崇它，因为商人是我们现在社会的商业支柱，是我们国家经济繁荣的强大保障，是我们国家实现民族复兴的排头兵。同时，商人也是实现个人价值最不受约束、最能发挥自我潜在能力的大舞台。什么时候我们国家的大学生能争先恐后地去经商，什么时候才是我们国家文明昌盛的真正开始。我喜欢这个职业，喜欢它的无拘无束，喜欢它的风险挑战，但我不喜欢这种已经泛滥的称谓，不喜欢和那些不良商贩为伍，不喜欢把我和那些不择手段的投机分子相提并论。

商人这个职业带给我巨大的成功喜悦，也把我推到了濒临破产的痛苦边缘。黄河书店连锁集团的倒闭让我在痛定思痛后，决心进行二次创业。

2008年，我只身闯进京城，利用我浸淫书圈多年的丰富经验和良好的人脉资源，我和我的团队卧薪尝胆，一步一个脚印，最终打造出了闻名遐迩的卓越品牌——"佳佳林作文"书系，这是我作为出版策划人最成功的一次突围，同时也是我作为"总编辑"编纂的一套规模最大的系列图书。几年出版的各类中小学"佳佳林作文"已达100多个品种，并且重印、重版率超过了70%。"佳佳林作文"几乎覆盖了全国各地所有的新华书店和民营书店，网上销售更是随处可见，甚至远销到欧美的一些中文书店。我成了名副其实的"作文教育专家"，成了圈内颇具名气的图书策划人。但我不喜欢人们在书圈外提到我的这些身份和称呼，因为那只是我的生意需要而已，其中沾着太多的铜臭气。

2013年，还有很多认识或不认识的人称我为作家，这源于我的那两本书都是散文体，还源于我发表在报刊上的一系列文化散文。作家本来是很神圣的一个称谓，那是人类的灵魂工程师啊，我儿时的理想就是当一个作家。但是近几年小说、诗歌、散文的没落已经让一个神圣的称谓在一般人心中变成了一个"无用"的别名，而且早在20年前我写《天才的悲剧》一书时，我发现任何一个伟大的作家都是不折不挠的偏执狂，甚至很多就是精神病患者的代名词，诸如歌德、尼采、叔本华、狄更斯、海明威、果戈理、莫泊桑、伍尔夫、郁达夫、徐志摩、海子等，这让我内心里产生了一种恐惧，甚至于有一些抵触情绪。虽然我很想写出一些有影响的传世作品，但我不希望别人把我称为作家，即便称我为作家，也最好是叫学者型作家。我希望能用学者必须具备的实证科学理性校正作家无限奔放的狂热激情。我心里很纠结，也可能很龌龊，但没有办法，我只是一个俗人而已，所以我不想让人用带色的眼光看我。

2013年，我的两本书引起了公众一定程度上的关注。《天才的悲剧》出版后，《临汾晚报》用四个月的时间连载全书；《感喟秋雨》出版后，其中一些文章，诸如《一代巨商的升降标杆》《诗书滋味长》《圣彼得堡：水的精灵化身》《我的导师梁鸿飞先生》《一生的突围》等，都先后被报刊、书籍和广播电台纷纷转载、转播；李平、赵跃飞、石耀辉和刘晚诸先生还先后在省内外各级报刊上撰文，予以解读评介。尤为重要的是，我对于当今晋商研究中过于表面、偏颇现象的看法，引起了我曾在文章中点名批评过的一些专家、教授们的共鸣。李永福教授在刚问世的新著《另眼看晋商》（李永福 著，同心出版社，2013年12月第1版）中就坦言：

> 我的朋友李琳先生在《感喟秋雨》一书中说："余秋雨的《抱愧山西》受山西学者影响，人为地拔高了晋中商人。"我认同此说。事实上，在晋中商人辉煌的同时，山西别地商人非但没有衰败，而且依然按照固有的商业网络在稳步经营，现有资料表明，在西北地域和京师市场，晋南商人的影响力远在晋中商人之上。

还有著名晋商研究专家、山西省原政协副主席张正明先生在2013年山西省国际文化交流协会的年会上对我说："你对晋商研究现状的看法是对的。造成这种偏颇现象的主要原因确实是因为我们手头没有现成的平阳商人的相关资料可供研究。"

2013年，我的第一身份成了学者，成了文人，我很高兴，因为这是蛰伏在我心底多年的梦想。如果说之前20年我在商场拼搏，那是衣食住行的需要，是作为一个男人的责任——让家人活得体面、尊严的需要，那么今天我重新埋首于黄卷青灯中，则是我个人理想的需要，是生我养我的那片故土的需要。为此，我把自己的名字后面加了一个"之"作为笔名——希望从此能与"之乎者也"为伍，能在与已经化作天边云翳的古圣贤的对话中静静地打理自己那颗已经长了太多荒芜野草的魂灵。

我内心始终坚信：外表柔弱的文士才是这个社会的道德脊梁，诗书传家才是我们留给后代、留给社会的最宝贵财富。

附：2013年部分媒体对《天才的悲剧》和《感喟秋雨》出版的反应

2013年3月至2013年8月，《临汾晚报》用5个月的时间连载完《天才的悲剧》全部内容。

2013年3月12日，临汾市委党校教授石耀辉先生在《临汾晚报》发表《二十年前辨是非——写在〈天才的悲剧〉出版之际》，对我们俩20年前写这本书的情景做了大致回顾：

> 20年前的写作，不像现在有丰富的文献资料可查，有电脑网络可以搜索，全要用手去写。我清楚地记得，完成每个人物的初稿需要一周左右的时间，而且主要靠晚上加班。在写作期间，几乎每晚都要加班到深夜两三点钟。初稿写出后，还要一遍又一遍地修改，方格稿纸用了一本又一本，其辛苦可想而知……20年来，虽然我也出过几本书，李琳先生出书更是不计其数，但这本书稿却一直尘封不动。也许是缘分到了，这本尘封了20年的书稿，终于让出版社看上了。一分耕耘一分收获，付出就会有回报。这本书的出版让我更加坚信这一点。

2013年5月11日，李平先生在《山西商报》发表《挣扎与突围——从〈感喟秋雨〉读李琳》。李平先生在文中做如是感叹：

> 这本书，作者自谓为其"20余年灵魂孤旅的写照"，其间渗透着对自己"如何才能做到仰不愧于天，俯不怍于人的人生价

值"的追索拷问。如此,选择《感喟秋雨》为总题,也许是在《中国商人》之后,作者的人生价值观考察坐标系的一个提升的标志,是作者现阶段的一个新目标吧。对这位行走着、思考着、不断突破着自己的人而言,谁知他的下一个码头呢?

2013年6月5日,我大学舍友赵跃飞同学在《山西经济日报》发表《两代人的突围》,对我的心灵历程做了解读:

> 我不理解为什么一个商人不把商人做纯粹,非要执意骑在文化与商业的墙头而生存。直到几个月前我看到他写的《一生的突围》《我们村的"四类分子"》《汾中纪事:入学的尴尬》《汾中纪事:自行车的故事》等文,我才恍然明白他为何要坚守在"文化领地"上……他说他的老父亲一生都在突围,为自己的历史而突围,为生命的尊严而突围。而他又何尝不是呢?他当年以优异的学业安抚了老父亲的心理创伤,他就要沿着这条有文化尊严的大道走到底……最近他把写作精力全部用在整理自己家乡的历史资料上了,写了一系列历史文化散文。我想,或许他的心中还揣着一个曾经存在而又远去的"乡贤梦"。

2013年11月25日,石耀辉先生在《山西党校报·临汾版》发表《从"学而优则商"到"商而优则学"——读李琳〈感喟秋雨〉》,2013年12月26日《临汾晚报》全文转载。石先生在文中说:

> 读罢《感喟秋雨》,掩卷沉思,忽然觉得在这本文集中,看到了李琳先生40多年的人生轨迹,一个强烈的印象就是他走出了一条从"学而优则商"到"商而优则学"的成功之路。在20年前研究生毕业时,他选择了一家民营企业,而后干脆自主创

业，20年后的今天，正当事业正处于鼎盛时期时，他又毅然潜下心来，投身于文化的探寻之中。作者在《后记》中写到，这本书是他用自己全部的身心，用自己赤诚的灵魂记录下这段跌宕起伏的人生经历，记录下自己荣辱沉浮的种种人生探究，是"20年灵魂孤旅的写照"。在我看来，这不仅是对自己、对家乡，也是对社会的一个交代。

2013.12.30.

后记

《山西笔记》是我近年来出版的关于山西历史文化和现实问题的第5本书，前4本分别是《感喟秋雨》（2013年）、《中华祖脉》（2014年）、《家国往事》（2015年）和《祖先，祖先》（2017年）。

关于山西历史文化方面的书籍，不可谓不多，但大多数是晦涩难懂的学术著作，很难为广大读者所认可。这一点在我最初写《感喟秋雨》时就注意到了，所以我在开始动笔时，就想尽最大可能用通俗的文笔把我的学术观点和研究成果介绍给普通读者，让他们喜欢。我的这种研究写作，虽谈不上什么大的成绩，但还是引发了不少好评。《光明日报》连续三次刊发郭贵春先生等专家的文章对《中华祖脉》《家国往事》和《祖先，祖先》进行推介，其中每次都专门提到了我所采用的历史大散文这种写作文体。另外，像《中华读书报》《中国科学报》《文艺报》《北京日报》《山西日报》等媒体也都给予了中肯的评价。

2017年夏天，山西省新闻出版广电总局发行处的蔡晓刚处长给我来电说，他们和山西省教育厅要联手在山西省属高等院校开展一个关于山西文史方面的征文活动，需要给征文参与者推荐10本有关山西历史文化方面的书籍，但他们挑来选去，符合既通俗易懂，又具有真知灼见和反思精神推荐条件的只有区区5本，这其中就包括我的两本——《家国往事》和《祖先，祖先》。虽然这次活动由于种种主客观原因最终夭折，但是这件事对我的震动还是挺大的。一是欣慰，欣慰自己的书能被组委会认可；二是遗憾，遗憾山西厚重的历史文化，只能在学术圈子里晃荡，而无法普及到真正的读者当中去。

2018年1月，北岳文艺出版社"2017年度最受读者欢迎的10本书"的投票评选活动结果公布，《祖先，祖先》在30本候选书中，以独占20%的票数力压《贾平凹游记》，荣膺榜首——我不大相信什么专家图书评奖之类的活动，但我对读者的反应是很在乎的。

《山西笔记》是我最近几年关于山西诸多人、事，以及山西历史文化研究的一个随笔集，因其中所收文章均涉及山西，故名《山西笔记》。全书共分为七个部分。第一部分是我关于"中国""华夏"等概念缘起、演变和晋南地域关系的阐述；第二部分是我在各种讲坛、论坛上的演讲实录，第三部分是我针砭山西时弊的杂谈，其中不乏建设性意见，有几篇以前曾经发表过，并在社会上引起过巨大反响；第四部分是我对山西一些作家和学者的书评和随感；第五部分是我在研究山西历史文化过程中写的学术随笔；第六部分是我对家人和一些文化大家的追忆、记述；第七部分是我这几年在学术研究过程中的一些点滴记载。

和前面提到的几本书相比，《山西笔记》的最大不同是关注并干预了现实。我在其中提出的关于在山西古河东地区打造世界级的"最初中国"文化旅游区的建议，我个人认为有着一定的理论意义和现实意义，此乃本书灵魂所在。

2018年5月，在由山西大学哲学社会学学院、山西大学社科处和山西省哲学学会共同举办的"新时代哲学理论创新与三晋思想文化"高峰论坛上，我应邀做了"'中国'概念缘起陶寺遗址"的主题报告。我针对三晋文化和山西文旅没有充分重视山西是华夏文明主流源头这个现状指出：古河东地域即晋南和晋东南是中华文明孕育的核心地带，其千百年来一直流传的"三皇五帝"文化才是三晋文化的核心和灵魂，可惜这一点被我们忽视了，不论是政府，还是民间，都没有引起足够的重视。我觉得造成这种现象的一个主要原因是我们不了解这段历史，进而导致了我们文化上的不自信。

按考古学文明起源的标准和现有考古成果来看，"最初中国"或者说中国文明最早诞生的地方，首先是在晋南，这有世界考古界公认的陶寺古国遗址可以作证，之后华夏文明的重心才跨越黄河，转移到豫西，诞生了二里头王国遗址。再后来才扩展到司马迁所说的以黄河三角洲为核心的"三河"地区——河东、河南和河内（即晋城、阳城和黄河所夹地域）。这是一个面积范围依次不断扩大的过程。所谓华夏文明源头诞生地，是说这个地域是华夏族领袖人物政治活动的中心舞台，也就是原始古国的"帝都"所在地。这个"帝都"才是那个最重要的"点"，有此"点"才有彼"面"。否认古河东地域陶寺遗址这个点而貌似客观地把"三河"地区称作华夏文明的发源地，其实是一种"只见森林，不见树木"的笼统说法。说对也对，但其要害也显而易见，那就是抹杀了古河东地域陶寺遗址在其中所起的华夏文明源头的决定作用。

如果说拙作《祖先，祖先》首次系统地梳理了河东大地上"三皇五帝"各种琳琅满目的遗迹遗址、民俗传说、文献记载和现代考古学在这个阶段的考古成果，那么本书则是在更高层次上对"中国""华夏""诸夏"等国人耳熟能详的原始国家概念和实体，做了进一步的挖掘和整理，从而证明了"最初中国"就诞生在古河东大地上——这就是我提出的从增强民族文化自信的战略高度出发，把河东大地上诸多"三皇五帝"文化资源联合起来，打造一个世界级的"最初中国"文化旅游区的理论根据。

子规夜半犹啼血，不信东风唤不回！

我始终相信，人间沧桑是正道，在不久的将来，一个举世瞩目的"最初中国"或"最早中国"文化旅游区一定会屹立在古老的河东大地上！

感谢一直关注和帮助我的人，感谢对我一直不弃不离的读者朋友。

李琳之

2018.4.21.